講談社文庫

イコン
新装版

今野 敏

講談社

目次

イコン

1

そのライブハウスは、壁も天井も真っ黒に塗られていた。七、八十人も入れば客席は一杯になる程度の店だ。そこに、二百人近い若者が詰め込まれていた。

普段は、客席に椅子を並べているのだが、それを全て取り払い、客を詰め込んだのだ。店の中で、立ち見を強いられた若い客たちは、それが当然のことと受け止めているようだった。誰も不満そうな顔をしていない。

宇津木真《うつぎまこと》は、ひどく居心地の悪い思いをしていた。彼は、四十五歳で、自分がその場にそぐわないような気がしていた。実際、客の約半数は未成年のようだった。まだ、顔に幼さを残した少年が多い。

三十近い大人たちが、熱心にステージを眺めている様子にも異様なものを感じた。

宇津木の隣には、若い部下がいた。彼は、宇津木とは違い、ジーパンにジャンパーという出で立ちだった。だから、店のなかでは、宇津木だけが浮いたような印象がある。

若い部下は、保科和夫《ほしなかずお》といった。彼は、そっと宇津木に囁いた。

「客が、いくつかのグループを作っているのがわかりますか？」

宇津木はうなずいた。

「ああ、なんとなく……」

まず、ステージに近い場所にカメラを持った少年たちが陣取っている。宇津木は、彼らが持っているカメラを見て驚いた。まるでプロのカメラマンのようだった。

中には、コンパクトカメラを持っている者もいたが、たいていは一眼レフを持っている。立派な望遠レンズをつけている者も少なくはなかった。

店の中程には、若い一般客が陣取り、後方に年齢層の高い連中がいる。比較的おとなしそうなグループだ。

宇津木は、ステージの両脇にいるいくつかのグループに注目していた。髪を染めたり、奇をてらうような服装をしたいかにも柄の悪そうな少年たちだ。そうした連中は、三人から五人でひとつのグループを作っている。

あるグループは、明らかにオーバーサイズの服を着ている。シャツの裾をズボンの外に出しており、ズボンが今にもずり落ちてしまいそうな感じだ。

宇津木の眼から見ると、ひどくだらしのない恰好に見えるのだが、彼らにとってはそれがおしゃれなのかもしれなかった。

別のグループも、似たりよったりの恰好をしている。いわゆるボーダーと呼ばれる若者と同じような恰好だ。

そういう連中は、常に周囲を威嚇するように見回していた。彼らの眼は、一様に暗く、猜《さい》疑《ぎ》心《しん》を露《あら》わにしているような感じだった。宇津木のことを気にしているのもそういうグループだった。他の連中は、宇津木を無視している。

不良たちは、宇津木の素性《すじょう》に薄々勘づいているのかもしれなかった。そういった少年は、なかなか敏感なのだ。宇津木のような男には特に敏感だ。彼らは、宇津木の身分を肌で感じ取っているようだった。

警察官である宇津木を警戒しているのだ。実際には、背広を着た大人を胡散《うさん》臭く思っているだけなのかもしれないが、宇津木は、警戒されているように感じていた。

宇津木は、警視庁生活安全部少年課に所属していた。彼は警部補で、いっしょにいる保科は巡査だった。

客席の照明が消えたと思ったら、いきなり大音響の演奏が始まって、宇津木はびっくりした。彼は、ライブやコンサートというものをよく知らない。

演奏が始まる前に、司会者が出てくるものと思っていたのだ。あるいは、司会者がいなくても、当然何かの案内があるのではないかと思っていた。

演奏が始まったとたん、客席から歓声が上がった。拍手に指笛。

ステージで演奏しているのは、三人組のロックバンドだった。ドラムスがない。しかし、ドラムスの音は確かに聞こえてくる。

実は、コンピュータにドラムスの代用をさせているのだが、宇津木にはそんなことはわからなかった。

シンセサイザーを合計三台も並べてそれをひとりが演奏している。あとのふたりは、ピアノにギターだった。

重厚なサウンドだった。

ドラムスとベースの基本的なリズムに乗ってピアノがコードを乗せていく。シンセサイザー担当のプレイヤーは、両手を駆使して二台のシンセサイザーを操っている。一台のシンセサイザーがストリングスの音色を、もう一台がブラスセクションの音色を奏でている。実際のストリングスやブラスと違い、ボリュームと広がりがあった。ストリングスの音色は、奥行きを感じさせた。ステレオアウトの片方のチャンネルをデジタルディレイマシンにつないで僅かに時差をつけてあるせいなのだが、もちろん、そんなことは、宇津木にはわからない。

宇津木は、ただ、音圧と豊かな音色に圧倒されるだけだった。

三人のプレイヤーは、たいへんに演奏が達者だった。宇津木は、若いころに、それなりに音楽に親しんだので、三人の態度でそれがわかった。

彼らは、余裕を持って演奏している。楽器を自由自在にあやつっている感じがする。

メロディーラインを担当しているのは、ギターだが、ギターは、曲の途中でつぎつぎと音色を変えていく。エフェクターを幾つもつないでおり、フットスイッチで切り換えているのだ。

ギターが、リズミカルなコードのピッキングを始めると、シンセサイザーがメロディーラインを引き継いだ。三台目のシンセサイザーを使っている。

メロディーはわかりやすく、サビの部分が印象的だった。

スリーコーラス目から、ギターとシンセサイザーが、メロディーを同時に演奏した。シンセサイザーのプレイヤーは、左手で、ストリングス用のシンセサイザーを、右手でメロディー用のシンセサイザーを演奏した。

曲が終わると、観客席から再び、歓声が上がった。

二曲目のイントロが始まる。さらに、アップテンポの曲だった。ギターの小気味よいピッキングにピアノが八ビートの和音をかぶせる。

ドラムがフィルインして、ベースの重低音が重なる。

ステージの袖から、派手なコスチュームの少女が三人飛び出してきた。歓声と拍手が高まり、指笛の音が飛び交う。

少女たちは、そろいのミニドレスを着ている。背中が大きく開いており、ドレスの裾はすごく短い。ほとんど水着をきているようなものだ。

衣装の形は同じだが、色が違っていた。右が青、真ん中が黄色、左が赤だった。まるで信号機だなと宇津木は思った。

右側の青い衣装を着ている娘は、髪を頭の左右で縛っていた。真ん中の娘は、ショートカット。左側の赤い衣装の娘は、長い髪を背に垂らしていた。前髪にアクセントがあり、きれいなカーブを描いて額にかかっている。三人ともかなりの美形だった。

彼女たちが歌い出すと、客席の少年たちは、独特のリズムで手拍子のアクセントを入れはじめる。ライブは、熱気を帯びた。

徐々に盛り上がるという感じではなかった。一気に雰囲気が高揚したのだった。

宇津木は取り残されたような気分を味わっていた。ライブを楽しむために来たのではなかった。しかし、どうにも身の置き所がないような気持ちになってくる。

生活安全部少年課では、常に少年たちの行動について調査を行っている。彼は、統計を出したり、レポートを書いたりといった毎日を送っていた。

少年犯罪を防ぐためには、少年たちの実態を把握する必要がある。少年課の警察官たちは、そのために、せっせとさまざまな統計を作り続けているのだ。

宇津木が、このライブハウスにやってきたのは、そうした調査活動の一環だった。

しかし、妙だ、と宇津木警部補は思った。彼は保科巡査を見た。まだ三十前の保科は、楽しげにステージを眺めている。宇津木は、店内に満ちている大音響に負けまいと、保科の耳に顔を近づけて声を張り上げた。

「これは、有森恵美《ありもりえみ》というアイドルのライブだったな……」

保科は何度か大きくうなずいて見せた。不思議なことに周囲の音が大きくなると、コミュニケーションのための身振りも大きくなる。

「では、あの三人は前座か？」

保科が宇津木に負けぬ大声で訊き返す。

「前座？　ああ、そうかもしれませんね……」

「前座がこんなに人気があるというのは、どういうわけだ？」

「さあ……」

保科は首を傾《かし》げた。宇津木は、さらに何かを尋ねようとした。しかし、何を尋ねていいのかわからなかった。保科は、おざなりに返事をしたという感じだった。真面目に考えようとしていないように見える。

宇津木は、保科の態度に苛立《いらだ》った。だが、それを態度に出すまいとした。彼は、若い部下と常に一定の距離を置いていた。

意識してそうしているわけではない。若い連中のことが理解できないのだ。その事実に不安を感じている。話し合おうという気は起きなかった。部下の反感が恐ろしかった。

彼は、現在の部署が明らかに自分に向いていないのを意識していた。部下すら理解できないのに、それよりはるかに若い少年たちを理解できるとは思えなかった。

幸いなことに、教育者や家庭裁判所の判事たちほど少年を理解する必要はなかった。警察官は、基本的には犯罪者を検挙するのが職務だ。少年そのものより、犯罪のことを考えていればよかった。

宇津木が、若い者をことさらに意識し、ともすれば距離を置こうと考えるのには、家庭生活が微妙に影響しているのかもしれなかった。妻との仲があまりうまくいっていない。しかし、十八歳の息子と十六歳の娘がおり、そのために離婚に踏み切れずにいた。多感な年頃の子供たちは、その雰囲気を感じ取っており、宇津木と子供たちの間も険悪になっていた。

三人の娘たちは、立て続けに三曲歌った。カメラを持った少年たちが、ステージの少女を盛んに撮影している。たいていの少年は、ローアングルから狙っている。

宇津木は、その様子を見て、ひどく落ち着かない気分になった。腹が立った。同時に気恥ずかしかった。だが、なぜ腹が立つのかわからなかった。恥を知らない子供たちが腹立たしいのかもしれない。だが、宇津木には、彼らをどうすることもできない。

(なぜ、ああいう行為が容認されているのだろう……)

宇津木は、心底不思議に思った。本来ならばたいへん後ろ暗い行為なはずだ。それを堂々と人前でやってのける。

保科に尋ねてみようかと思ったが、やめておいた。どうせ、会話はかみ合わないだろうと、話しかける前にあきらめてしまった。

三人の少女が歌い終わると、まんなかの黄色い衣装の女の子が、やや前に出て言った。

「みなさん、有森恵美のライブへようこそ。アリモリ・ファミリー・サポート・バンドの演奏、それに、あたしたち、アリモリ・ファミリーの歌、楽しんでいただけましたか？ええ、さて、残念ながら、有森恵美は、きょうも現れません。でも、いつものように、メッセージが届いています。みなさん、いつも応援ありがとう。『アリモリ・マニア』に書き込んでくれるみなさんのメッセージは、いつも読んでいます。あたしから届くメールを、楽しみにしていてくださいね——これが、きょうの有森恵美のメッセージです」

客席から歓声が上がる。

宇津木はすっかり驚いてしまった。有森恵美というアイドルは現れないという。なのに、観客たちは、不満の表情を見せない。彼らは、メッセージで満足しているようなのだ。

まったく理解できなかった。お目当てのアイドルがステージに現れないのだ。気分がおさまらないのが普通ではないか——宇津木はそう思った。

彼は、そっと保科の顔を見た。保科も困惑の表情を浮かべているような気がした。

騒ぎは、そのときに起こった。

ステージの脇から、トイレットペーパーが投げ込まれた。長く尾を引き、カメラを持つ少年たちのところに落ちた。それがきっかけだった。

客席の後ろのほうから、今度はもっと固いものが投げ込まれたのだった。それが何であるか、宇津木にははっきりとはわからなかった。

おそらく、清涼飲料水の空き缶か何かだったに違いない。それは、たいして危険ではないが、怒りに火を付けるには充分の効果があった。

カメラを持った少年が、その缶を客席の後ろに投げ返した。宇津木が空き缶だと思ったそれには、中身が残っていた。中の清涼飲料水がばらまかれ、客席から怒号が上がった。次の瞬間、客席の後方から、さまざまなものが放り投げられた。

カメラを持った少年たちと、その後方にいた少年たちが揉《も》め始めた。それを待っていたように、ステージの両側にいた柄の悪い連中が騒ぎに参加した。

騒ぎは一気にエスカレートした。カメラを持った少年たちと、不良グループは、揉み合いを始め、やがて、不良グループがカメラ少年たちを殴り始めた。

数で勝るカメラ少年たちが反撃に転じようとしたが、不良グループの勢いには勝てなかった。

そこへ、ステージそでから、別のグループが飛び出してきた。服装はばらばらだが、みな同じ色の鉢巻きをしている。その鉢巻きには『ＡＲＩＭＯＲＩ』のロゴマークが入っていた。

「あれ、親衛隊ですよ」

保科が宇津木に言った。

「親衛隊……？」

「ええ。もとは、ファンの集まりですが、プロダクションやスタッフに認められて一般のファンと区別されているのです。プロダクションに雇われていた場合もあったそうです。でも、最近はそういう例もあんまりなくて、好き勝手にやってるようです」

今や、親衛隊の連中と不良グループは本格的な喧嘩を始めていた。ステージの少女たちとバンドは、すでに袖に隠れている。

一般の観客は、その喧嘩からやや離れた場所で人垣を作っている。誰も喧嘩を止めようとしない。人垣のなかから、さかんに物が投げ込まれている。

「親衛隊だかなんだか知らんが、とにかく、止めなきゃな……」

宇津木は人垣をかき分け、騒ぎのほうに向かった。狭いステージ前で、少年たちが押しくら饅頭のような状態で乱闘を続けている。見物人と化した観客たちは、さかんに野次《やじ》を飛ばしていた。

「止めんか！」

宇津木は、そう言いながら乱闘のなかに入っていった。保科は、それに続いた。保科は、ここぞとばかりに、少年たちを殴っている。

宇津木は、殴る気になれなかった。倫理観の問題ではない。自分の子供くらいの年齢の少年たちに、本気になるのがばかばかしいと感じたのだ。

だが、相手はそうではなかった。平気で宇津木に拳を振るってきた。頰を一発殴られて、宇津木の頭に血が上った。

彼は、近くにいた少年をひっつかんで払い腰で投げた。そうしておいて、大声で怒鳴った。

「静かにしろ、警察だ」

彼は、手帳を掲げていた。光沢のある黒革の表紙に金の星章が付いている。星の下には、警視庁の文字があった。その手帳には、ふところから伸びる紐がついている。

騒ぎはおさまった。

少年たちは、一様に宇津木の顔を見ている。宇津木は、少年たちを睨《にら》み返した。彼は、なぜだか気まずい思いだった。

一瞬だが、本気で腹を立てたことが気恥ずかしいのだった。彼は、警察手帳をしまった。

「みんな、もとの位置に戻れ。早くしろ」

宇津木は、少年たちに命じた。少年たちは、命令に従うのは本意でないことをアピールするようにのろのろと行動した。

宇津木は、そうした少年たちに苛立ちを感じた。

少年たちが、ステージ脇のほうへ散ると、ステージの前に空間ができた。そこに倒れている者がいた。

宇津木は、パンチでも食らってひっくり返ったのだろうと思った。だが、すぐに、彼は顔色を変えた。

倒れている少年の下に、じわりと血溜まりが現れた。その血溜まりは、徐々に広がりつつあった。

宇津木は、駆け寄った。少年はうつ伏せに倒れていた。宇津木は注意深く様子を見た。ナイフが腹に刺さっているのが見えた。ゆっくりと仰向けにする。

その瞬間、店内に凍りつくような緊張が走った。

宇津木は、脈を取った。そして、大声で言った。

「保科、救急車だ。急げ。その次に、所轄を呼ぶんだ」

保科はすぐに走って行った。

宇津木は、ナイフで刺された少年を観察した。暴走族タイプの不良グループのひとりだった。明るい柿色のスーツに白いハイネックのセーターを着ている。

その白いセーターは血まみれだった。まだ出血は続いている。刺さっているナイフは、刃渡りが長そうだった。柄が大きいサバイバルナイフだ。

宇津木は、瞬時に周囲を見回した。その場から逃げだす者がいないかと思ったのだ。誰も動こうとしない。少年たちは、パニックに陥り、思考が停止した状態のようだった。

「動くなよ」

宇津木は、唸るように言った。「誰もその場から動いちゃいかん……」

2

救急車がやってきたとき、腹を刺された少年はまだ生きていた。救急隊員は、止血の応急処置をして、少年を運んで行った。

救急車の次に現場に到着したのは、所轄署である神南《じんなん》署の地域係の連中だった。移動局――つまりパトカーで署活系の無線を受信したのだ。彼らは、すぐに現場の保存につとめた。

次に到着したのが機動捜査隊だった。彼らがやってきてから、現場保存の作業は本格化した。

機動捜査隊はてきぱきと動き回り、観客とスタッフ全員のリストを作る一方、床に落ちているすべての物をチョークで囲った。チョークで書かれた一番大きな輪は、血溜まりを囲んだものだった。

宇津木は、こうした現場はもちろん初めてではなかった。彼は、若いころの警邏の時代に、殺人現場も経験している。にもかかわらず、警察官にとってむしろ日常である作業を、まるで儀式でも見ているような気分で眺めていた。

彼は、一種の疎外感を覚えているのだ。気が動転しているのかもしれないと気づき、彼は何だか情けない気分になった。

自分の目の前で事件が起こったことで、彼はショックを受けているのだ。責任感からくる後悔を感じているわけではない。面倒なことになったと思っているのだ。

彼は自分の立場を守りたかった。

警察における立場。家庭における立場――そのために彼の考え方は、いつしか消極的なものになっていた。守りの姿勢だった。

機動捜査隊員がひとり近づいてきた。指揮をとっている警部補だった。彼は、敬礼の代わりに、宇津木に頷きかけた。この男は、すでに宇津木の所属も階級も知っているらしい。

「本庁《ホンブ》の少年課だって？」

相手は、言った。その口調に親しみは感じられなかった。といって、反感がこもっているわけでもない。宇津木の素性をまったく意に介していない感じだった。「何があったか、詳しく説明してくれるか？」

「三人組の少女グループが歌を歌っていた。歌いおわると、何かのきっかけで乱闘が始まった。私たちは、乱闘を収めようとした。そのあと、少年が倒れているのがわかった」

「私たち……？」

「私と部下の保科巡査だ」

宇津木は、機動捜査隊に協力している保科を指さした。保科は、まったく屈託《くったく》なく仕事をしている。宇津木は、そんな保科がうらやましくもあった。

機動捜査隊の警部補はうなずいた。

「何かのきっかけというのは？」

「まず、ステージ前の端のほうから、カメラを持った少年たちに向かって、トイレットペーパーが投げられた。そのあと、客席の後方から、空き缶のようなものが、やはり、カメラを持った連中めがけて投げ込まれた。そのあと、カメラを持った連中と、その両脇にいたちょっと柄の悪いやつらが揉めはじめた。それがきっかけだ。それに、親衛隊が加わった」

「親衛隊……？」

「部下の話によると、タレントの側についている熱心なファンらしい。かつては、プロダクションなどに利用されていたこともあるらしいが、最近ではかなり好き勝手な行動を取る集団だということだ。血の気の多そうなやつらだった」

「刺した瞬間は見なかったのだな？」

「見なかった」

「刺したやつも？」

「見ていない」

機動捜査隊の警部補は、聞き込みをしている仲間を眺めながら言った。

「目撃者が出るかもしれない。それ以前に、まだ、犯人《ホシ》は、店内にいる可能性が大きい」

「ああ……。そうだな……。刺したやつは、返り血を浴びているんじゃないのか？」

「どうかな……。犯人は、凶器を刺したままだったのだろう？　血ってのは、凶器を抜いたときに飛び散るんだ。それに、現場はそうとう込み入っていた。いろんなやつの体に血がついている」

機動捜査隊の隊員がリストを持って、警部補のところまでやってきた。隊員は、簡潔に報告した。

「店の従業員が十人。ライブの出演者が六人。主催者側の関係者が五人。観客は、男性百三十三人、女性五十六人で、未成年者がかなりいます」

宇津木は、印象より女性の客が多いと思った。観客を眺めると、男性ばかりが目についたが、たしかに、ぱらぱらと少女の客もいた。

「全員の住所氏名はおさえたな」

機動捜査隊の警部補が尋ねた。

「目撃者は出ないか?」

「まだです」

「はい」

「続けてくれ」

宇津木は、出入口から、背広姿の男たちが入ってくるのに気づいた。その先頭の男に見覚えがあった。神南署刑事課強行犯係の係長、安積《あづみ》剛志《つよし》警部補だった。

宇津木は、若いころに安積剛志警部補と、目黒署管内で交番勤務をやったことがある。安積剛志とは、年齢も同じだった。

安積警部補は、まっすぐに宇津木のところへやってきた。彼は、にこりともしない。警察官が久しぶりに顔を合わせるのはたいていは、旧交をあたためるにはそぐわない場面でのことだ。安積は、宇津木にうなずきかけた。

「久しぶりだな……」

「噂は聞いている」

宇津木は言った。「湾岸署が解散となり、新設の神南署に配属になったそうだな。新副都心構想が縮小になったあおりを食らったというわけだ」

「どこにいようと同じことだ」

安積警部補は、感情を感じさせない静かな声で言った。

彼は、機動捜査隊の警部補に尋ねた。

「どうだね？」

「目撃者はまだ出ていない。殺人未遂か傷害かは、まだ判断できないな」

「殺人、あるいは傷害致死だ」

「マル害、死んだのか？」

「今、連絡が入った。病院に運ばれて間もなく息を引き取ったそうだ。うちの捜査員が病院に向かっている」

機動捜査隊の警部補は、詳しく状況を安積警部補に説明した。話しおわると、補足説明を求めるように宇津木の顔を見た。宇津木は、黙ってうなずいただけだった。

「店の従業員か主催者に話を聞きたいのだが……」

安積は、機動捜査隊の警部補に言った。警部補は、ステージ左手を指さした。そこに黒いカーテンが張ってある。安積警部補は、その奥に向かった。

安積の後を、ふたりの部下が追った。

宇津木は、またしても取り残されたような気分になった。安積警部補は、てきぱきと捜査を始めた。宇津木は、やるべきことがわからなかった。同じ階級、同じ年齢の安積が、自分よりはるかにベテランで有能な警察官のような気がしたのだった。

安積は、まず、店の責任者に話を聞くことにした。このライブハウスは、都内に三軒の系列店があり、店長は親会社から派遣されているのだという。

まだ、三十代前半の店長は、すっかり顔色を失っていた。事の重大さにうろたえているのだ。店長としての責任に耐えかねているのかもしれないと安積は思った。

「こんな狭い店に二百人近い客が入っていた。こういうことはよくあるのですか？」

安積は尋ねた。

Tシャツの上にジーンズのジャンパーを羽織《はお》り、色あせたジーパンをはいた店長は、落ち着きがなかった。

「こんなに客が入ることは珍しいですよ、もちろん……。消防法上、問題があるのは承知の上でしたが、こっちも商売だし……。それに、こういうライブは、混み合っていたほうが盛り上がるんですよ」

「出演者は、あなたが決めるのですか？」

「ケースバイケースですね。今日の企画は持ち込みですが、こっちからお願いしたいくらいの企画でした。なんせ、有森恵美ですからね……」

安積警部補は、表情を変えなかった。

「有名なのですか？」

「有森恵美をご存じありませんか？」

安積警部補はこたえなかった。質問するのは刑事の側であることを、相手にわからせなければいけないのだ。

「では、今日の企画を立てたのは、お店ではないということですか？」

「そうです。あるアイドルファンの集団が持ち込んできた企画です」

「アイドルファン……？」

「アイドルの愛好家ですよ」

「その企画者は、今、どこに……？」

「楽屋のほうにいるはずです。出演者といっしょに……」

安積はうなずいた。店長が落ち着いてきたのがわかった。彼は、矛先《ほこさき》が自分に向いていないと感じ、少しばかり安心したのだ。

責任は、企画を立てたアイドルファンたちにあると考えはじめたのかもしれないと安積警部補は思った。安積は、そうした店長の態度が面白くなかった。

「観客が刃物を持ち込むというのは、問題だとは思いませんか？」

「え……」

とたんに、店長の表情が曇った。

「そういうチェックは、店の責任だと思うのですが……」

「このイベントは撮影禁止でもないし、スタッフに対して客の人数も多いし……。細かいチエックはできませんよ」

「いずれにしろ、安全管理は、お店の責任のはずです」

「でも……」

「いずれ、また、お話をうかがうことになるかもしれません」

安積警部補は、店長に背を向けると、楽屋に向かった。二人の部下が、クリップボードがついたルーズリーフのノートを閉じて、その後に続いた。

安積は、若いほうの部下にそっと尋ねた。その部下は、桜井太一朗《さくらいたいちろう》巡査だった。神南署刑事捜査課で一番若い刑事だ。

「おい、桜井。おまえ、有森恵美って知ってるか？」

「いえ……」

「そうか……。安心した。知らないのは、私だけかと思った」

桜井は、隣の村雨秋彦《むらさめあきひこ》部長刑事の顔を見た。村雨部長刑事は、自分と関わりのないことには一切口に出さないという信条をそのまま顔つきに表していた。

桜井は、小さく肩をすくめた。

楽屋の中には、三人の少女と、バンドマンたちがいた。彼らは一様に顔色を失っている。少女のなかのひとりはすっかり動転して泣きじゃくっている。

楽屋には、中央にテーブルがあり、それを囲むようにソファーが置かれている。出演者とスタッフ合わせて十一人が部屋にいた。それほど多くの人数を収容するようには作られておらず、スタッフは壁際に立っていた。

　安積は言った。

「責任者のかたは？」

　壁際にいた若い男が安積のほうを見た。

「私です」

　眼鏡をかけた小太りの男だった。年齢は、三十歳前後。垢抜けない服装をしている。安積は、大勢の若者を集めるライブの企画を立てた人間と聞いて、もっとさっぱりとした人物を想像した。

　先入観は禁物だ、と安積は、自分に言い聞かせた。

「神南署の安積といいます。お話をうかがいたいのですが……」

「いいですよ」

　安積は、落ち着ける場所を見つけようとした。尋問しているところを第三者に見られたくなかった。

　桜井がそれを察知して動いた。彼は、ステージそでのわずかな空間を見つけ、それを村雨部長刑事に伝えた。村雨が安積に知らせる。桜井は、直接安積に知らせるようなことはしなかった。

村雨の立場を考えてのことだとすぐにわかった。桜井は、そうしたそつのない動きをする若者だった。もともとそういう性格なのかもしれない。だが、村雨がうるさくそういうことを言っているのかもしれない。

いまだに、新米はお茶汲み三年、などということを口にする警察官は多い。もし、村雨がそういうことを桜井に押しつけているのなら少々問題だと安積は思った。

もともと、桜井は、自分の考えを表に出さない若者だ。安積は以前からその点が気になっていた。

今は、そうした問題はすべて保留にしておかなければならない。安積は、カーテンで仕切られたわずかな空間に、企画責任者を連れて行き、尋ねた。

「お名前をお聞かせねがえますか?」

「三輪《みわ》義郎《よしろう》です」

「年齢は?」

「二十九歳」

「今日のライブを企画されたそうですが、そういうお仕事ですか?」

「いいえ。コンピュータソフトの開発会社につとめてます」

「サラリーマンですか……」

安積は、驚いた。「会社におつとめのかたわら、こういうことを……」

「食わなきゃなりませんからね……。誰だって趣味で食っているわけじゃないでしょう？」

「趣味……」

「仲間はたくさんいますよ。アイドルファンは、いまや、釣りやゴルフなんかと同じ、立派な趣味の一分野だと、僕は思っています」

三輪義郎は悪びれずに言った。彼は、今日の出来事についてそれほど責任を感じていないようだった。

「スタッフが、五人いらっしゃるということですが、皆さんそれぞれ職業をお持ちということですか？」

「そう。仕事はばらばらですよ。大学時代、僕と同じく、アイドル研究会にいた男がいてね。そいつとアイドル情報などを交換していたんです。あとの、三人は、パソコン通信を通じて知り合いました。そのうちのふたりは、古くからの知り合いです。アイドルのフォーラムの常連でしてね……。最近、その連中と新しいパティオを開設したんです。ひとりは、最近知り合ったんです。有森恵美の熱心なファンだというので、パティオに参加してもらい、何度か有森恵美ネタでメッセージを交換しました。実は、今回の企画は、そいつが思いついたんです」

安積警部補は、わずかに眉をひそめた。三輪の言っていることが半分も理解できなかった。

安積は、桜井を見て言った。

「今のを、すべて記録したか？」

桜井は、「はい」と言ってうなずいた。

記録に取っておけば何とかなる。安積は気を取り直して三輪義郎を見た。

「つまり、趣味を通じて知り合ったお仲間とこのライブを企画なさったというわけですね……。そして、この企画は、新たにお仲間に加わったかたのアイディアだったと……。こういうわけですか？」

「そうです」

「そのアイディアを出されたかたというのは？」

「ああ、エミタンです」

「エミタン……。女性のかたですか？」

「僕もずっとそう思っていました。今日会ってみてたまげましたよ。三十過ぎの男でした。塾の先生をやっているらしい」

安積の眉根の皺《しわ》はさらに深くなった。

「どうもお話がよくわからない……。そのかたとはお知り合いだったのでしょう？」

「刑事さん、パソコン通信をよくご存じないようですね」

三輪の口調は、どこか誇らしげだった。

「ええ……。残念ながら……」

「パソコン通信では、会話もメッセージのやり取りも、すべて文字で行われます。だから、相手の素性は、本当のところよくわからないのです」

「会話も文字で……？」

「ええ。チャットと言ったりCBと呼んだりするのですが、リアルタイムでメッセージを送り合うのです。これは、会話と同じなのですが、やはり、文字だけでやりとりをします」

「ほう……」

「多くの場合、ハンドルネームを使ってメッセージのやり取りをしています。ペンネームみたいなもんですね。エミタンというのも、ハンドルネームです」

「なるほど……。それで、あなたは、その塾の講師のかたを女性と思い込んでいたというわけですか……」

「こちらの期待もありましたがね……」

いつまでもパソコン通信の講義を聞いているわけにはいかないと、安積は思った。パソコン通信が、今回の事件にそれほど深い関係があるとは、安積には思えなかったのだ。

「乱闘の最中にひとりの少年が刺殺されたわけですが……。その現場をごらんになりましたか？」

「刺殺ですって……？」

「そう。刺された少年は、先程、息を引き取りました」

三輪は、舌打ちをした。まるでテレビドラマの演技みたいだと安積は思った。

「いつかは、こういうことが起こるんじゃないかと思っていたんだ……」

「どういう意味です？」

「最近、アイドルがらみのイベントで、けっこう揉め事が絶えなかったんですよ。乱闘に近い事件は何度も起きていたんです。それで、僕も、このライブを最後に、しばらくイベントから手を引こうと考えていたのですが……」

「ほう……」

「起きちまったものは仕方ありませんよね……」

「何か、心当たりはありませんか？」

「心当たり……？」

「そう。例えば、対立しているグループがあったとか、以前、ぶつかって何か怨みを持っているような連中がいたとか……」

「さあ……。いろいろなイベントで暴れる常連がいるみたいですけど、今日に限っていえば、特にそういうやつらは来ていなかったようだし……。世の流れというか、風潮じゃないですか……」

「風潮ね……」

風潮のせいでひとりの若者が死んだというのだろうか。安積は、どうにもやりきれない気分になって、三輪に言った。

「そのエミタンとかいう人を呼んでいただけませんか?」

三輪は去って行った。

ライブ、アイドル、アイドルファンにパソコン通信……。まるで、言葉の通じない別の国に迷い込んでしまったようだと安積は感じていた。

3

エミタンの本名は、峰岸裕一《みねぎしゆういち》といった。三十五歳の塾の講師だった。眼鏡をかけたもの静かな男だった。やせ型で神経質そうな感じがする。

安積警部補は、エミタンこと峰岸裕一の極度の緊張を見て取った。責任者の三輪義郎とは対照的だった。

峰岸裕一の顔色は真っ蒼で、今にも倒れてしまうのではないかと心配になるほどだった。

安積警部補は、その緊張に特別な理由があるかどうか考えていた。

峰岸裕一はただ気が弱いだけかもしれない。すぐ身近な場所で人が刺されて死んだ。しかも、それは、自分たちが企画したライブの最中の出来事だった。神経の細い人間ならそれだけで参ってしまっておかしくはない。

だが、そうでない場合も考えられる。安積警部補は、慎重に質問を始めた。

「刺した現場をごらんになりましたか?」

「いいえ……」

峰岸は、安積警部補を見て、すぐに視線をそらした。彼の目の動きで、安積の背後にいる村雨部長刑事と桜井の顔を見たことがわかる。「ただ、乱闘が始まったんで、何とかしなくちゃと思って……。ちょっと、うろたえていたんです」

「乱闘が始まったとき、あなたはどこにいました?」

「ステージの袖です」

「上手ですか下手ですか?」

「上手にいました」

「そこで何を……?」

「出演者の出入りのきっかけを出していました。その係だったんです」

峰岸は、明らかに行動過多だった。しきりに視線を動かしているし、手の指を組んだりズボンでてのひらの汗を拭ったりを繰り返していた。指がかすかに震えているような気がした。安積は、その兆候を見逃さなかった。緊張した人間の特徴だ。

だが、緊張が何かを物語っているというわけではない。先入観は禁物だと、安積は、また自分に言い聞かせた。

「乱闘そのものはごらんになっていたのですね？」

「見ていました」

「誰か、店から出ていった人に気づきませんでしたか？」

「いいえ……。どうやったら乱闘を鎮めることが出来るか――それを考えるだけで精一杯でしたから……」

安積はうなずいた。逃走した人物がいたなら、別の目撃者が出るだろうと思った。

「この企画の責任者は、三輪さんだが、アイディアは、あなたのものだそうですね」

「ええ……、まあ……。でも、新しいアイディアというわけではありません。有森恵美のこうしたイベントは、いろいろな場所で行われています。大学の学園祭とか……」

人気者ならば不思議はないなと、安積は思った。

「三輪さんとはどうやってお知り合いになったのですか？」

「パソコン通信で知り合いました。最初は、有森恵美のフォーラムでメッセージを送り合って……。そのうちに、彼が主催するパティオに入れてもらったのです」

「パティオというのは？」

峰岸は一瞬、不思議そうな表情で安積を見た。どう説明したらいいか戸惑っているようだ。安積がどの程度パソコン通信のことを知っているのかわからないからだ。

「電子会議を小規模にしたものです。たいていは数名の会員でメッセージの交換をやるのです」

峰岸は、初心者向けの説明をした。しかし、安積はそれでもイメージをつかめなかった。だが、峰岸の言っていることと三輪の言っていることは矛盾していない。それは、わかった。今はそれで充分だと、安積警部補は考えた。

「いつごろ、お知り合いになったのですか?」

「三ヵ月ほど前だったと思います」

「あなたは、女性の名前で通信をしていたということですが……」

「ええ。そのほうがいろいろと楽しめるのでね。有森恵美にちなんでエミタンと名乗っていたのです。そのうち、仲間が勝手に誤解していることに気づきました。そうなると、けっこうおもしろいので、女性のふりをして通信していました」

「何度もメッセージのやり取りをして、誰も気がつかなかったのですか?」

「僕はビジネスアカウントを使っていましたからね」

「どういうことです?」

「パソコン通信の会議室や、掲示板では、登録名が表示されるのです。偽名でＩＤを取得することは禁じられているので、個人ＩＤで会議室などに出ると、すぐに素性はわかってしまいます。僕は、勤務している塾で取得した法人ＩＤを割り当てられていました」

安積は、完全に理解できたわけではなかったが、なんとなく状況を把握できた。

「企画を立てるときに、今回の事態を予測できませんでしたか？」

「最近、アイドルイベントの雰囲気が物騒《ぶっそう》だとは聞いていました。パソコン通信でも、どこそこのイベントで、騒いだ連中がいるという情報がこのところよく見られました。しかし、人が刺されるなんて思いもしませんでしたよ」

「刺された少年をごぞんじでしたか？」安積は表情を変えなかった。

峰岸は驚いたように安積を見た。

「よく見えませんでした……」

「え……？」

「どんな客が刺されたのか、僕は知らないんです」

「ああ……、なるほど……」

安積は、村雨を見た。村雨はかすかに首を横に振った。桜井も同様の反応を見せた。特に質問はないという意味だった。

「ありがとうございました」

安積は言った。「場合によっては、またお話をうかがうことになるかもしれません。そのときは、よろしく……」

安積は、ステージを離れた。そのとき、機動捜査隊の警部補が近寄ってきた。

「マル害の身元がわかった」

桜井が、さっとノートを開いた。

「古橋洋一《ふるはしよういち》。古い新しいの古、日本橋の橋、太平洋の洋に数字の一。年齢十七歳。都内の東《とう》青《せい》学園という私立高校の二年生だ。連れを見つけた。話を聞くかい？」

安積警部補はうなずいた。

「聞いてみよう」

案内された場所には、ふたりの少年がいた。ひとりは、ひどく興奮しているようだ。もうひとりは、手持ち無沙汰な様子でたたずんでいた。興奮しているほうは、髪を短めに刈り、揉み上げを細長く伸ばしている。目つきが悪く、世の中のすべてを呪っているような顔つきをしている。だが、服装は、どちらかといえばまともだった。ジーンズのジャンパーにジーパンという出で立ちだ。

もう片方の少年の眼を見て安積はぞっとする思いがした。まったく表情のない眼。氷のように冷たく、それでいて、底光りしている。

彼は、すっきりとしたクリーム色のブレザーを着ていた。真っ白のシャツにノーネクタイだ。髪をぴったりと後方になでつけて固めている。眉を細く剃っていた。その髪と眉が、冷やかな印象を強調している。

ふたりとも十七歳で、高校に通っているということだった。

捜査の鉄則で、ふたり別々に話を聞くことにした。まず、ジーパンの少年だった。

「名前は？」

「何度同じこと訊くんだよ」

「私が尋ねるのは初めてだ」

「じゃあ、あっちの刑事《デカ》に訊きゃあいいだろ？」

少年はショックを受けている。友人が刺されたのだから当然だった。そのために彼は苛立っている。どうしていいかわからないのだ。

「名前は？」

安積はまったく動じなかった。少年は、貫禄の違いを悟ったように、しぶしぶこたえた。

「阿部《あべ》輝彦《てるひこ》……」

「刺されたのは、あなたの友達ですか？」

安積は、少年を一般人とまったく同じように扱っていた。それが、彼のやりかただった。

相手によって態度を変えたりはしない。

「中学校時代につるんでいたんだよ。今でもときどき遊んでた……」

「被害者とは、同じ高校に通っているのですか？」

「違うよ」

「もうひとりの友人は？」

「相川《あいかわ》くんかい？　冗談。とてもあの人とは同じ高校にゃ通えない。頭の出来が違う」

「ほう……？」

「俺は、都北《とほく》工業っていうつまんねえ高校さ。だが、相川くんは違う」

彼は、ある一流大学の付属高校に通っているという。阿部輝彦は、半ばパニックに陥っている。だが、こういう状態だからこそ聞き出せることも多い。それを安積はよく知っていた。刑事は、真実を聞き出すために、しばしば尋問の相手をパニックに追い詰めるものなのだ。

「被害者の古橋洋一を刺した相手に心当たりは？」

「そんなもん、ねえよ」

阿部輝彦は、声を荒らげた。彼が被害者意識に甘えているのがよくわかった。警察官の無神経さに腹を立てているのだ。安積は、そうした反応に慣れていた。

「こうしたライブなどには、よくやってくるのですか？」

「ああ……。三人でよく行ったよ」

「最近、ライブやイベントで騒動があったそうですね？」

「……らしいね。そういうのを楽しみで出掛けているグループもあるらしいな」

「そういう連中と、過去に揉めたことは……？」

「まあな……。カメコ、しめたこともあるしな……」

「カメコ……？」

「カメラ小僧だよ。アイドルのパンチラなんかを撮って、雑誌に投稿するんだ。むかつくやつらだよ」

「そういう連中から怨みを買ったようなことは？」

「さあな……」

「怨みを買った可能性もあるということですか？」

「わかんねえよ。イベントでのいざこざなんてよくあることだ。それでいちいち刺されてちゃ命がいくらあったって足りねえだろうがよ」

特定できるだけの相手はいないということだと、安積は理解した。

「わかった。ありがとう」

「よお、刑事さん。病院、行っていいだろう？　古橋のやつが心配なんだ」

「まだ聞いていなかったのですか？」

「何だよ？」

「古橋洋一さんは死亡されました」

阿部輝彦は、口をぽかんと開けたまま、安積を見つめていた。安積は、彼から眼をそらした。いずれは、誰かが知らせなければならない。安積は、桜井に言った。

「彼を連れていって、もうひとりを呼んでくれ」

安積はやってきた少年を見て、珍しく落ち着かない気分になっていた。未成年でもいっぱしの悪党気取りのやつは多い。暴力団の構成員ともなると、それなりの風格を持っている。だが、目の前の少年は、それとはまったく違っていた。

彼は、悪ぶっているわけではない。しかし、あからさまにつっぱっている連中よりはるかに不気味な印象があった。

阿部輝彦とちがって、彼は落ち着いて見えた。何も感じていないようにすら見える。

安積は、それが見せかけかどうか試してみることにした。

「名前は？」

「相川渡《あいかわわたる》」

「年齢は？」

「十七歳」

「高校生ですか？」

「そうです」

「お気の毒ですが、刺された友人は、死亡なさいました」

「そうですか……」

受け答えはしっかりしている。阿部輝彦のように不安や苛立ちを安積にぶつけようとはしない。安積は、眼の表情の変化を読み取ろうとしていた。しかし、伏目がちな彼の眼に表情の変化はなかった。

安積は、阿部輝彦に尋ねたのと同じことを質問することにした。

「古橋洋一さんを刺した相手に、心当たりはありませんか？」

「ありません」

「三人でよく、アイドルのイベントにいらしたそうですね」

「はい」

「その会場で別のグループと対立したことなんかはありませんでしたか？」

「特に対立というようなことはありませんでした」

「では、古橋洋一さんに個人的な怨みを持っているような人に心当たりはありませんか？」

「わかりません。僕たちは、中学校は同じでしたが、高校は別々でしたから……」

「卒業してからも、いっしょに遊んでいたのではないのですか？」

「古橋が、新しい遊びを見つけて、僕たちに教えてくれたんです」

「新しい遊び？」

「古橋は、パソコン通信でアイドル情報のやりとりをしていました。アイドルのイベント情報も、いち早くつかんで教えてくれたのです。僕たちは、さまざまなイベントにいっしょにでかけるようになりました」

また、パソコン通信か、と安積は思った。同時に、彼は、ちょっとした違和感を感じていた。それが何なのか一瞬わからずにいたが、すぐに気づいた。

相川渡のような少年が、子供じみたアイドル遊びを楽しむのがちょっと不思議な感じがしたのだ。

「アイドルのイベントを見て歩くのは楽しいですか？」

「ええ、まあ……」

「あなたも、誰かのファンクラブに入ったり、コンサートの追っかけなどをやるのですか？」

このとき、初めて相川渡は、眼に表情を浮かべた。怪訝《けげん》そうな眼で安積を見たのだった。

「そんなことはしませんよ」

「テレビなどで楽しんでいるわけですか？」

「それも違います。僕たちのいうアイドルというのは、有名なテレビタレントとは違うのです。もっと、インディペンデントなアイドルです。例えば、オーディションを受けて、あるCMに一度だけ出演しているとか、メジャーを夢見て、ライブ活動をしているだとか……」

「つまり、マイナーなアイドルたちですか？」

「マイナーと考えるか、新鮮と考えるかは個人の自由ですね。ただ、僕たちは、既成の大手プロダクションが作るアイドルには興味はありません。むしろ、僕たちはアイドルがメジャーになっていく過程や、マイナーなアイドルが提供してくれる身近な環境を楽しんでいるのです」

「それが楽しいのですか？」

「楽しいですね。アイドルは、現実を忘れさせてくれます。現実というのはくだらない世界です。アイドルは別の世界に生きている。それは魅力的な世界です。僕はそう感じています」

相川渡は、きわめて理性的な口調で話した。安積はその内容を考えて、なぜか落ち着かない気分になった。

「現実が、必ずしもくだらないとは思わんがな……」

安積はひとり言のようにつぶやいた。

相川渡の表情にまた変化が見られた。彼は、かすかにほほえんだ。安積は、そのほほえみを見てさらに居心地の悪さを感じた。

「そうですかね……」

相川渡は、それだけ言うと口を閉ざした。沈黙は、ありがたくはなかった。だが、安積は、何を尋ねていいかわからなかった。珍しいことだった。彼は、相川渡と接点がまったくないような気がしてきた。

安積は、傷害致死あるいは殺人の捜査をしており、相川渡は、被害者の友人だ。接点がないわけではない。それはわかっていたが、にもかかわらず、安積は、質問する気分ではなくなっていた。

彼は、うなずいて言った。

「ありがとう。また、何かうかがうことになるかもしれません」

相川は、黙って、阿部輝彦がいる場所に近づいていった。彼らは、何も話し合わなかった。阿部輝彦は、明らかに相川渡の顔色を気にしているようだった。

安積は、村雨と桜井に言った。

「機捜の連中を手伝ってやってくれ。手分けして目撃者を探すんだ」

桜井は即座に動き、村雨は、余裕を持った態度でゆっくりと歩いていった。桜井は、村雨と別々に行動することを歓迎しているように見えるが、まさかな……。安積は、ふたりの姿を見て、ぼんやりとそんなことを考えていた。

4

安積は、所在なげに立ち尽くしている宇津木に近づいた。

「俺は、自分に少年時代があったことを疑問に思いはじめたよ」

その口調は、さきほどよりずいぶんとくだけた感じだった。同期の親しさを感じさせる。

宇津木は何を言われたのかわからず、黙っていた。

「あそこにいる相川渡という少年だ。まるでわけのわからない生き物と話している感じだった。おまえさんは、いつもああいう連中を相手に仕事をしているのか？」

「幸いなことに、直接少年少女たちと関わりあうのは、所轄署の生活安全課か教育委員会の補導員だ。本庁《ホンブ》の私たちは、ほとんどが、書類仕事だ。少年犯罪の傾向について統計を取ったりしているわけだ」

「あの少年は、現実はくだらないと、いとも簡単に言ってのけた。俺たちは、そのくだらない現実のためにあくせくしている」

「あの年代の連中にしてみれば、本当にくだらないのかもしれない。彼らは、競争を強いられてきた。小学校時代から塾に通わされ、成績の悪い者は落ちこぼれの烙印《らくいん》を押された。彼らは、将来に対して夢を持てない。その苛立ちが、いろいろな形で現れる」

「なるほど。現実の将来に夢を持てないから、アイドルといった非現実を追っかけたがるというわけか……」

「そういう単純な問題ではない。アイドルというのは、どうやら、若者たちのれっきとしたひとつのサブカルチャーのようだ。この世界にも、派閥があり、序列があり、当然協力関係や対立関係も生じる」

「不思議だな……。サブカルチャーなどといわれると、かつての全共闘なんかと同じように聞こえるのだが……」

「似ているかもしれない。きわめて……。組織があり、闘争があり、祭りがある……。だが、私にも詳しいことはわからない。表面的に調査をしたにすぎないからな……」

「おまえさんにいろいろと教えを乞わなければならないかもしれない。俺にも、年頃の娘がいる」

宇津木は、かぶりを振った。

「その点に関しては、あまり期待しないでくれ。私にも、ふたりの子供がいるが、やつらとは、あまりうまくいっていない。女房といろいろあってな……」

「そうか……。だが、俺よりはいい。おまえさんはまだ別れていない」

宇津木は、そのとき、安積が離婚していたことを思い出した。安積の娘は、母親と同居しているのだった。宇津木は、安積の孤独を思いやろうとした。しかし、あまり気の毒には思えなかった。彼は、いっそ離婚してしまったほうがずっと楽ではないかという気がしていたのだ。

機動捜査隊の警部補が近づいてきて、安積警部補に言った。

「まずいな……。こいつは長引くかもしれない……」

「目撃者が出ないのか？」

「刺したところを見た者はいない。店から誰か出ていった形跡もない」

「ならば、刺した人間は、この店のなかにいるということだ」

「容疑者が二百人近くいることになる」

「乱闘に参加していた者だけに絞れるはずだ」

機動捜査隊の警部補は、曖昧に首を振った。

「こういう犯罪は、その場で犯人が逮捕される場合が多い。そうでない場合はやっかいなことになる。客たちは、ほうぼうから集まってきている。流しの犯行と同じことで、土地鑑がない。筋が立ちにくいんだ。衝動的な犯行かもしれんし、何かの弾みだったかもしれない……」

「そうだな……」

安積は言った。

宇津木は、安積のその反応に少しばかり驚いた。機動捜査隊の警部補が言ったことは、安積にとっては百も承知なはずだ。安積は、釈迦に対する説法をあっさりと聞き流したのだ。

安積の年齢相応の落ち着きがうらやましかった。

そのとき、桜井が駆け寄ってきた。

「すいません。気分が悪くなった女性がいるんですが……」

　安積は、桜井が指さすほうを見た。

　少女がひとり、床にしゃがみ込んでいる。顔を伏せている。肩のあたりで切りそろえられた髪でその顔が隠れている。

　安積警部補は、その少女に歩み寄った。

「だいじょうぶですか？」

　少女が、髪をかきあげるようにして顔を上げた。その顔面は真っ蒼で、額に汗が浮いていた。ほっそりとした少女だった。どこか病的な感じがすると安積は感じたが、それは、気分が悪いせいかもしれなかった。あるいは、もともとそういう感じの少女なのかもしれない。その病的な印象のせいでひどくはかなげに見えた。

「ショックと緊張のために、貧血を起こしたようです」

　桜井が言った。安積は、桜井に命じた。

「外にまだ救急車がいるはずだ。救急隊員を呼んできてくれ」

　桜井が駆け足で出ていった。

　少女は、今にも気を失いそうだった。機動捜査隊の隊員が肩を抱いて支えていた。

　救急隊員は、担架を抱えて店に入ってきた。少女が担架に乗せられると、安積は、そばの機動捜査隊員に尋ねた。

「彼女の名前と住所は聞いてあるか？」

「確認してあります」

「誰か、付添いは？」

「彼女は、ひとりでこの店にやってきたようです。連れはありません」

「婦警を連れてくるんだったな……」

「は……？」

「突然、生理が始まったりしたら、君じゃどうしようもないだろう。精神的ショックを受けると、そういうことがよくあるんだ」

「はあ……」

「まあ、そういうことになっても救急隊員にまかせることにしよう」

安積警部補は、ふたりの救急隊員に向かって言った。「病院へ連れていってくれ」

阿部輝彦は、相川渡が何も言わないのでどうしていいかわからなかった。彼は、しきりに店の中を見回していた。不安でたまらなかったし、友人が刺されたことに腹を立てていた。

ふと阿部輝彦は、店内のちょっとした騒ぎに気づいた。ひとりの少女が担架に乗せられて運ばれていこうとしている。担架に乗ろうとしたとき、その少女の顔が見えた。

彼は、その顔に見覚えがあるような気がした。身を乗り出して、運ばれていく担架を覗き込んだ。間違いなかった。

「相川くん……」

阿部は言った。「あれ……。あの担架で運ばれていく子、葉山由里子《はやまゆりこ》みたいだ」

相川は、阿部の顔をしげしげと見つめた。そして、店の外に運ばれようとする担架を見やった。

「確かか……？」

相川は、ゆっくりと視線を阿部に戻すと尋ねた。

阿部の顔色はますます悪くなっていた。

「たぶんね……。いや、間違いない……」

相川の眼に何かの表情が宿った。阿部はそれを危険な色のように感じた。阿部は、うろたえて言った。

「どうしてこんなところに葉山由里子が……」

相川は、思案しながら言った。

「別に不思議はないさ……。有森恵美の人気を考えれば……」

「だって……、古橋のやつがあんなことになって……。そこに、葉山がいた……」

相川は、阿部の顔を見た。彼は、かすかにほほえんだ。

「偶然だよ。気にするな……」

阿部は、そのほほえみにまったく温かみがないのに気づいた。

宇津木は、誰も自分に質問しようとしなくなったので、引き上げ時だと思った。彼は、保科を呼んで、店を出た。

保科は、横にならんで歩道を歩きながら、宇津木に言った。

「さっきのあれ、なかなか鋭い分析でしたね？」

「何のことだ？」

「若者のアイドル文化がれっきとしたサブカルチャーだって言ったでしょう？」

「聞いていたのか……？」

「僕もそう思いますね……。アイドルファンだけじゃありません。コミケ、カメラ小僧、ゲームマニア、パソコン通信……。あらゆるマニアがサブカルチャーを形成している時代なんです」

「私がしゃべったことは、誰かからの受け売りにすぎないよ。たぶん、誰かのレポートのなかにあった言葉だろう……」

宇津木は、保科と真剣に議論しようとしなかった。若者を理解できないと嘆きつつ、若者と話し合うチャンスをつぶしているのは宇津木のほうであることに、彼は気づいていない。

保科は、勢いづいたのか、宇津木の投げやりな態度も気にせず話しつづけた。

「そのサブカルチャーを支えているのは、膨大な量の情報です。その世界に住んでいる連中は、膨大な情報で武装し、よそ者を受け付けません。例えば、アイドルマニアなどは、アイドルそのものより、アイドルに関する情報のほうをありがたがっているような印象があります。サブカルチャーの世界では情報がひとり歩きするようなところがあるんです」

「そうだな……」

宇津木は、保科の話を半分しか聞いていなかった。そうした分析をいくらしたところで、少年たちを理解できるとは思えなかった。問題は、少年たちの大人に対する憎しみだった。すべての少年が、大人に対して憎しみを抱いているように、宇津木は感じていた。

彼は、これまで何度も考えた。自分が十代のころはどうだっただろう？

確かに、大人たちに反発を感じていた。その反発をうまく整理することができずに苛立ったこともあった。しかし、あからさまに憎しみを大人にぶつけることはしなかったような気がする。

今の少年たちは、我慢することをしなくなったと宇津木は思っていた。おそろしく器量が小さくなっている。簡単にかっとくるし、簡単に犯罪に走る。あるいは、おそろしいくらいに簡単に自殺してしまう。

あるいは、自分も少年のときはそうだったが、忘れてしまったのかもしれない。

誰だってそうだろう。少年時代の憎しみや苛立ちをそのままの形で記憶している者はあまりいない。ある気恥ずかしさを伴った思い出の一場面として記憶している場合が多いのだ。

それが成長というものだ、と宇津木は思った。そうした成長に伴う心理的作業がうまくできなかった者は、大人になっても、少年同様の暴力衝動を持ちつづける。

そういう連中の多くは、犯罪者となり、ごく一部が、芸術家や有名なスポーツ選手となるのかもしれない。宇津木はそんなことを考えていた。

保科はまだしゃべっていた。

「……だから、最近のサブカルチャーのひとつの特徴として、パソコン通信が盛んに利用されています。僕は、これがひとつの特徴だと思います。パソコン通信と同居できない分野は、現在のサブカルチャーを形成できないと言ってもいい」

その見解には興味を覚えた。たしかに一理ある。だが、宇津木は、それに対して意見をいうようなことはなかった。

「なるほどな……」

彼はただそう言っただけだった。

安積警部補と、村雨、桜井の三人は、神南署に、初動捜査で得られた情報を持ちかえった。じきに、鑑識からの最初の報告も届くだろう。

村雨は明らかに憂鬱そうだった。現場で犯人が逮捕できなかったことが問題だと考えているようだった。彼も、現場で機動捜査隊の警部補が言ったことをよく知っていた。行きずりの犯行や、衝動的な犯罪は、犯人を挙げるのが難しい。たいてい、そういう事件はその場で犯人が逮捕される。あるいは、緊急配備に犯人が引っ掛かる。だが、そうでない場合はこじれるのが常だった。

もっとも、村雨が憂鬱そうに見えるのは、珍しいことではない。彼は、もともとどちらかというと悲観的な男だった。その分、捜査は慎重だ。

刑事の仕事はどうしても、あら捜しや揚げ足取りを気にしなければならない。書類の不備や、報告書の言葉づかいは厳しくチェックされる。

捜査方針に従って、あらゆる証拠を切れ目なく並べていかなくてはならない。事件を検察に送りつけるにはそうした注意が必要なのだ。そのためには、村雨のような人間は役に立つ。

彼の見かけも災いしているかもしれない。やせ型で背がやや丸い。頬がこけており、職業柄鋭い眼をしているので、戯画化された死に神を思わせる。

巡査部長になるには、剣道・柔道いずれかの有級者か有段者でなければならないのだが、村雨はとてもそうは見えない。

沈んだ雰囲気は、桜井に伝染したようだった。というより、村雨に合わせているのかもしれない。桜井は常にそつなくふるまう若者だ。先輩を無視して行動することはない。

警察という組織では、大切なことなのかもしれない。そうして生きていくほうが楽に決まっている。しかし、そういう処世術だけ学んだ者が上に立ったときどうなるのだろう。安積は、常々その点が気になっていた。

また、そつのない警察官が優秀な刑事とは限らない。安積は、以前から、村雨が桜井の個性を押さえ込んでいるのではないかと心配し、さりげなく注意をしていた。

今のところ、決定的な場面を目撃したことはない。

神南署は新設警察署だった。まだ仮の住まいで、居心地がいいとは言えない。だが、安積は気にしたことはなかった。四交代で外勤をやっている地域係の連中は交番に詰めている。交番は、公廨《こうかい》よりずっと狭くて粗末なはずだった。

安積は神南署に来る前も、新設署の刑事課で係長をしていた。湾岸新副都心構想をにらんで、台場に作られた小さな警察署だった。その湾岸署――通称、ベイエリア分署の花形は、湾岸高速道路網を疾走する交通機動隊だった。やがて、バブル経済の崩壊により、湾岸副都心構想は、大幅に縮小されることになった。湾岸署の存在価値もなくなり、交通機動隊の分駐所だけを残して、他の部署は閉鎖された。

湾岸署の刑事課強行犯係は、ほとんどそのまま神南署に移された形になった。今、神南署の刑事部屋《デカベヤ》には、二十ほどの机が並んでおり、強行犯係、盗犯係、知能犯係、鑑識係、記録係の五つの島に分かれている。

公廨の中でも刑事課が特に刑事部屋《デカベヤ》と呼ばれるにはそれなりの理由がある。雰囲気がたしかに他の部署とは違っている。そこにいる男たちは一癖も二癖もありそうな連中だ。

その刑事部屋に一風変わったふたり連れが入ってきた。

片方は、小太りでどうにもしまりのない印象がある。もう片方はまったく対照的で、実に颯爽《さっそう》としていた。

安積の部下の須田三郎《すださぶろう》部長刑事と黒木和也《くろきかずや》巡査のコンビだった。彼らは、いつもとまったく同じ登場のしかたをした。太めの須田部長刑事が、この世の最大の悲劇を見たといった表情で絶え間なく黒木に話しかけている。黒木は、自分の足の約二メートル先をじっと見つめながら、ただ黙ってうなずいているのだ。

黒木和也巡査もおとなしい男だが、桜井とは違ったタイプだった。彼は、神経質だが、その神経質さは、一流のスポーツ選手と同質のものだった。実際、黒木和也は豹のようにしなやかな体つきをしていた。きわめて実直なタイプだ。

片や、須田三郎巡査部長は、刑事になれたことを誰もが不思議がるようなタイプだった。太りすぎのせいで行動はぎこちない。何か起こるたびに、被害者に同情し、罪を犯すに至った経緯《いきさつ》に同情する。およそ、刑事には向いていないように見える。しかも、彼は、刑事になってからずっと強行犯担当なのだ。

人事の悪い冗談のようだが、安積は、彼を買っていた。一般の刑事にはないひらめきがあるのだ。
　さらに、須田は妙なことに詳しいのだった。例えば、強行犯担当の刑事たちは、たいてい
コンピュータアレルギーだが、須田部長刑事は、コンピュータマニアといってよかった。
　安積は、部下の好き嫌いをなるべく考えないようにしている。だが、同じ部長刑事でも、
村雨といるとやや緊張し、須田の顔を見たとたんほっとするのは否定しようがなかった。
　須田は、安積の机の側に来て、病院の報告をした。古橋洋一が運ばれた病院に行っていた
のだ。所持していたバイクの運転免許証から身元を確認していた。死因は、出血多量だが、
刃物は腎臓に達していたという。凶器はサバイバルナイフで、指紋その他の形跡は残ってい
ないということだった。
　凶器は現在鑑識に回っており、メーカーと販売店などの流通経路を特定できるかどうか調
査されている。
　安積が無言でうなずくと、須田は、ため息をついた。
「しかしね、チョウさん……」
「なんだ？」
　須田は、かつて、安積と組んでいたことがある。安積が部長刑事で、須田が新人刑事だっ
たころのことだ。そのころからずっと、須田は安積のことを「チョウさん」と呼んでいる。
安積が係長になった今、彼を「チョウさん」と呼ぶのは須田だけだった。

彼は、最大の悲劇を見てきたといわんばかりの顔をした。

「十七歳ですよ。どういう状況であれ、死んじゃいけない……。最近、少年たちが死ぬケースがよくあるでしょう？　バイクの事故、喧嘩、いじめに自殺……。どういうんでしょうね、これ……」

安積は顔を上げた。

「犯人を現場で挙げることはできなくなった。やっかいな案件《ヤマ》になるかもしれない」

須田は、とたんに難しい顔になった。小学生が、秘密を共有したときの表情のようだった。

「そうですか……。現行犯逮捕じゃなかったんですね……」

「今、おまえさんが言ったことを一刻も早く報告書にしてくれ」

須田は、少しばかり傷ついた表情になった。

「もちろんです。今、黒木がやってます。すぐに提出しますよ」

安積は黙ってうなずいた。それだけでよかった。須田には何も言ってやる必要はない。安積にはそれがわかっていた。

5

宇津木真警部補と保科和夫巡査は、現場から直接帰宅した。すでに深夜に近かった。署に向かった安積たちを見て、宇津木は、所轄の刑事でなくてよかったと思った。彼はくたくたに疲れていた。

帰宅すると、妻はすでに寝ていた。眠っているかどうかはわからないが、寝室から出てこようとしなかった。郊外のささやかな一戸建てだ。小さな家だが、警察官の宇津木の給料では、とても庭付きの家など持てない。この家は、もともと妻の実家だった。妻の両親が亡くなり、宇津木の家族が住んでいるのだった。古い家だが、一階に三間、二階に四間と部屋が多いのが取り柄だった。

子供たちは二階にそれぞれ部屋を持っている。宇津木は、しばらく前から、妻とは別の部屋で寝ていた。

冷蔵庫から缶ビールを出して、栓を抜いたとき、階段を降りてくる足音が聞こえた。息子の章《あきら》だった。

宇津木を見たが、声を掛けようともしない。宇津木は、ビールをあおってから息子に言った。

「何だ?」

「何でもねえよ。トイレだよ」

息子は、姿を消そうとした。宇津木は、何か話しかけたくなった。

「おい、おまえ、有森恵美って知ってるか?」

息子は、迷惑そうな仏頂面《ぶっちょうづら》でぼそぼそとこたえた。

「知ってるさ」

次に宇津木が何か言うまえに、息子はトイレに姿を消した。気まずさだけが残った。宇津木は、息子がいきいきと眼を輝かせて、有森恵美のことを話してくれることを期待したわけではない。

そうした期待は、とうの昔に放棄している。ただ、ちょっと話をしてみたかっただけだ。そのささやかな願いすら、この家では叶《かな》わない――宇津木は、そう思うとひどく情けなくなって、ビールよりも強い酒が飲みたくなった。

翌朝、登庁した宇津木は、エレベーターを待ちながら、警視庁の出世コースについてぼんやりと考えていた。

警視庁の庁舎の上の階にいくほど出世コースに近いといわれていた。十六階には、警備部がある。その下の十五階と十四階は公安部だ。どちらも出世コースだ。

十三階が地域部と外事一課、二課。十二階が嫌われ者の警務部。警察内部の犯罪を捜査する部だから嫌われるのは当然だ。十一階は、会社で言えば役員室だ。公安委員会があり、警視総監がいる。総務部長もこの階にいる。十階に総務部を挟み、九階と八階に宇津木真が所属している生活安全部が入っていた。少年一課と二課は、九階にある。

警察の花形のように見られている刑事部は四、五、六階にある。この配置からもわかるとおり、刑事警察は出世コースからはずれているのだ。

エレベーターも、低層用が三基、中層用と高層用がそれぞれ六基ある。刑事たちは、たいてい低層用を使う。もちろん、部署によって使うエレベーターの区別があるわけではないが、宇津木は、こうしたところにも警察組織内の差別があるような気がしていた。

どうでもいいことだと宇津木は思うのだが、ついこういうことを気にしてしまう。それが自分の限界でもあると、彼は感じていた。宇津木は、ふと、昨夜久しぶりに会った安積警部補のことを思い出していた。

同期で階級も同じ。だが、彼は、所轄署の刑事課係長だ。宇津木は、本庁の係長だ。しかも、このところ、生活安全部の株は上がっていて、公安に次ぐ出世コースとも言われている。この差は、一見大きそうだった。

しかし、宇津木は優越感を感じることはできなかった。そればかりか、安積に対して劣等感すら感じるのだった。

安積は自分の職務にまったく疑いを持っていなかった。それは、ちょっと見ただけですぐにわかった。自信が、態度、口調、目つきに表れていた。安積は闘志を剝き出しにするタイプではない。しかし、人一倍情熱家であることを宇津木は知っていた。

その情熱は、他人に対して向けられるのではなく、彼自身のなかで静かに燃えているのだ。

確かに、現時点では、宇津木のほうが、安積よりも出世コースの上位にいる。だが、それを誇る気にはなれなかった。

宇津木は、少年一課に戻ると、まっすぐに課長の席に向かった。原宿のライブハウスでの出来事を報告する。外から連絡が入るまえに、直接報告しておかなければならない。こういうタイミングが役所では必要なのだ。

「傷害致死？」

説明を聞いた課長は、眉をひそめた。課長は、典型的な中間管理職タイプだ。これといって特徴のない中年男だった。

宇津木はうなずいた。

「あるいは殺人」

「その可能性はありますね。会場にいた客の多くが未成年でしたから……」

「捜査本部を作るのか？」

「いや……。今のところは、神南署単独の案件です」

「まあ、傷害致死じゃあな……。神南署の事件《ヤマ》ならば、関わることもなかろう。特に協力を要請されているわけじゃないんだろう？」

「ええ……」

「ならば、放っておきたまえ」

課長はそういって話を打ち切った。

宇津木は、正直言ってほっとした。余計な仕事は増やしたくなかった。

席に戻ると、保科が小声で宇津木に言った。

「何ですって？　俺たちも捜査に協力するんですか？」

その表情は期待に満ちていた。宇津木は、不思議そうな表情で尋ねた。

「おまえは、捜査に参加したいのか？」

「興味あるじゃないですか？」

その好奇心や情熱が、宇津木には信じられなかった。警察官は、みな疲れ果てているのだ。

「少年の犯行か？」

「放っておけと言われた」

「なんだ、そうなんですか……」

「私たちには私たちの仕事がある」

保科は曖昧にうなずき、机に報告書の用紙を出した。

宇津木は、自分が冷淡な上司であることはわかっていた。だが、どうしようもなかった。親しく保科と意見を交換するのをためらっていた。どうせ、意見などかみ合わないのだと、話し合う前からあきらめてしまっているのだった。

私は、若者に対して臆病になっているのかもしれない。ふと、宇津木はそう思った。少年課には自分は向いていない。宇津木はそう思いながら、書きかけのレポートを机の上に開いた。

強行犯係長の安積警部補は、ひとつの事件だけを気にしているわけにはいかない。暴行事件や、傷害事件などは毎日起こる。

小規模の警察署である神南署の強行犯担当捜査員は、安積を除くと村雨、桜井、須田、黒木の四人だけだ。安積は、彼らがそれぞれに別の案件を抱えているのを知っていた。その状態のままで、彼らを捜査に駆り出さねばならない。

この四人に安積と課長を加えた六人で午前中に会議を開いた。

「鑑識から凶器についての報告が来ています」

村雨が鹿爪《しかつめ》らしい顔つきで言った。「アメリカ・バック社の製品で、商品名は『パーソナル』。全長二二〇ミリ、刃渡り一二〇ミリのサバイバルナイフです。この商品を取り扱っている小売り店は、都内だけでも三十軒以上あります」

「刃渡りが一二センチもあるナイフが売られているんだからな……」

須田が言った。「考えてみれば、恐ろしいことですよね……」

「サバイバルナイフは業務用と解釈されるからな。包丁なんかといっしょだよ」

村雨が説明した。もちろん、須田も警察官なのでそれくらいのことは知っているはずだった。しかし、須田は、例の秘密を共有するような深刻な表情でうなずいた。

「捜査員が豊富なら凶器を持って販売店を回ることもできるんだが……」

課長の金子《かねこ》禄郎《ろくろう》警部が眉根に皺を寄せて言った。安積警部補は、言った。

「犯人像が絞られてから凶器の線をたどったほうが効率的でしょう。大切なのは、これがどういう性格の事件か見極めることです。まず、傷害致死なのか殺人なのか。それを決めなければなりません。可能性としては低いですが過失致死や自殺も考えられなくはない……」

課長は難しい表情になった。金子課長は、たたき上げの刑事だ。捜査のベテランではあるが、それだけに独善的になりがちな傾向があった。その上、若い者をあまり信用していない。大学柔道部から警察学校に入ったという経歴が影響しているのかもしれないと安積は考えていた。体育会の体質が今でも抜けきらないのだ。

金子課長が言った。

「目撃者は？」

「現場の目撃証言は得られませんでした」

「周りには人が大勢いたのだろう。目撃者がいないというのは不自然じゃないか？」

「乱闘の最中で、誰も気がつかなかったのです」

「それにしても、ひとりも目撃者がいないとは……」

安積は、村雨に尋ねた。

「その点についてはどう思う？」

村雨は、生真面目に資料を検討していた。資料を調べるふりをして何を言うべきか考えているのかもしれない。安積は、そう想像した。

「確かに不自然な感じがします。いくら乱闘の最中だって、誰か刺した瞬間を見ていてもおかしくはない。しかし、機動捜査隊が店にいたすべての人間に尋問した結果のことですから……」

村雨が言った。安積は、そういう返事を聞きたいのではなかった。村雨は事実を述べたに過ぎない。安積は、その事実が何を意味するかという考えを聞きたかったのだ。

村雨は警戒しているのだ。会議での不用意な発言が何かの失敗につながるかもしれない。

捜査でよくいわれる、間違った予断のきっかけを作る危険を心配しているようだ。

安積は、桜井に尋ねた。

「おまえはどう思う？」

桜井はさらに慎重だった。

「自分も、同じように思います」

「どういうふうに？」

「つまり、不自然に見えるが、事実は事実だと……」

桜井は、何か別の意見を持っているかもしれないと安積は勘繰っていた。まさか、余計なことを言うなと村雨に吹き込まれているのではないだろうな……。

安積は、ぼんやりとした半眼になっている須田部長刑事を見た。目を細めたその顔はまるで仏像のように見える。須田がそうした表情を見せるときは、決して会議に退屈しているわけではないことを安積は知っていた。彼はしきりに何かを考えているのだ。

「須田、おまえさん、どう思う？」

しきりに思案していた須田は指名されて、うろたえた。仲間うちの会議であり、いちいちあわてなくてもよさそうなものだが、須田は、必ずそうした反応を見せる。まるで、そうしなければいけないと決めているかのようだった。彼はしばしば、安っぽい演出のテレビドラマに出演しているような行動を取る。もしかしたら、そうした行動をとることで一般社会との接点を得ようとしているのかもしれない。安積は、そう考えたこともあった。須田は言った。

「少なくとも、その店で証言したうちのひとりは嘘をついているわけですよね」

「そうだ」

安積はうなずいた。「犯人は嘘をついている」

「そして、共犯者がいたとしたら、複数の人間が嘘をついているわけです」

「あたりまえのことじゃないか……」

村雨が眉をひそめて言った。

「そう。しかし、複数の人間が嘘をついているというのと、ひとりも目撃者がいないというのでは事情が大いに違ってくる」

「なるほど……」

安積が言った。「共犯者がいたら、なんらかの隠蔽《いんぺい》工作もできた……」

「そうです。その可能性もあります」

「何人かの人間による計画的な犯行ということになるな……。共犯者がいたということは、事前に打合せが必要だろうからな……」

金子課長が言った。

「では、複数の計画的犯行の可能性が大きいと……」

村雨は、眉を寄せた表情のまま言った。事の真偽を考慮するというより、須田の次の出方を観察しているような感じだと安積は思った。

「ありうるだろう。あくまでも、可能性だからね。可能性だけ考えれば、こういうのもありじゃないかな。犯人は、予想だにできないような人物で、挙動不審だったけれども、それを見た人は、まったく疑わなかった。そういうわけで、目撃証言を得られなかった……」

「まさか……」

村雨は否定した。「殺人現場を見たのに、それを忘れてしまったというのか？」

「乱闘のなかでの出来事だからね。誰もが殴りあったり、つかみあったりしていた。犯人と被害者がもみ合っていても不自然じゃない状況だった……」

須田は、ぼんやりと夢を見るような目つきをしている。彼は、その場の状況を思い描いているのだ。彼は、ふと気づいたように言った。「会場は明るかった？」

須田は現場を見ていないのだ。

村雨と桜井は顔を見合せ、それから安積警部補の顔を見た。安積がこたえた。

「私たちが到着したときは、客席の明かりがついていた。だが、それでも充分明るいとはいえなかった。乱闘は、演奏の最中に起こったというから、おそらく、会場は暗かっただろう」

「ならば、野次馬は、何が起こったかよく見えなかったかもしれませんね。すぐ側で誰かが刺されても、わからなかったというのもうなずけます」

「その点は、もう一度確かめてみる必要があるな。事件が起きたとき、店内の照明はどの程度だったのか……」

安積は言った。「それで、結局、おまえさんの見解はどういうことになるんだ？」

「傷害致死でいくべきでしょうね」

須田があっさりと言って、その場にいた一同を驚かせた。彼は、話しはじめたときから、殺人の可能性を示唆していた。

「なぜだ？」

全員を代表して安積警部補が尋ねた。

「殺人を実証するものが何もないからです。誰かが、被害者の古橋洋一くんに殺意を抱いていたことを示す事実は今のところなにひとつないのです。そういう事実が出てきたときに、殺人の容疑に切り換えればいいと思うんです」

「もっともな話だ……」

金子課長が言った。「では、傷害致死ということで記者発表するが……。それでいいね？」

課長は、安積の顔を見ていた。

「けっこうです。私もそのつもりでした」

「じゃあ、そういうことで……」

金子課長は、席を立った。彼は、叩き上げの刑事らしく、どちらかというとせっかちだった。頭でなく足で考えるという刑事の伝統が染みついているのだ。

残った五人は、湾岸署以来の仲間たちだった。安積は、あらためて村雨に尋ねた。

「それで？　本当のところはどう思うんだ？」

「状況から見て、殺人の線が濃厚でしょうね。衝動的に刺したのなら、誰かが気づいたはずです。つまり、揉み合いになり、かっとなって刃物を出したというのなら、犯人はそれなりの意思表示をしたと思うのです。大声を上げるとか、刃物を掲げて相手に見せるとか……。刺すところを見られないようにやってのけるというのは、殺意を表しているような気がします」

安積は、桜井を見た。桜井は、うなずいた。

「誰にも気づかれなかったという点が、やはりひっかかりますね。村雨さんが言うように殺意を感じます。ただ……」

「ただ、何だ？」

「殺意を証明するものが何ひとつない現段階では、傷害致死が妥当だと思います」

安積はうなずき、須田を見た。

「僕も殺人の可能性は否定できないと思います。でも、充分に注意しないと……。その……、被害者は少年で、乱闘していたほとんどが、やっぱり少年なわけでしょう？　万が

一、容疑者が特定された場合、傷害致死と殺人では印象が違います」
「マスコミ対策か……」

「容疑を殺人に切り換えることは、いつでもできますよ」

安積は、そのとき、なぜか相川渡の顔を思い出していた。あの少年の不気味な印象が忘れられなかった。

「よし」

安積は言った。「新聞発表は、傷害致死だ。しかし、捜査は殺人のつもりで行う。さて、それでは、それぞれの役割を決めよう」

刑事たちは、資料を細かく検討しはじめた。

6

阿部輝彦は、ひどく落ち着かない気分だった。学校に行ったものの、いても立ってもいられなくなり、午前中で抜け出してしまった。鞄を脇にはさんで、繁華街を歩き回ったが、警官や補導員に声を掛けられるのも面倒なので、早々に自宅に引き上げてしまった。

古橋洋一の通夜が今夜あるはずだった。告別式は、明日だ。友達が刺されて死んだというのは、何とも嫌なものだが、阿部輝彦は、悲しみよりも、わずらわしさを感じている自分に驚いていた。

いっしょに遊び回った思い出はある。それについて、淋しさと悲しさはある程度感じているが、なぜか、彼を苛《さいな》んでいるのは、別の感情のような気がした。

親友を失ったという喪失感はあまりなかった。古橋が死んだことにまつわるさまざまなことが面倒だったし、何かが気になっていた。

古橋とは、親友といえるほど親しくはなかったのかもしれない——阿部輝彦はふとそんなことを考えた。中学校を卒業するときは同じクラスだった。相川渡を中心に三人で遊び回ったが、真剣な話をした記憶などなかった。

彼らは、不良グループだった。三人で反社会的なことをするのが楽しかった。中学を卒業するとしばらくはばらばらだった。三人ともすっかりおとなしくなり、喧嘩だのシンナーだのカツアゲだのという生活から足を洗っていた。

古橋がパソコン通信という新しい遊びを阿部や相川に紹介したのは、高校一年の終わりだった。古橋は、パソコンを使ってアイドル情報を交換しあっていた。当初、阿部は、そんな古橋をばかにしていた。アイドルの追っかけをやったり、コンサートで声を合わせて応援をしている連中のことを連想したからだった。

しかし、古橋が関わっているのは、そういうものとは少しばかり違うようだった。古橋が関心を持っているのは、有名になってしまったアイドルではない。ＣＭに一度だけ出た少女や、ライブ活動を中心にやっている少女であり、映画の端役《はやく》の少女たちだった。そうした少女たちの可能性を発見することが楽しみなのだ。

テレビ局のディレクターや、広告代理店の制作担当の業務を遊びにしているようなものだ。それは、阿部や相川にとって新しい世界だった。アイドルファンにとってアイドルは素材に過ぎない。どういう情報をどういう形で手に入れ、それにどういう対処をするかという点が問題なのだ。それに気づいたふたりは、たちまち興味を覚え、今では、いっぱしのエキスパートになっていた。

ツッパリやヤンキーなどと呼ばれる不良が、アイドルファンになる例は少ない。阿部の生き方は、相川によって決定されるようなところがあった。相川は変わった少年だ。どんな悪いことも平気でやったが、中学を卒業すると、あっさりとその世界から足を洗ってしまった。常に先のことを考えているようだった。

阿部輝彦は、自分の苛立ちをもてあましていた。古橋が死んだということが、まだどういうことなのか理解しきれていないような気がした。もっと悲しまなくてはいけないような気がした。彼は、今、悲しみよりも、得体のしれない恐怖のようなものを感じていた。身近な者の死は、少なからず精神的にダメージを残す。その精神の傷のせいで自分がおかしくなるのではないかという恐怖と不安だった。

彼の家庭は、典型的な中産階級だ。武蔵小金井《むさしこがねい》の駅から歩いて二十分ほど離れた住宅地に一戸建ての家を持っている。そのローンは家計を圧迫しているけれど、日々の生活に苦しむほどではない。彼は、自分の部屋を与えられていた。

部屋に戻っても落ち着かなかった。不安感のせいで、てのひらに汗をかき、後頭部に冷たい風があたっているような感じがする。

だが、外にいるともっと不安なのだった。彼は、プレイヤーの中に入っていたCDをかけた。原宿のライブハウスで歌っていたアリモリ・ファミリー・バンドだ。演奏しているのも同じ、アリモリ・ファミリー・サポート・バンドだ。お気に入りのCDだったが、ライブハウスでのできごとを思い出し、すぐにストップボタンを押してしまった。

ベッドに身を投げ出したが、やはり落ち着かず、すぐに起き上がった。彼は、何か気晴しをしなければならないと思った。部屋の隅のラックに載っているパソコンのスイッチを入れた。通信ソフトが入っていた。モデムは常に電話回線につないである。

いつも使っている商業ネットを選んでログインした。ログインを歓迎するメッセージに続いて、電子メール、フォーラム、掲示板、データバンクなどのトップメニューが現れる。阿部は、『アリモリ・マニア』へのコマンドを入力した。コマンドを使うことによって、次々と枝分かれしていく選択メニューを省略することができる。

『アリモリ・マニア』は、アイドルフォーラムのメニューのひとつだった。

有森恵美に関する情報だけをやりとりするための電子会議だ。阿部は、未読のメッセージを読み進んだ。昨日の事件に関するメッセージが多い。

〈やっぱ、起こっちまった。いつかはこんなことになるんじゃないかと思っていた。(;;)有森恵美本人がいなくて本当によかった。でも、これって、やっぱり、有森恵美の人気のバロメーターかな？(^_^)
モーリ〉

〈神聖な有森恵美のイベントで、人を殺すなんて許せない。殺人があったということより、それが、有森恵美のイベントで起こったということに怒りを感じる。犯人は、有森恵美を汚したのだ。

バイナリ〉

〈有森恵美の周辺では、何でも起こりうるということが証明された。これは、有森恵美が単なるアイドルではなく、すでに状況だということじゃないだろうか？

一休〉

〈最近、イベント荒らし（?）が多かったんですね。でも、人が死ぬなんて、怖いよー。でも、有森恵美のイベントがあったら、僕はまた行きます。(^o^)

マロマロ〉

そうしたメッセージやコメントが約二十も続いている。フォーラムに新たに発言することを一般的にメッセージと呼んでおり、そのメッセージに対して何か発言する場合をコメントと呼んでいる。メッセージの最後に時折現れるマークは、フェイスマークと呼ばれている。コンマや括弧《かっこ》記号を使って、顔の表情を表しているのだ。文章だけでは、うまく感情表現ができないので、こうしたマークが工夫されるようになったのだ。

阿部は、メッセージとコメントを読み進むうちに、感情が昂ってきた。すべてのメッセージが無責任なものに感じられた。無責任で当然なのだが、阿部は許しがたいような気がしたのだった。発言する権利があるのは、唯一自分だけだというような錯覚を感じはじめたのだ。

未読の発言を読みおわると、阿部はメッセージを打ち込み始めた。

〈昨日のイベントで殺されたのは、僕の中学校時代の同級生だ。この『アリモリ・マニア』の常連でもあった。僕に『アリモリ・マニア』のことを教えてくれたのも彼だった。有森恵美のイベントにはよくいっしょに出掛けた。こんなことになるなんて思ってもいなかった。僕はたいへんなショックを受けた。不思議と悲しみは感じていない。どうしていいかわからないだけだ。乱闘のなかの事故だと思うが、あんな場所でナイフを出す犯人が、僕は憎い。

犯人がまだつかまっていないと新聞で読んだ。彼は、同じ有森恵美ファンに殺されたのだ。僕は、この事実をどうしても受け入れることはできない〉

彼は、そこまで書いて、その先、何を書けばいいのかわからなくなった。犯人への憎しみ、奇妙な苛立ち、不安感。そうしたものは、いくら書いても表現しきれない気がした。画面に打ち出した文章を読み返し、送らずに消してしまおうかとも思った。

だが、彼は、その文章を送ることにした。今の気持ちを充分に表現しているとは言いがたいが、発言せずにはいられない気分だった。

発言を送ることに決めた裏には、子供っぽい被害者意識もあった。有森恵美がこのメッセージを読んで心を動かしてくれるかもしれないという期待があったのだ。有森恵美に特別な眼で見られるのは、どんな場合でも気分がいいはずだった。

有森恵美は『アリモリ・マニア』を毎日見ているということだった。本人がメッセージを読んでいるのだ。そして、時折、発言者あてに有森恵美から電子メールが届くことがある。これは、ファンレターの返事などよりもはるかに価値がある。実際、有森恵美ファンの間では、彼女からの電子メールが、宝くじなみの扱いを受けているのだった。

阿部輝彦は、メッセージを送り、通信を終了した。このところ、通信に割く時間をひかえめにしている。パソコン通信をやっているとあっという間に時間がたってしまう。電話回線を使っているので、月々の通話料金がばかにならない。中学校時代、荒れた生活をしており、家庭内でも暴力を振るったことがあった。それ以来、両親は彼に面と向かって何か言うことがなくなった。だが、電話代がかさんでいるのを母親がおもしろくなく思っているのは知っていた。

両親の顔を見るとついつい反発したくなるのだが、気づかっていないわけではないのだ。陰では、あやまりたいと思うこともある。礼を言いたいこともある。しかし、それを正直に表せないのだ。

両親もそうしたコミュニケーションをはかろうとしなくなっていた。阿部輝彦は、高校に入ってずいぶんとおとなしくなった。両親は、ほっとしているはずだが、同時に、腫《は》れ物《もの》にさわるような態度を取りはじめた。

いつまた彼が荒れはじめるか、気が気ではないのだ。そういう態度が、また彼を苛立たせているのだった。

パソコンのスイッチを切ると、彼は、窓から外を見た。彼の部屋は二階にあり、窓からは、住宅街の平凡な風景が見えた。隣の家の窓や、遠くの家の屋根。日が傾いていた。彼は、今夜の通夜に行くべきかどうか考えはじめた。行かなくてはならないと思ったが、気が進まないのだった。両親はそのことについて何も言わない。

第一、通夜に行って、どう振る舞えばいいのかよくわからなかった。そういうときこそ、両親の言うことに従えばいいのだが、阿部輝彦は、そうしている自分の姿を想像すると気が重くなるのだった。

7

「古橋洋一くんの通夜ですけど……」

村雨部長刑事が安積に言った。安積は、顔を上げた。「行くべきでしょうね」

被害者の葬儀というのは、驚くほどいろいろな手掛かりが転がっているものだ。安積はうなずいた。

「そうだな……」

「誰が行きます？」

安積はちょっと考えた。彼は行くつもりでいた。同行してもらう人間を誰にしようかと思った。村雨と須田をつい比べてしまう。

彼は部下の差別をしているわけではない。村雨も頼りになる男だと考えている。この先出世していくのは、間違いなく村雨のほうだろう。問題は、安積の気分だった。

「須田と黒木を連れていく。彼らは現場にいなかった。被害者の関係者に直接会っておくべきだろう」

「そうですね」

村雨は納得したようだった。

村雨、桜井、須田、黒木、それに安積の五人は、午前中に、事件が起きたとき店にいた人間のリストを検討し、関係者を洗い出した。その上で、村雨組と須田組に分かれて午後いっぱい使って聞き込みに歩いていた。

村雨と桜井が署に帰ってきたのは五時だった。定時の十五分前だ。須田と黒木はまだ帰ってこない。

村雨の報告を聞いたが目ぼしい収穫はなかった。安積は、午前中に届いた検死報告と鑑識の報告を吟味していた。目新しい事実は発見できなかった。

桜井は、せっせと報告書を書いている。聞き込みの結果をまとめているのだ。ルーズリーフのノートを開き、メモを見ながらペンを走らせている。村雨と桜井は何も相談しなかった。

村雨は、そうしてできあがった報告書をチェックするのだ。桜井は常に試験を受けているようなものだ。安積はそうした村雨のやりかたに文句を言う気はなかった。

誰でも一人前になるには、そうした教育を受けなければならない。巡査や巡査長の階級の刑事が必ず部長刑事と組んで行動するのは、教育を目的としてのことだ。新人はベテランと組むことが多い。

だが、安積は、村雨の冷淡さが少しばかり気になっていた。刑事を鍛えるためには、冷たく突き放すことも必要だ。いずれは独り立ちしなければならないのだ。しかし、ただ冷淡なだけでは意味がない。

その点はどうなのだろう。安積は思った。村雨は、自分の見ていないところで桜井をフォローしているのだろうか……。

須田の声が聞こえた。いつものように、須田は、あれこれ黒木に話しかけながら刑事部屋に入ってきた。黒木は、時折うなずきながら、じっと足元を見つめている。

このふたりは、村雨・桜井のコンビとは、実に対照的だ。黒木はそこそこの実績を持つ刑事であり、須田は部長刑事の経験がそれほど長くない。当然、このふたりは、師弟というより、相棒といった感じになる。

須田の性格も、こうした違いを生む理由のひとつだった。須田は階級とか権威とかいうものにあまり関心がなさそうだった。さらに、考えるより感じるタイプだ。ばりばりと昇進を目指しはしないし、後輩に尊大な態度を取ったりはしない。

安積は、常々、須田が刑事になれたことを不思議に思っていた。それ以前に、警察官を志したことが不思議だった。須田はひょっとしたら、幼いころ、いじめられっ子だったのかもしれないと安積は想像したことがある。その反動で、警察の権威に憧れるというのはよくあることだ。

しかし、どうやら、その想像も的を射ているとは思えなかった。須田には、尊大なところが見受けられない。彼は、あらゆることに同情し、悲しい出来事を自分の悲しみとして捉えてしまう。過去にいじめられた反動で、警察官になったというのなら、権威を笠に着たような態度を取るはずだ。

安積にとって須田はひとつの謎だった。

その謎をはらんだ部長刑事が安積の席にまっすぐ近づいてきた。

「いや、もう俺、驚いちゃいましたよ、チョウさん……」

須田は、目を丸くして、なんとか自分の感情を表現しようとしていた。それが、常に安っぽいテレビドラマのように戯画化されて見える。

「何か収穫があったのか？」

「いえね。容疑者の手掛かりはまるでつかめないんですがね……。アイドルファンの世界というのは、なんかこう、想像をはるかに超えていましてね……」

「そのようだな……」

安積は曖昧に相槌《あいづち》を打った。捜査に直接関係のない話を聞く必要はない。だが、須田が何を感じたのか、興味がないわけではなかった。

「俺、アイドルというと、こう、テレビに出てひらひらした衣装を着て踊りながら歌っているようなものしか想像できなかったんですがね……。いや、たしかにそういうの、俺、嫌いじゃないですよ。でも、趣味にするほど夢中になるのがわからなかったんです。でも、事件当時、あの店にやってきていた連中の話を聞くと、ちょっと事情が違うんですね……」

「何がどう違うんだ？」

「昔みたいに、誰もが夢中になるアイドルというのは、もう出現しないだろうと、連中は言うんですね。つまり、メジャーかマイナーかという言い方をすれば、アイドルというのは、すべてマイナー化してしまったと、彼らは言うんです」

「そうかもしれんな……。それで……？」

「マイナー化することで、追究すべき対象になったと、まあ、連中の言葉を総合すると、そういうことになりますか……。つまり、カルトな趣味の対象になったわけですね。ロックなんかもインディーズというマイナーなグループがより先鋭的で面白い。アイドルマニアは、アイドルのインディーズを対象にしているわけですよ。いやはや、もう……」

「おまえがそういう感想を洩らすとはな……」

安積がそういうと、須田はまた目を丸くした。

「どういう意味です、チョウさん」

「つまり、うちの署でそういうことに理解を示せるとしたら、おまえくらいのものだと俺は考えていたんだ」

「それって、俺がオタクだということですか？」

「早い話がそういうことだな……」

「やだな、チョウさん。それ、誤解だっていつも言ってるでしょう……」

須田は、どうしていいかわからないようなにやにやとした笑いを浮かべた。彼は、どのような評価であれ、安積に評価されたということがうれしいのかもしれなかった。

「須田。会議のあと、おまえさんと黒木に付き合ってほしい。被害者の通夜だ」

須田は、急に真面目な表情になってうなずいた。

「わかりました」

そういう態度を取らなければいけないと自分で決めているようだった。

席に戻った須田は、報告書を書きはじめた黒木にあれこれと話しかけている。黒木は、そのたびに筆を止めてうなずくのだった。

「よし、課長がいるうちに会議をやってしまおう」

安積が言うと、四人の刑事はそれぞれに立ち上がった。まず、桜井と黒木が先を争うようにさっと席を立った。その次が村雨で、須田は一番最後に大儀そうに立ち上がった。

古橋洋一の家は、最寄りの駅は武蔵小金井だが、住所でいうと小平《こだいら》市にあった。通夜は、近くの寺の斎場で行われた。

古橋洋一の両親は、祭壇の脇にすわって焼香の客ひとりひとりに頭を下げている。安積警部補は、挨拶をする機会を見つけることができなかった。すでに、村雨と桜井が両親から話を聞いていた。安積は、その報告を聞いているので、両親を祭壇の脇から呼び出してまで話を聞く必要を感じなかった。

古橋洋一の両親は、すっかり意気消沈している。特に母親の泣きはらした目は痛々しかった。父親は、顔を上げようとしない。ひどく年をとって見えるのは、息子を失った衝撃のせいかもしれないと安積は思った。

村雨の報告だと、父親は、まだ四十九歳のはずだった。母親も同じ年だ。

安積とふたりの刑事は、焼香を済ませるとテーブルが並んでいる座敷の隅に陣取った。ビールや日本酒、料理が用意されている。特に沈んだ通夜だった。

葬儀もいろいろだ。老人の大往生ともなれば、比較的雰囲気も明るい。久しぶりに顔を合わせた親戚などが、談笑したりもする。しかし、少年が死んだ場合は、悲しみは格別だ。

「順番は守らなきゃいけませんよね……」

須田がことさらに沈痛な声で言った。親より子が先に死んではいけないと言いたいのだ。

黒木は、油断のない目つきで周囲を観察している。彼は、いついかなるときでもそういうことができる男だ。安積は、そっと黒木に尋ねた。

「何か気づいたことはあるか？」

黒木は、さりげなく周囲を見回してからこたえた。

「もっと彼の友人が来ているものと思っていましたが……」

黒木が言うとおり、少年や少女の姿があまり見当たらなかった。親類や、父親の仕事仲間といった連中が多い。

「明日の告別式に来るのだろう。通夜に顔を出すのは、特に親しい人間か、親類だ」

黒木は黙ってうなずいた。

そのとき、安積は、知っている顔を見つけた。阿部輝彦だった。母親らしい婦人とともに座敷に入ってきた。広い座敷で、安積たちのところからは遠く、阿部輝彦は安積に気づかなかった。

阿部は、どうしていいかわからないといった風情で佇《たたず》んでいたが、母親に促されてテーブルに着いた。緊張のせいか、ふてくされたような態度を取っている。料理に手を着けようともしない。

安積は、須田と黒木にそっと言った。

「あそこにいるのが、阿部輝彦だ」

須田が、例の秘密を共有した子供のようなしかめ面をした。

「被害者とライブハウスにいっしょにいた少年ですね……」

須田が確認するように言うと、それを黒木が補った。

「中学校時代、同じクラスだったと言ってましたね……」

安積はうなずいた。

さらに、安積は、相川渡が部屋に入ってくるのを見た。相川はひとりだった。両親の姿は見えない。ひとりで通夜にやってくるというのが、いかにも相川らしいと、安積は感じていた。

たしかに相川渡は、親に連れられて歩くような少年ではない。

「今部屋に入ってきたのが、相川渡……」

安積に言われて須田と黒木は、さりげなくそちらを見た。須田の位置からは振り返る恰好になった。

相川渡を見て、阿部輝彦は、一瞬、親しげな笑顔を浮かべた。だが、すぐに、周囲を見回して笑顔を消し去った。こういう席で笑顔を見せていいものか、戸惑ったのだろう。

相川渡は、かすかにうなずいて見せただけだった。彼は、阿部輝彦の母親に挨拶をした。丁寧な態度だが、温かみが一切感じられない。

挨拶を済ませると、阿部の隣に座り、そのまま、黙っていた。料理にも飲み物にも手を出さない。ただ、ひっそりと座っているのだ。

「何だか、変わった少年ですね……」

須田がそっと言った。

「取りつく島がないというか……。妙に冷たい印象を受けますね」

「そう思うか？」

「俺も初めて彼と話したとき、そう感じた。現場でのことだ。友人が刺された直後だというのに、まったく感情の昂りを見せなかった。それが、ひどく不思議な印象だった」

阿部が何事か相川に話しかけたが、相川は一言こたえただけで、会話らしい会話をしようとしなかった。

「被害者の古橋洋一、阿部輝彦、相川渡。この三人のリーダーは、明らかに相川渡ですね」

黒木が言った。

「……だろうと思う」

安積がうなずく。

「僕なら相川のような友達は持ちたくありませんね」

黒木が珍しく、自分の気持ちを話した。須田が目を丸くして見せた。

「おまえ、相川のこと、あまりいえないと思うよ」

「僕は、冷淡ですか？」

「愛想はあまりいいとはいえないよ」

安積は、阿部と相川の態度が気になって、密かに観察していた。

現場で、阿部はひどく興奮していた。恐怖感や緊張感をどうしていいかわからず、苛立っていた。それが普通だ。今も阿部は緊張している。相川は、まったく感情を面に表そうとしない。

もしかして、相川は、古橋を刺した犯人を知っているのではないだろうか？

安積はふと、そんなことを考えた。

あるいは、刺したのは相川自身かもしれない。

安積は、その考えを打ち消した。まだ、相川を疑わなくてはならない要素は何もない。先入観や予断は捜査には禁物なのだ。

阿部が、ふと顔を上げ、奇妙な表情を見せた。驚きとも恐怖ともとれる表情だった。それは一瞬のことだった。

彼は、相川に何事か囁いた。相川も顔を上げた。彼らは、座敷に入ってきた誰かに注目しているのだ。

安積は、障子のほうを見た。そこに、ほっそりとした少女が立っていた。高校生のようだった。制服を着ている。安積は、その少女に見覚えがあった。

「彼女も現場にいた」

安積は、そっと須田と黒木に告げた。「名前は……」

そこまで言って、安積は小さく舌打ちした。「確認するのを忘れていた……。俺たちが現場到着《ゲンチャク》して、捜索を始めると、彼女は、貧血を起こして救急車で運ばれたんだ」

「貧血……？」

須田が言った。「ああ、なんだか、体が弱そうなタイプですね……。きっとひどく緊張したんでしょう」

「そうだろうな……。だが、俺は、彼女が、被害者やその友人と知り合いだとは知らなかった」

「へえ……」

須田は、ちょっとの間考え込んだ。「チョウさん、これって、どういうことでしょうね？」

「さあな……。俺にもわからんよ」

阿部は、彼女を見て、明らかに驚いた。相川渡も、彼女に関心を示したようだった。阿部と相川は、彼女に注目したが、声をかけようとはしない。

少女は、現場で見たときと同じく、たいへんはかなげに見えた。ただ、あのときは、唇も色を失い、顔色もひどく悪かった。今は、ずいぶんと美しい印象があった。

たしかに、顔だちは端正だった。とびきりの美人というわけではないが、年相応のかわいらしさと大人びた雰囲気が同居している。

彼女は、すぐに部屋を出ていった。何か用事を思い出したような様子だった。もしかしたら、阿部と相川に気づいて出ていったのかもしれないと安積は思った。

「須田。彼女に話を聞いておいたほうがいいかもしれない」

須田は、うなずくと、立ち上がった。彼は精一杯きびきびと行動したつもりだったかもしれないが、そうは見えなかった。急いで部屋を出ていったが、その姿がどこか滑稽な感じがした。

阿部は落ち着かなくなっていた。相川に何かを話しかけようとしている。相川は、あいかわらず会話をしようとしない。安積は、少女を見たときの阿部の反応が気になっていた。阿部が、驚きだけではなく、たしかに恐怖の表情を浮かべたような気がした。

「どう思う？」

安積は、黒木に尋ねた。「阿部と相川に話を聞いておくべきだと思うか？」

「場所を選ぶべきでしょうね。ここで彼らを尋問するのはちょっと……」

「そうだな……。彼らが、斎場を出たところで話を聞こう」

黒木はうなずいた。

やがて、須田が戻ってきた。彼は、ひどく申し訳なさそうな顔をしている。その表情を見るだけで、結果はよく理解できた。

「すいません、チョウさん。彼女を見失ってしまいました」

「見失った……？」

「ええ……。斎場のあちらこちらを探したんですけど……」

「どういうことだろうな。彼女は、おまえさんが追ってくることに気づいたのか？　そんなはずはあるまい」

「俺もそう思うんですけどね……」

「彼女は、おまえさんではなく、誰か他の人間が追ってくるのではないかと思っていた——

そう考えたほうが辻褄が合うな……」

「例えば、阿部と相川……？」

「そう。彼女は、阿部と相川とは話をしたくなかったのかもしれない」

「何か理由があるんですかね……？」

「たしかに気になる……」

「係長……」

黒木がそっと言って目配せした。

阿部と相川が席を立つところだった。阿部の母親もいっしょだった。

「よし、彼らに話を聞いてみよう」

安積は立ち上がった。

8

受付のテントの外で、安積は、相川と阿部に声を掛けた。

まず、阿部の母親が振り返り、次に阿部輝彦が振り向いた。相川は、最後にゆっくりと振り返った。

「神南署の安積といいます」

安積警部補は、警察手帳を示して阿部の母親に言った。母親は、とたんに不安そうな表情になった。中学校時代の息子の所業を思い出したのに違いない。

彼女は何も言わずに、物問いたげな眼で安積を見ていた。

「息子さんにちょっとお話をうかがいたいのですが……。お時間は取らせません」

「なんだよ……」

阿部輝彦が安積に言った。「知ってることは、あんときみんなしゃべったよ」

「すまない。また訊きたいことが出てきたんだ」

安積は、阿部と相川を別々に尋問したかった。

「ちょっと、こっちへ来てくれないか」

安積は、阿部に言って先に歩きだした。少し離れたところに松の木があった。その陰で話を聞こうと思ったのだ。阿部は、居心地悪そうに身じろぎして、須田と黒木の顔を見た。それから、安積のあとについて歩き始めた。

「現場で気分が悪くなって救急車で運ばれた女の子がいました。覚えていますか？」

松の木のところにやってくると、安積は尋ねた。

阿部輝彦は、不貞腐《ふてくさ》れたようにそっぽを向いている。だが、明らかに動揺しているのがわかった。安積はさらに言った。

「その子が、今夜、ここに来ていた。彼女とは知り合いですか？」

「何のことだよ……」

阿部は、言った。そう言いながら、どうこたえたらいいか考えているようだった。安積は考えさせることにした。嘘をついてもかまわない。嘘は追及するうちに必ず破綻《はたん》する。言っていることに矛盾が生じ、しどろもどろになってしまうのだ。

安積は、阿部が何かしゃべるまで黙っていることにした。何か話してくれるまで帰すつもりはないという厳しい決心を感じさせる沈黙だ。

それに屈するように阿部は口を開いた。

「あいつのことか……」

「今夜、彼女を見ましたね？」

「ああ。見たよ」

「彼女は知り合いですか？」

安積はもう一度質問を繰り返した。

阿部は、肩を竦《すく》め、しきりに視線の位置を変えている。決して安積の眼を見ようとしない。彼が、何も見ていないのは明らかだった。視線を動かしても、その視界には何も映っていないのだ。

「知り合いって……。中学校のとき、同級生だっただけだよ……」

「彼女の名前は？」

「由里子……。葉山由里子だよ」

「卒業してからも親しくしていたのですか？」

「会ったことねえよ。有森恵美のイベントで久しぶりに見かけた。それだけだよ」

「古橋洋一くんはどうでした？」

「どうって……？」

「古橋くんは、親しかったのですか？」

「さあな……。そんな話は聞いたことがないな……」

「ならば、どうして通夜にやってきたんでしょうね？」

「そんなこと、俺が知るかよ。本人に聞けばいいじゃんよ」

安積は、うなずいた。

「もちろん、そうするつもりです」

その言葉を聞くと、阿部輝彦は、また落ち着かなくなってきた。

「俺たちは……」

阿部は、下を向いて無愛想に話しはじめた。「古橋や相川くんとは、中学校のときみたいに、しょっちゅうつるんでたわけじゃない。電話だってあまりしなかったし……。会うのはたまにイベントがあるときくらいだった……。最近、古橋がどんなやつらとつきあってたかなんて、よく知らないんだよ……」

安積は、その口調や態度から、阿部が本当のことを言っていると判断した。

「葉山由里子さんも、有森恵美とかいうアイドルのファンなのですかね……」

安積は、話題を変えた。世間話をするような口調だった。

「知らねえよ。でも、イベントに来てたんだから、そうなんじゃねえの？　有森恵美は女の子にも人気あっからよ……」

「なるほど……。ありがとう」

阿部は、初めて安積の眼を見た。すぐに、眼をそらすと、母親と相川のほうへ歩いていった。その歩き方がぎこちなく見えた。

須田が、母親に何か話しかけていた。その表情は、いかにも悲しげだった。古橋の死について、感想を述べているに違いない。母親は、しきりにうなずいている。黒木は、安積のほうに注意を向けていた。

阿部の尋問が終わると、黒木は、相川渡に声を掛け、彼を連れて安積のもとへやってきた。

安積は、阿部に尋ねたのとまったく同じことを相川に尋ねた。相川は、まっすぐに安積のほうを見ていた。まったく悪びれたところがない。

だが、心を開いているわけではなかった。ひっそりと閉ざしたその表情を読むことは、安積にもできそうになかった。一瞬、安積のほうが眼をそらしたくなった。

相川は、素直に話した。

「救急車で運ばれた子……？　ええ。知っています。中学三年のとき、同級生でした。僕も、阿部も、そして、古橋も同級生です」

「彼女の名前は？」

「葉山由里子です」

「通夜に来ていたね？」

「ええ。見ました」

「君達は、親しかったのですか？」

「そうでもありません。ただ、同じクラスにいた。それだけです」

「中学を卒業してから会ったことは？」

「昨日見かけました。ライブハウスで」

「それまでは、会ったことはなかったということですか？」

「そうです」

「古橋くんが、彼女と会っていたという話は、聞いたことは？」

「ありません」

「だが、そういう関係ならば、通夜にやってくるというのは、ちょっと不自然ですね……」

「そうかもしれません」

相川は、躊躇《ちゅうちょ》なく話をしている。その態度はたしかに素直だが、どこか安積を見下しているようなところがあった。かすかな嘲笑を浮かべているような気さえした。

話していて、心が通じないなにかざらざらしたものを感じる。刑事に質問されて、心を閉ざす者は多い。だが、たいていの場合は、その反感が刑事の救いになるのだ。反感を利用することもできる。

相手の感情を乱すことが、刑事のテクニックのひとつなのだ。だが、相川は違っていた。

「昨日、有森恵美のイベントで会ったのは偶然ですか？」

「そうです」

「イベントに葉山由里子が来ていた。そして、今夜、彼女は、通夜にやってきていた。私としては、その点が気になっているのですがね……」

「問題は、僕たちの側じゃなくて、葉山由里子のほうかもしれませんよ」

「どういう意味ですか？」

「葉山由里子は、古橋のことをずっと好きだったとか……。まあ、そういった類のことは考えられますね……」

「なるほど……」

「古橋が有森恵美ファンだということを、葉山由里子は知っていて、古橋に会いたいと思ってイベントにやってきていた……。現場で倒れたのは、刺されたのが古橋だと知ったショックだったのかもしれません。そうは、思いませんか？」

安積は、相川の言ったことを真剣に吟味していた。

「……たしかに、そういうことならば、通夜にやってきてもおかしくはないな……。しかし……」

安積は、考えながら言った。「古橋くんが有森恵美ファンだということを、葉山由里子さんはどうやって知ったのだろう。やはり、最近、彼らが会っていたということだろうか……？」

「そうかもしれません。でも、たとえ、会っていなくてもそれはありえますよ」

「どうやって知ることができたと思う？」

「パソコン通信をやっていれば、すぐにわかりますよ」

「パソコン通信……？」

「そうです。古橋は、『アリモリ・マニア』という会議室の常連でした。それだけでなく、アイドルフォーラムにも、よく有森恵美の話題で発言していましたからね。ネット上でそれを読むことは誰にでもできます」

安積は考え込んだ。どうも、パソコン通信というものがイメージできないのだ。

「君達三人は、そう頻繁に会っていたわけではなかったそうだね。互いに電話もあまりしないと阿部くんが言っていた。それは、本当ですか？」

「そのとおりです。学校が違うと何かと連絡が取りにくいものです。それぞれの生活もありますしね……」

「それで、よくお付き合いが続きましたね？」

「第一の理由は、有森恵美がそれだけ興味深い素材だったということですね。アリモリ・ファンということでつながっていましたから……。もうひとつ、理由を言えば、僕たちは、物理的には、会ったり話したりはしていなかったけれど、常に会話をして理解しあっていました」

「常に会話をしていた……？」

「三人は、パソコン通信のネット上で会っていたんですよ」

「パソコン通信で連絡を取り合っていたというのですか。しかし、それは、単なる情報の交換でしょう。それで人間的な付き合いが続くとは思えませんね……」

相川は、笑顔を見せた。安積を哀れむようなかすかな笑いだった。安積は、感情が波立つのを感じた。

「刑事さんは、パソコン通信というものをよくご存じないのですね……」

「たしかに、私は、パソコン通信というものを経験したことはありません」

「パソコン通信が、単なる情報の交換の場なら、これほどユーザーは増えないと思いますよ。ネットは、刑事さんが思っているより、ずっとホットな空間なのです」

「機会があれば、試してみましょう。呼び止めて申し訳ありません。話を聞かせてくれてありがとう。参考になりました」

相川はうなずくと、安積のもとから去っていった。安積は、自分のほうを見ている黒木にうなずいて見せた。

三人を解放していいという合図だ。黒木は、三人に礼を言った。須田も何か声を掛けている。

覆面パトカーに戻ると、安積は、須田と黒木に、ふたりの少年から聞いた話の内容を伝えた。黒木は運転席におり、須田が助手席にいる。安積は後部座席に座っていた。

「ありそうな話ではありますね……」

須田が眠そうな半眼で言った。何かを真剣に考えているときの彼独特の表情だ。彼は、相川の推理について語っていた。「葉山由里子という女の子が、被害者のことを真剣に好きだったら、彼女の態度のたいていの部分は説明がつきます。今日、あわてて斎場から姿を消したのも実に、女の子らしい心理の表れと考えて考えられないことはない……」

「おまえさんはそう言うと思ったよ。ロマンティストだからな……」

「よしてくださいよ、チョウさん。俺は何も……」

「だがな、俺は阿部輝彦の態度が気になるんだ。葉山由里子を見たとき、彼は、単に驚いただけではなかった。何かショックを受けたような感じだった。恐れているようでもあった。ほんの一瞬のことだがな……」

須田が振り返って、真剣な顔で安積を見た。

「何か隠しているふうでしたか？」

「わからん。そんな気がしただけだ」

須田は黒木を見た。

「おまえはどう思う？」

黒木は、ハンドルに向かったまま、背をぴんと伸ばしている。彼は、一瞬考えてから言った。

「殺人は、親しい順番に疑えというのが鉄則ですよね。殺人者は、一度は被害者を愛したことがあることが多いというのも鉄則です。例えば、夫婦者の場合は配偶者をまず疑わなければならない……。今回、現場で被害者に近い者といえば、ふたりの友人です。さらに、もし、被害者と葉山由里子の間に何か恋愛沙汰があるとしたら、疑ってみる必要もあるかもしれません」

彼らしく、実に整理された意見だった。しかし、なぜか、安積は、その意見をそのまま受けいれることはできないと感じた。どこかしっくりとこないのだ。安積は言った。

「そういう考え方は無視できない。だが、今回の事件は、騒動の中の事故的な要素が強いかもしれない。はずみで刺された可能性もある。いずれにしろ、もっと材料が必要だな……」

「明日、相川と阿部が言ったことの裏を取ってみますよ」

須田が言った。

安積はうなずいた。

「おい、黒木。今日は、この車に乗って帰っていいぞ。そのかわり、須田と俺を送っていってくれ。ふたりとも、今夜はゆっくり休め」

黒木は、キーをひねってエンジンをスタートさせた。

「相川くん……。話があるんだ……」

阿部輝彦は、ふたりが別れる辻までくると、言った。母親を無視したような言い方だった。母親は、言った。

「かあさんは、先に帰るわよ」

阿部は、口のなかで「ああ」とだけ言った。母親が去ると、阿部は、相川に尋ねた。

「刑事に何を訊かれたんだ？」

「おそらく、おまえが訊かれたのと同じことだよ」

「葉山由里子のことか？」

「そう」

「何てこたえたんだ？」

相川は、まっすぐに阿部を見た。その眼が街灯の光を反射して冷たく光った。

「僕は、そういうふうにあれこれうるさく質問されるのが嫌いなんだ」

その口調はたいへん穏やかだったが、阿部はぞっとしたような表情を浮かべた。

「すまない……。気になったもんで……」

「中学校のときに、防犯課の刑事とさんざんやりとりをやってきたじゃないか。何をそんなにびびってるんだ？」

「防犯課の刑事とは違うよ。あいつら、殺人の捜査をしてるんだ」

「だからって、気にすることはない。それとも、古橋を刺したのはおまえなのか？」

「だったら気にすることはない。おまえみたいにびくびくしているから相手が怪しむんだ。それで……、おまえは、葉山由里子についてどうこたえたんだ？」

「どうって……。中学校時代の同級生だと言ったよ。卒業してからは会っていないって……。本当のことだからな……」

「それでいいじゃないか」

「でも、刑事は、それならなぜ、葉山が古橋の通夜にやってきたんだと、俺に尋ねるんだ」

「おまえは理由を知っているのか？」

「知らないよ」

「古橋と葉山が卒業したあとに会っていたという話を聞いたことがあるか？」

「ないよ。あるわけないよ、そんなこと……」

「そんなことわからないさ。男と女の間だからな……」

阿部はひどく嫌な顔をした。汚物を見たような表情だった。

相川は、冷たく笑って見せると言った。

「僕は、刑事に言ってやったよ。葉山が古橋に惚れていたのかもしれないと……。それなら、いろいろなことが説明がつくとね……」

阿部はますます不愉快そうな顔になった。気分が悪いようにすら見えた。

「冗談じゃない」

「刑事は、それを信じただろうか？」

「どうかな……？　でも、ひとつの可能性であることは間違いない。そう考えているはずだ」

「俺にはわからないよ。相川くんがどうしてそんなに冷静でいられるのか……。古橋が刺されて死んで、葉山が現れて……」

「おい、阿部」

相川は厳しい眼で阿部を見た。阿部は、言葉を呑み込んだ。「おたおたするのは、みっともない。僕は何もやっていない。おまえもやっていない。それは事実だ。それだけが事実だ。何も恐れることはない」

「でも……」

阿部は、なんとか言葉を探そうとしているようだった。「俺……、何か嫌な気分なんだ。もっと悪いことが続きそうな……」

相川は、また皮肉な笑いを浮かべた。

「だからって、あまり見苦しいまねはするなよ。『アリモリ・マニア』に妙なメッセージを書いたり……」

阿部は、自分が書いた内容を思いだして、赤面していた。

「読んだのか……」

「そりゃ、読むさ。僕だけじゃない。『アリモリ・マニア』に参加している全員が読んだろうよ。それについての感想は、メールで送っておいたよ。帰ったら、覗いて見るんだな」

「ああ……」

阿部はすっかり意気消沈していた。「そうするよ」

「いいか。僕たちは、今回のことに関しては何もやっていない。友達が死んだ。それだけのことだ。せいぜい警察に協力してやるさ。じゃあな」

相川は去って行った。阿部は、佇んで、その後ろ姿を見送っていた。

9

阿部は自宅にもどると、すぐにネットにログインした。メールは二通届いていた。送り主を見て、阿部は、目を丸くした。

一通は、相川渡からだったが、もう一通は、有森恵美からだった。

阿部は、この一瞬、嫌なことを全て忘れてしまった。彼は金的《きんてき》を射止めたのだ。『アリモリ・マニア』は、有森恵美に関する情報交換を目的として設定されているが、ほかのアイドルフォーラムと違うのは、有森恵美本人が書き込まれたメッセージやコメントを読んでいるという点だ。

　会員は常に、いつかは有森恵美からのメールが届くのではないかと期待しているのだ。阿部は、あまりの嬉しさに、陶然とした。

はやる気分を抑えて、まず、相川のメールを読んだ。阿部輝彦は、おいしいものを最後に食べるタイプだ。


〈『アリモリ・マニア』のメッセージ、読んだ。みっともないな。何を取り乱している。ナイフを持った頭のおかしなやつがいて、そいつが古橋を刺した。ただそれだけのことだ。古橋は運が悪かったんだ。あの場にいたやつは、皆、殺される可能性があった。刺されたのは、おまえだったかもしれないし、この俺だったかもしれない。事故みたいなものだ。同情を買おうとしているのが見え見えだ。まさか、有森恵美の同情まで期待しているんじゃないだろうな？　有森恵美が責任を感じて何かしてくれると思っているのか？　そんなはずはないだろう。自分のイベントで騒ぎが起きて、その結果ひとりのファンが死んだ。きっと、迷惑に思っているだろう。彼女の感情を逆撫でするような真似はやめるんだな〉

　相川のメールは、本来ならば、耐えがたいものだった。指摘されたくない心の恥部を正確で効果的な一撃で衝《つ》いている。しかし、今の阿部には、まったく気にならなかった。

相川は、有森恵美の同情を引くようなみっともないまねはやめろと言ってきた。しかし、実際、有森恵美は、メールを送ってくれたのだ。

阿部は、相川のメールを削除して、有森恵美のメールを画面に呼び出した。


〈応援ありがとう。メッセージいつも読んでます。昨日のイベントのことは、私もたいへんショックでした。亡くなられたのがお友達だったのですね。何と言っていいのかわかりません。お気の毒に思うと同時に、申し訳ない気持ちでいっぱいです。私のイベントで起きたことですからね。いずれ、会員の皆さんに向けて、メッセージを書かなければならないと思います。でも、まず、あなたにお悔やみを言うのが先だと思ったのです。何かをしてさしあげたいのです。でも、何ができるかわかりません。せめて、直接お会いしてお悔やみを言わせていただきたいのです。今度の土曜日に、松濤《しょうとう》学園大学で私のイベントがあります。受付で名乗ってくだされば、私に会えるように用意を整えておきます。もし、よろしければ、いらしてください。お待ちしています〉


阿部輝彦は、何度もその文章を読み返した。彼は、すっかり有頂天になってしまった。メールが届いただけでなく、本人に会えるというのだ。

彼は、この喜びをひとりでは、受け止めきれなかった。誰かに自慢したくてしかたがない。まず、彼は、そのメールをディスクにダウンロードした。長期間保存しておくことにしたのだ。

そうしておいて、彼は、相川にメールを送った。

〈今回の事件について、有森恵美が迷惑がっていると言ったな。彼女はそんな子じゃなかった。有森恵美からメールが届いたんだ。直接会ってお悔やみが言いたいというんだ。誘ってやりたいところだが、残念ながら、これは俺だけの権利だ。あとで、どんな様子だったか、会ったときのことを詳しく知らせてやるよ。じゃあな〉

不思議なもので、面と向かってはとても言えないようなこともパソコン通信でなら言えるのだった。口調も強気になる。

阿部輝彦の気持ちは、相川にメールを送っただけではおさまらなかった。彼は、これまで、有森恵美からメールをもらった会員が自慢げに、その報告を『アリモリ・マニア』に書き込んでいたことを思い出した。

会員は、有森恵美に対してメールの返事を書いてはいけない。それは、暗黙の了解事項だった。ファンというのは、そういう約束ごとを驚くほどちゃんと守るのだ。抜け駆け行為は許されない。ただ、メールをもらったことを自慢するのは、当然の権利と認められていた。

阿部は、『アリモリ・マニア』に入り、メッセージを書き込んだ。

〈世の中、やっぱり捨てたモンじゃない。そして、有森恵美はやっぱり最高だ。俺のメッセ

ージを読んで、有森恵美がメールをくれた。もしかしたら、本人に会えるかもしれない。俺は、有森恵美に救われた気分だ〉

松濤学園大学のイベントに来てくれと言われたことを書き込もうと思った。だが、それはやめておいた。嫉妬に狂ったマニアや、おこぼれにあずかろうとする連中の妨害にあうかもしれないからだ。

阿部はメッセージを送ると、通信を切った。時計を見ると、すでに午前一時になろうとしている。パソコン通信をやっていると、あっという間に時間がたってしまう。

彼は、寝る支度を始めたが、とても眠れる気分ではなかった。土曜日は三日後だ。たった三日が、どうしようもないほど待ち遠しかった。

彼は、これまで集めた有森恵美の資料を引出しから引っ張りだして、眺め始めた。突然、思い立って、ディスクにダウンロードした有森恵美のメールをプリントアウトした。それを、資料の中に加えた。これまで彼が集めたなかで、最高に価値がある資料となった。

ようやく阿部がベッドに入る気になったのは、午前二時を過ぎてからだった。

警視庁生活安全部少年一課の宇津木真警部補は、原宿のライブハウスの事件以来、なぜか落ち着かない気分が続いていた。

事件があったのは、火曜日の夜だった。木曜日の朝になり、宇津木は、捜査の進展具合が気になっていた。というより、安積のことが気になっていたのかもしれない。

安積もうまく人生を送っているわけではない。離婚を経験し、出世コースからも外れている。にもかかわらず、宇津木には安積が自信を持って生きているように感じられた。久しぶりに会った安積に、なぜか羨望のようなものを覚えるのだった。

宇津木は、九時半に安積に電話をした。安積は、ちょうど会議が終わったところだと言った。

「……で、どんな具合なんだ？」

宇津木は、尋ねた。自分の口調ができるだけさりげなく聞こえるように気をつけていた。

「二、三気になることが出てきたんで、調べてみようと思う」

「気になること……？」

「現場で倒れた女の子のことを覚えているか？」

「ああ」

「葉山由里子というのだが、その子が、昨夜被害者の通夜に現れた」

「ほう……」

「被害者とは中学生のとき、同級生だった。ということは、現場にいたふたりの友人とも同級生ということだ」

「中学校時代の同級生ならば、通夜に現れてもおかしくはない」

「そうだな……。だが、葉山由里子を見た阿部の態度がちょっと妙だった。それに、現場に彼女が来ていたというのも、ちょっとひっかかる……」

「なるほど……」

「もうひとつ気になることがあるんだが、これは、捜査に直接関係あるかどうか……」

「何だ？」

「被害者や、阿部、相川の付き合いかただ。彼らは、普段は滅多に顔を合わせることもなく、電話も掛け合わなかったというんだ。だが、彼らの付き合いは続いていた」

「なるほど……。パソコン通信のことを言っているのだな……」

「そう。俺には理解しがたい。キーボードを叩いて文字のやり取りをする。それで互いに理解し合った気になるなんてな……」

「そういえば、うちの若い者が言っていた。現在のサブカルチャーの特徴のひとつに、パソコン通信を活用するということがあげられるんだそうだ」

「ほう……。なんだか、実感がわかなくてな……」

安積の声は、それでも自信を失わないような気がした。宇津木は、それを面白くないと感じている自分に驚いていた。彼はどうやら、安積を妬《ねた》んでいるようだった。それを悟られまいとして、宇津木の口調は、ことさらに丁寧なものになっていた。

「一度経験をしてみる必要があるかもしれない。私もそのうちに試してみようと思っている」

「そうだな……」

安積は気乗り薄の様子だった。彼もコンピュータアレルギーのひとりなのかもしれないと思い、宇津木はなんだか愉快になった。安積の弱味を見つけることが楽しかった。

「それで、葉山とかいう少女は、容疑者なのか？」

「とんでもない。ただの参考人だよ。彼女を疑う理由は今のところひとつもない。俺の気分としては、被害者の友達を疑いたい気分なのだが……。おっと、これはオフレコだ。今のところ、誰が容疑者かを言えるほどの材料が集まっていない。あくまでも傷害致死の疑いだからな。まったく関係のない人間がもみ合っているうちに弾みで刺してしまったのかもしれない。その可能性は否定できないのだ」

「なるほどな……。まあ、私が協力できることがあったらいつでも言ってくれ」

「ああ、そのときは電話する。ところで、家庭のほうはどうだ？」

宇津木は、うんざりした気分になった。おまえの知ったことかと言ってやりたくなったが、それは我慢した。家庭のことを考えるとどうにもやりきれない気持ちになる。

「うまくないね……。ばらばらだ。いっそ、あんたのように……」

宇津木はそこまで言って、口をつぐんだ。言ってもしかたのないことだ。宇津木は、そこまで踏み切れずにいる。かといって、別の解決方法を見つけようとしているわけでもない。

何とかしたいとは思いながら、具体的に何かをしようとしているわけではない。その点を他人につつかれるのが嫌だった。わかりきっていることを批判されるのが我慢ならないのだ。

「別れるのは、なかなかエネルギーがいる……」

安積は、さりげなくそう言った。宇津木は、安積の席のそばには人がいないのだろうかと訝《いぶか》った。あるいは、人がいても安積は気にしないのだろうか……。

「そうなのだろうな……」

宇津木は言った。「また電話するよ」

「ああ……」

宇津木は、電話を切ると、隣の席の保科巡査が興味深げに自分のほうを見ているのに気づいた。

「何だ？」

「今の電話、神南署の安積係長ですか？」

「そうだ」

「やっぱり、宇津木さんも気になっていたんじゃないですか、事件のこと……」

「まあな……」

「それで、どんな具合でした？」

「どうってことはない。進展なしだよ」

宇津木は、説明するのが億劫《おっくう》だったのでそう言った。

「そうですか……。今日で二日目……。犯罪の捜査というのは、三日以上たつと検挙率がぐっと下がるんですよね……」

「そうだな……」

「筋は立っているんですか？　安積係長は何か言ってませんでしたか？」

「保科……。私たちは、捜査課じゃないんだよ。私たちには、私たちの仕事がある」

「わかってますよ。でも、僕だって現場にいたんです。第一通報者は、僕ですよ」

「ならば、おまえも疑われているかもしれんな……」

宇津木は、仏頂面で言った。だが、保科は、宇津木が珍しく冗談を言ったことがうれしそうだった。

「捜査に協力するときは、僕も連れていってくださいね……」

「ああ……。考えておく」

宇津木は、保科の屈託のなさが不思議だった。警察という機構のなかでは、若者は、徐々に明るい溌剌《はつらつ》とした雰囲気を失っていく。警察が、人の不幸に関わる仕事だということが、嫌でもわかりはじめるのだ。

だが、保科は、珍しく明るさを失おうとしなかった。育ちのせいかもしれないと、宇津木は考えていた。

保科は、大学を出てから一般公募で警察に入った。国家公務員のI種に受かった、いわゆるキャリアではない。大学は都内の私立大学で、彼は、何不自由のない生活をしていた。キャリアは、警察組織では嫌われ者だが、キャリアにもいいところはある。国家公務員I種に受かるというのは、半端な努力ではない。その努力を、人生のうちどこかでしたということを物語っている。

だが、保科のような若者は違った。適当に遊び、適当に試験を受け、警察官になった。父親は会社役員で、保科が警察官になるのは反対だったという。豊かで平穏な暮らしを送った彼は、興味本位で警察官になったように見える。警察学校ではそれなりにしごかれたのだろうが、持ち前の明るさで乗り切ったに違いなかった。

全国の警察の中には、いまだに、家計を助けるために、高校を卒業してすぐに警察官になる者が少なくない。保科はそういう連中とも違う。

保科の明るさは、愛すべきものであるはずだ。たしかに、彼は、庁内でもかわいがられている。しかし、宇津木は、ときおりその屈託のなさが腹立たしくなるのだった。

これも、安積に抱いているのと同じ、妬みかもしれない。宇津木は、そう思うと、ひどく憂鬱な気分になった。自分が嫌な人間に思えてきた。

どこかへ逃げだしたかったが、書類仕事の多い本庁の警察官は、逃げるべき場所もない。

現場に逃げだすこともできないのだ。しかたなく、宇津木は、自分の殻に閉じこもることにした。

須田と黒木は、朝の会議での指示どおり、被害者が卒業した中学校に向かっていた。

「学校を訪ねるときは、どうして後ろめたいような気分になるんだろうな？」

須田が黒木に言った。黒木はその問いを真面目に受け取ってこたえた。

「学校であまりいい思い出がないからじゃないですか？」

須田は、目を丸くした。

「そんなことはないよ。楽しいことだってあったさ」

「でも、基本的にはとても不自由な思いをしていた……。朝から夕方まで拘束されるのです。規則にしばられ、成績にしばられ、クラブ活動にしばられる」

「おまえ、学校でそんなことばかり考えていたのか？　それで、よく警察なんかに入れたな」

「一般論ですよ。学校は管理の象徴です。もはや、教育の場ではありません。本当に人間に必要な教育は、別の場で行われているような気がします。学校、特に義務教育の場は、日本という管理社会の基礎部分なのです。おそらく……」

「驚いたな……。でもね、おまえのいう日本という管理社会を維持するのに、警察が一役買っているんだよ」

「だから、僕は、それがあながち悪いことだと言っているのではないのです。日本の治安のよさは、そういう学校のあり方にも因っているのかもしれませんよ」

「頼むから署内でそういうことを言わないでくれよな。査定に響くぞ」

「だいじょうぶです。僕は、今の警察のあり方に不満があるわけではありません。特に、係長の下にいるかぎり……」

「チョウさんは信用できるよ、間違いなく……。だが、チョウさんは、上の人間にはあまり好かれない。なぜだろうな……」

須田は、中学校の正面玄関を探し、玄関の脇にある窓口に来意を告げた。小金井市内の公立中学校だった。学校の事務員が、手帳を見て怪訝そうな表情になり、しばらく待つように須田に言った。

玄関で待たされた。応対に出たのは教頭だった。頭に白髪が目立ちはじめた、痩せた男だった。教頭は、森田隆《もりたたかし》と名乗った。

森田教頭は、明らかに不安げだった。刑事と聞いて、最初から対立姿勢だ。

「どんなご用件で？」

「古橋洋一くんという少年が、この火曜日に刺されて亡くなられた事件はご存じですか？」

須田は事務的に尋ねた。本人はそのつもりだが、どこか芝居じみてしまう。黒木は、そうした須田の態度を気にした様子もなく、立ったまま、ルーズリーフのノートを開いた。

「ええ。新聞で読みました」

「新聞でお読みになった。ただそれだけですか？」

「そうです。それが何か問題ですか？」

「いえ……。古橋洋一くんというのは、この学校の卒業生なのです。ですから、学校で何か話題になっていてもおかしくはないと思いまして……」

「卒業生……。そうですか……」

森田教頭は、須田から眼をそらした。「毎年、二百人以上の卒業生が出ます。ですから……」

「いちいち、生徒さんのことは覚えていらっしゃらないということですか？」

「まあ、そういうことですね……」

「そうかなあ……」

須田は、悲しげな表情になった。森田教頭は、そんな須田の顔をつい見つめてしまった。

「え……？」

「いえね。うちの高校の先生なんですがね……。卒業した生徒の名前と顔をほとんど覚えているんですよ。もちろん、自分が関わった生徒だけですけどね。その先生、退官するまで三十五年勤めたんですけど、その間の教え子を皆覚えているんですよ」

「皆が皆、そんな先生ではないのですよ」

その口調は、すでに和《やわ》らいでいた。須田の魔法のひとつだった。本人は意図してやっているわけではないが、彼は、相手の気持ちのガードを外すのがうまい。須田と話している相手はつい気を許してしまうのだ。

教頭は言った。

「まあ、ここではなんですので、こちらへどうぞ……」

須田と黒木は、応接室に通された。黒木は、須田が難なく第一の関門を突破する様を感心して眺めていた。須田は、何も考えていないようだった。

10

応接室には、数々のトロフィーを飾ったガラス戸付きの戸棚があった。ソファーは豪華なものではなかったが、どんな客を招いてもまずまず恥ずかしくない程度のものではあった。

須田と黒木は、三人掛けのソファーに並んですわった。森田教頭は、須田たちと、九十度の角度になる位置に掛けた。客をもてなすときの基本だ。

刑事は、質問する相手と向かい合おうとする。九十度で相対すると、互いにリラックスできる。向かい合うというのは、対決を意味する。刑事は、相手にプレッシャーをかけるために相手の正面に位置するのだ。

たいていの刑事は、たとえ九十度の位置に座ったとしても、身を乗り出して、なるべく正面に相手を捉えようとする。しかし、須田はまったくそのような態度を見せなかった。彼は、ゆったりしたソファーで寛《くつろ》いでいるように見えた。

「どなたか、被害者のことをご存じの先生はいらっしゃいませんかね？」

須田は、相談するような口調で言った。

「古橋洋一でしたね……。卒業は何年なのかなあ……」

森田教頭は、天井を仰いだ。

「高校二年生でしたから、二年前ですね」

「調べてみましょう。しばらくお待ちいただけますか？」

森田教頭が席を立つと、入れ違いに、女性の事務員がお茶を持ってきた。須田は、心底恐縮したように、「どうぞ、おかまいなく」と言った。

事務員が出ていっても、須田は黒木に声を掛けようとしなかった。黒木は自分から話しかけるタイプではない。須田は、眠たげな表情で壁を眺めている。何も見てはいないようだった。彼は、しきりに考えているのだ。

黒木は、仏像のようなその表情の意味するところを知っていた。彼が、須田の思索を妨げるようなことはなかった。

森田は、卒業者名簿と、卒業記念アルバムを持って戻ってきた。それを前のテーブルに並べて置き、まず卒業者名簿を調べた。老眼らしく、眼鏡を取り出して掛けたが、それでも見えづらいらしく、眼を細め、名簿を遠く離して見た。

「えーと……。ああ、あった。これだ。B組ですね……」

それから、卒業アルバムを開いた。B組の集合写真のページを開いた。驚いたことに、十名以上の生徒が、集合写真の脇に別個に顔写真の形で掲載されていた。

「これ、みんな病欠だったわけじゃないですよね」

須田が尋ねた。

「まあ、いろいろな理由で、集合写真に入れなかった生徒ですな……。古橋洋一も、顔写真組ですね……」

森田の言うとおり、古橋洋一は、並んだ顔写真のなかにいた。

「ちょっと拝見……」

須田は、アルバムを手に取った。彼は、子細に写真を眺めていった。「相川渡くんと阿部輝彦くんも、顔写真だけですね……」

森田教頭は何もこたえなかった。須田は、その沈黙を不審に思って、思わず顔を上げた。

森田教頭と眼が合った。教頭は、眼をそらした。

須田は言った。

「古橋洋一くんの友達ですよ。事件のとき、現場にいっしょにいたのです」

「そうですか……」

森田教頭はそれだけ言った。須田は、またアルバムに眼を戻した。

「葉山由里子もだ……」

森田教頭は、にわかに落ち着きをなくしたようだった。須田は、それに気づかぬような態度で言った。「いえね……。昨夜は、古橋洋一くんのお通夜だったんですよ。そこにこの三人が現れたんでね……。それで、名前を知っているんです」

「この三人……？」

「相川渡、阿部輝彦、葉山由里子の三人です」

「ああ……、そういうことですか……。通夜でね……」

森田は、なぜかほっとしたような様子を見せた。それは、かすかな兆候だった。

須田が言った。

「この連中はどうして集合写真に写らなかったのですか？」

「さあ……。いろいろ事情がありますから……。病欠とか……」

「古橋洋一くんは病欠だったのですか？」

「いえ……。彼の場合は、そうではなかったと思います。その……。彼はいわゆる荒れた生徒だったようです。その写真から判断すると……」

「つまり、問題を起こしていて、学校に来ていなかったとか……」

「……あるいは、写真を撮った日に、学校をサボっていたのかもしれません」

「相川渡くんは？」

「彼もそうかもしれませんね……」

「阿部輝彦くんは？」

「そう……。彼もそうでしょう」

「有名な不良グループだったのですか？」

「さあ、そういうことは……」

「葉山由里子さんはどうですか？　彼女も何か問題を起こしていたのでしょうか？」

「葉山由里子さんね……」

森田は眉を寄せて考えた。「いや、彼女は病気だったのでしょう。あるいは、何かの都合で撮影当日、学校を休んでいたのです」

「どうも、はっきりしませんね……。まあ、直接担任されていたわけではないでしょうから、しかたがないかもしれない……」

「そういうことです」

「では、担任だった先生を呼んでいただけませんか？」

「それが……。このクラスの担任を最後に、退職しまして……」

「定年ですか？」

「いえ、まだ若い先生でしたが、ご本人の都合で……」

「そうですか……。どなたか、当時のことを詳しくご存じの先生はおられませんかね？　例えば、生活指導の先生とか……」

「そうですね……」

森田教頭は、また天井を見上げて考えた。「生活指導の担当者ね……。たしか、当時から代わっていなかったはずだ。呼んできましょう」

「いろいろと済みませんね……」

森田教頭は、再び部屋を出ていった。

黒木が、珍しく、自分のほうから須田に言った。

「誰か別の人間を呼びにやらせたほうがよくなかったですかね？」

「なぜそう思う？」

「あの教頭が、何かを口止めするかもしれません」

「おまえ、疑り深いね」

「刑事ですから、当然でしょう」

「つまり、おまえ、あの教頭が何かを隠しているように感じているわけか？」

「そう感じますね」

「根拠は？」

「まず、態度。相川、阿部、葉山の名を聞いたとき、動揺し、それを隠そうとしたように見えました。そして、教頭が、問題児の名前を知らないというのは、ちょっとおかしいですよ。しかも、たった二年前のことです」

「疑えばきりがないけどね……。おまえの言うことにも一理あるね。それより、これが気になるな」

須田はアルバムを指さした。「ほら、この顔写真だけが、ぽつんと離れている……」

それは、少年の写真だった。

黒木はページを覗き込んだが、わずかに眉を寄せただけだった。

森田が体格のいい教師を連れて戻ってきた。教師は一礼して、森田が座っていたソファーの脇に立った。森田も立ったままだった。

「生活指導の野崎《のざき》先生です」

須田は、不器用な身振りで立ち上がって挨拶をしようとした。そのときには、すでに黒木は、立ち上がっていた。

須田と黒木が腰を降ろすと、森田教頭ももとの席にすわった。野崎だけが立っていた。体育の先生に違いないと須田は思った。尋ねてみるとそのとおりだった。

「古橋洋一くんが、亡くなられたのをご存じですか?」

須田は、野崎に尋ねた。野崎は立ったままだった。実直そうな彼は、即座にうなずいて言った。

「ニュースで知って驚きました」

「現場には、相川渡くんと阿部輝彦くんがいました。さらに、これは偶然かもしれませんが、葉山由里子さんも居合わせたのです」

黒木は、じっと野崎を観察していた。須田は何やら、秘密の話をするときのように深刻な顔つきで話していた。「相川渡くん、阿部輝彦くん、葉山由里子さん。この三人をご存じですか?」

「ええ。知っています」

野崎は、ちょっとばかり不快そうに顔をしかめた。「相川と阿部は、いわゆる札付きでした。どうしようもないやつらでしたよ。亡くなった人を悪く言うのは気が引けるが、古橋もそうでした。三人は、たいへんな問題児だったのです。三年生になると、平気で授業をサボるようになり、出席日数もぎりぎりでした」

「アルバムを見ると、集合写真とは別に顔写真が載っていますね。やはり、撮影当日に学校にいなかったのですか?」

「そうだと思います。担任ではなかったので、詳しい事情は知りませんが、たぶん、学校をサボっていたのでしょう」

「何かの施設に入っていたとか……」

須田は、三人が警察沙汰を起こしていたのではないかという意味のことを尋ねたのだ。生活指導を担当している野崎には、それがすぐに理解できたようだった。

「いえ、あの三人はそういうへまをやりませんでしたよ。とんでもないワルでしたが、ぎりぎりのところで、補導や検挙をまぬがれる。頭がいいんですよ。……特に、リーダーの相川です。……。相川は、本当に頭のいいやつだった。相川は、冷静に出席日数を計算していたのです。彼らが卒業できたのも、相川がいたからです。相川は、塾では熱心に勉強していたようです。そればかりか、彼は、学校に来ないかわりに、塾では熱心に勉強していたようです。いい学校に入ったんですよ。そういう意味では変わったやつですがね。常に一歩引いたところから世の中を見ているようなところがある。不気味な生徒でしたね」

「不気味……？」

野崎は、教育者として不適切な言葉を使ったことに気づいたようだった。さっと、森田教頭の顔を見て、ごまかすように身じろぎした。

「まあ、教師が生徒のことを不気味などと言ってはいけないのですがね……。でも、正直に言うとそんな感じです。私は、彼が卒業してくれて本当によかったと思いましたよ」

「では、彼は、警察に検挙されたり補導されたことは一度もないのですね？」

須田は、確認するように尋ねた。

「ありません」

「在学中、相川くんたち三人と葉山由里子さんは、特に何か関係はありましたか？」

野崎は、また、森田の顔を盗み見た。森田は、正面を向いたままだった。完全な無表情だ。野崎は、須田に眼を戻すと、言った。

「いいえ。葉山由里子は真面目な生徒でした。三年のときも、図書委員かなにかをやっていたはずです。彼らとは、接点はないはずです」

須田はうなずいて、アルバムに眼を戻した。その間、黒木は、じっと野崎と森田を観察していた。須田は黒木のほうを見ていなかったが、それがわかっていた。

「あの……。これなんですがね……」

須田は、アルバムを森田のほうに向けて押しやり、指で指し示した。「この生徒さんだけ、ぽつんと離れて顔写真が載っているでしょう。これ、何か理由があるんですか？」

それを見た森田は、さらに無表情になった。野崎は、それを説明するのは自分の役割ではないというように、森田教頭のほうを見た。森田が言った。

「ああ。その生徒は、亡くなりましてね……」

「亡くなった？」

「ええ……。冬のことでした。あれは、十二月だったか……」

そう言って、森田は、野崎のほうを見た。野崎は、うなずいた。

「なんで亡くなったのです？」

須田が尋ねると、森田は神妙な顔つきになった。辛そうな表情だった。

森田は、溜め息とともに言った。

「自殺です」

「自殺……」

とたんに、須田は、悲しげな表情になった。「いや、どうも……。生徒さんの自殺というのはやりきれないでしょうね……。部外者の僕なんかも、新聞で少年少女の自殺の記事なんか読むと、どうにもいたたまれない気持ちになって……」

「失礼だが、刑事さん」

野崎が言った。「部外者という言い方は間違いだと思います。すべての大人が当事者なのです。教育者ばかりでなく、社会を構成しているすべての大人が……」

「あ、いや……。そうですね……。私が部外者と言ったのは、そういう意味ではなくって……。いや、どうもすいません、ほんとに……」

須田は、本当にうろたえているようだった。黒木は何も言わない。須田のこういう態度にはもう慣れていた。

須田は、なんとか職務を思い出そうとつとめているような口調で言った。

「あの……。自殺の原因は何だったんですか？」

「自殺の本当の原因なんて、本人にしかわからない。そうじゃありませんか」

森田が言った。

「それはそうでしょうね……。でも、なんというか、直接的な表向きの原因のようなものはなかったのですか？」

「いじめですよ」

森田は、開き直ったように言った。

須田は、悲しげに溜め息をついた。

「いじめね……。それで、自殺した生徒さんの名前は？」

「たしか……、江木《えぎ》……。江木正和《まさかず》……。そうだったね？」

森田は、脇に立っている野崎を見上げて確認した。

「はい」

野崎はうなずいた。

「あの……、これは、念のために訊くのですが、江木くんの自殺と、相川グループと何か関係はなかったのですか？」

「どういうことでしょう？」

「いえ、たまたま同じクラスだったから気になって尋ねるのですが……」

「つまり、相川たちが江木をいじめたから、江木が自殺したのだと……？」

「ええ……」

「そういうことはなかったと思いますよ。いじめと言ったのは一般的な言い方です。江木くんは、きわめておとなしい生徒だったと聞いています。つまり、いろいろな連中からいじめられていたのでしょう。そういう生活が嫌になって絶望を感じたのかもしれません。特定の誰かに暴力を振るわれたとか、脅されたといった類の問題ではなかったと考えています」

「でも、同じクラスに不良グループがいて、江木くんはいじめられっ子だった。何かあったと想像するのが普通じゃないですか？」

「相川たちは、同じクラスのおとなしい生徒なんて相手にしなかったと思いますがね……」

野崎が言った。

「そうなんですか？」

「私も担任じゃないので、詳しい話は知りません。でも、担任からも相川たちが江木をいじめているという話は聞いたことがありません。第一、相川たちは、あまり学校に出てこなかったんです」

「なるほど……」

須田は、またアルバムを見つめた。不意に顔を上げると、野崎に尋ねた。「葉山由里子さんも集合写真のなかにいませんね。顔写真だけだ。どうしてです？」

「ああ……。彼女は、体を壊してしばらく学校を休んでいましたから……」

「ほう……。どこが悪かったんですか？」

「詳しいことは、知りません」

「そういう類の記録は残っていないのですか？」

森田がこたえた。

「長期の休みになって、学年が遅れるような場合は、記録に残すこともありますが、たいていは、職員会議の報告だけで済ませてしまいますね……。彼女の場合は、出席日数は足りていましたから……」

「職員会議……。記憶にありませんか？」

「そうですね……。ええと、何か、精神的に参っていたというようなことだったと思います。よくあるんですよ。高校受験をひかえて、プレッシャーがかかる。加えて、中学生というのは、心と体がアンバランスな時期ですからね……。そう。たしか、精神的な理由でさまざまな症状を訴えて、しばらく自宅で療養させたんじゃなかったかな……。いわゆる自律神経失調症というやつです」

「自律神経失調症ね……。やっかいな現代病ですね。あれ、本人はつらいらしいですね

「最近では、生徒だけでなく、教師のほうも精神的に参ってますよ。さまざまな問題が山積でね……」

「わかりますよ……」

須田は、さりげなく尋ねた。「それで、学校を辞められた担任のかたのお名前は？」

森田は、なごみかけた表情を再び引き締めた。彼はまた表情を閉ざした。野崎も、緊張を表情に表した気がした。

「なぜ、そんなことをお尋ねになるのです？　学校を辞めたからには、ここことは関わりのない人物です」

「いえ、当時のクラスのことをよくご存じのはずでしょう。いちおう、お話をうかがおうかと思いましてね……」

森田は、一瞬、迷っているように見えた。だが、彼は、すぐに結論を出したようだった。

「峰岸裕一といいます」

「住所はわかりますか？」

「ここに勤めていた当時の住所はわかります。しかし、すでに移転しているはずです」

「当時の住所で結構です」

森田は、野崎にうなずきかけた。野崎は、部屋を出ていった。やがて、彼は、メモ用紙を持って戻ってきた。住所を書き写してきたのだ。

「どうもお忙しいところ、おじゃましました」

須田は、メモを受け取ると立ち上がった。

11

覆面巡回車の助手席で、須田はむっつりと考え込んでいた。居眠りをしているように見えるが、決してそうでないことを、黒木は知っていた。

黒木は、滅多に彼のほうから声を掛けない。おかげで、須田はいくらでも考えることができた。

新宿が近くなって、道路が渋滞してきた。ぼんやりと、前の車のテールを眺めていたと思ったら、だしぬけに須田が言った。

「話の辻褄は合ってるんだがなあ……」

黒木は、ハンドルに片手を乗せて、黙って正面を見つめている。須田も返事を期待しているわけではなさそうだった。

彼は、ひとり言のような調子でさらに言った。

「なんかおかしいんだよなあ……。どう思う?」

尋ねられて黒木は初めて口を開いた。

「妙だと思いますよ。相川たちが、校内で有名な不良グループだったのなら、教頭が知らないはずはありません」

「知らないふりをしていたと思うか?」

「そう思いますね……」

「じゃあ、古橋洋一くんが死んだことも知っていたんだな?」

「当然そうだと思います。卒業生が死んだのだから、誰かが話題にするでしょう」

「タブーなのかな?」

「え……?」

「いや、古橋洋一くんの話をするのがさ。なんか、そんな感じだったじゃない。何かを恐れているような……。森田という教頭ね。表情を読まれまいとしていたような気がする。なぜなんだろうなあ……」

「葉山由里子も無関係ではないような気がします。それと、自殺した少年……」

「ええと……、江木正和くんといったっけ……?」

「元担任という人物を見つけて話を聞く必要がありますね。場合によっては、もう一度、森田教頭をはじめとする教師たちに会うことになるかもしれません」

「そうだなあ……」

須田はなぜか悲しそうに言った。

「気が進まないみたいですね？」

「うん……。彼らは、宣誓した証人じゃないんだから、本当のことを洗いざらいしゃべる義務はないんだ。俺たち、あくまで協力してもらっている立場だからね……」

「でも、犯罪の捜査ですから……。係長が言ってたじゃないですか。これは、傷害致死の捜査だけれども、殺人の線もあると……」

「わかってるよ。役目だからね。場合によっては、また会いに行くさ。でもね、誰にだって忘れたいことや、触れられたくないことがあるはずだ。俺たち、そういうところをつつき回すわけだ。墓を暴《あば》いているのと同じだ。せっかく葬り去った記憶を掘り起こさせるんだから……」

「そうですね……」

黒木は、逆らわなかった。

「俺、刑事じゃなかったら、そっとしておきたいね。たぶん、そういう類の話なんだよ。学校にとってつらい出来事があったような気がする」

「でも、それを聞き出さなきゃ……」

「わかってる。でもね、それが当然の権利だなんて思ってちゃいけないと思うんだ。協力してくれることに感謝し、他人の過去に土足で踏み込むことを申し訳ないと思わなくちゃ……。でなけりゃ、そのうち警察だから何をしてもいいという考え方になってくる」

黒木は、須田と組んだ当初、困惑してしまった。刑事というのは、非情でタフな連中ばかりだと思っていたのだ。少なくとも、そうでなければ勤まらない仕事だと思っていた。須田はまったく違っていた。これまで会ったどの警察官とも違うタイプだった。

最初、自分が試されているのではないかと警戒したものだった。だが、じきに、須田は、傷つくことを知っている人間であることに気づいた。

そうすると、別な問題を感じた。まったく刑事らしくない部長刑事と組まされて、自分は、一人前の刑事に教育してもらえるのだろうか。そういう疑問が頭をもたげた。

だが、それも杞憂《きゆう》だった。須田が、見かけとはまったく違った頭脳を持っていることに気づいたのだ。今では、無条件に尊敬していた。

あまりに、センチメンタルな面も、一種の有効な戒めと考えるようになっていた。警察というのは、特別な社会だ。異常と言ってもいい。高校や大学の体育会と軍隊の性格を持っている。

警察官は、そうした面を、警察社会の中だけでなく、一般市民にも適用しようとする。多くの警察官は、市民を怒鳴りつけ、脅すことが仕事だと考えている。警察官は、警察学校や、現任補習科などで、一度は、市民を怯《おび》えさせる必要について学ぶ。刑事政策の基本は、恐怖を与えることだと、言外ににおわす先輩警官は多い。

須田がいなければ、自分もそうした気風に染まっていたかもしれない。黒木は、そう考えるようになって久しかった。

「元担任を見つけなきゃならないな……」

須田がぽつりと言った。

「そうですね」

「中学校時代、被害者のクラスで何かがあった。教頭はそのことを隠そうとしていた。そういうことなんだと思うがね……。それが、今度の案件と関係があるかどうかは別問題だよ。中学校時代の出来事は、まったく関係なく、今回の事件は、はずみで起きた傷害事件かもしれないんだ。間違った予断は禁物だよ」

「わかっています」

「暴かなければならない真実と、そっとしておくべき過去の事実……。このあたりの区別がどうもね……」

須田は、心底困り果てたように言った。黒木は、正面を見つめ、ただうなずいただけだった。

須田の報告を聞いた安積は、しばらく考えていた。須田が、安積の机を挟んで正面に立ち、黒木は、その脇に立っている。

村雨と桜井は出掛けていた。

須田は、悪戯を告白してその処分を待つ子供のような表情で安積を見ていた。安積は、机の上を見つめ、右手の人差し指でとんとんと机の表面を叩いていた。やがて、安積は言った。

「おまえさんは、今回の事件と中学校時代の何かの出来事が関係あると思うか？」

「あると考えるのが自然でしょうね。ただ、さっきも言ったように、あくまで、乱闘のなかで起きたはずみの事件かもしれないんです」

「その点は、俺もよくわかっているさ。元担任を捜し出して、話を聞ければ何かわかるだろう」

「そうですね……」

「その元担任の名前と住所は？」

「峰岸裕一。住所は、中学校の側《そば》だったのですが、もう移転しているだろうということです」

ふと、安積は、眼を上げて須田を見つめた。須田は訳がわからず、どぎまぎして黒木の顔を見た。黒木も安積の奇妙な反応に気づいた。

安積は言った。

「その名前は聞いたことがある……」

「ほんとですか？」

安積は、原宿のライブハウスに居合わせた人々のリストを取り出した。それを丹念になぞっていく。

「あった。やっぱりそうだ。峰岸裕一は、あのイベントを企画した男だ」

須田が目を丸くした。

「有森恵美のイベントを……？」

「職業は塾の講師となっている。同一人物と考えて間違いないな。住所は……、新宿区下落《しもおち》合《あい》だ……」

安積は、須田と黒木の顔を交互に眺めた。そうしながら、彼は考えをまとめようとしていた。

「これは、もはや偶然とは考えられないな……」

「そのようですね……」

須田が言った。彼は、ことさらに深刻な表情になっていた。

「課長に話をしなければならないな。殺人事件の線が濃厚になってきた……」

「峰岸裕一に話を聞きにいってきます」

須田が言った。安積はうなずいて、付け加えた。

「それと、葉山由里子にも、だ」

「了解しました」

戻ってきたばかりの須田と黒木はまた署を出ていった。

安積は、席を立って、金子禄郎刑事課長のもとへ行った。課長は、せっせと書類をめくっていた。安積に気づくと、彼は言った。

「ちくしょうめ。書類がいっこうに片づかないのはどういうわけかな？　夜中に書類同士がセックスをして増殖してるんじゃないだろうな？　何の用だ？」

「原宿のライブハウスの件ですが……」

「傷害致死だな。どうした？　犯人が挙がったか？」

「いえ。実は、捜査の結果、殺人の疑いが濃厚になりまして……」

金子課長は、大きな目で安積を見つめた。上目遣いに睨んでいるといっていいくらい威圧的な眼差しだった。

「どういうこった？」

若い警察官は、この目つきに萎縮《いしゅく》してしまう。刑事部屋の雰囲気作りにおおいに貢献している眼差しだったが、安積は、まったくひるまずにこたえた。

「被害者の身辺を探ったところ、中学校時代の出来事に何か関係がありそうな可能性が出てきたのです」

「怨恨か？」

「まだ、そこまでは……。ただ、人間関係を巡っていくつかの偶然とは思えないつながりが出てきましたので……」

「あいかわらず、慎重な言い方をするんだな……。つまり、臭うということだろう？」

「まあ、そういうことです。須田と黒木が中学校へ行って話を聞いてきました。課長の言い方を拝借すれば、須田と黒木は臭いと感じたのです」

さらに、安積は、葉山由里子が古橋洋一の通夜に現れたことや、元担任と、事件当日のイベントを企画していた人間の名が一致したことなどを説明した。

金子課長は、じっと安積を見つめていた。相槌も打たずに、話を聞いている。安積が話しおわると、金子課長は言った。

「峰岸裕一といったか？　おまえさん、事件当日、話を聞いたんだろう？」

「聞きました」

「被害者については、どう言っていたんだ？」

「きょとんとしていましたよ」

「きょとん？」

「どんな人が刺されたのか、知らないのだ――彼はそう言いました。たしかに、そういう状況でした。被害者が誰か、知らなくても当然だと、そのときは、思いました。現場は混乱していましたし、初動捜査に当たった連中は、被害者の身元をまだ確認できずにいました」

「元担任とそのイベント企画者が同姓同名ではなく、同一人物だとしたら、それは嘘だったかもしれない……。おまえさん、そう思うか？」

「どうでしょうね。そいつは予断というものだと思いますよ」

「元教師がアイドルのイベントの企画なんかやるか？」

「さあ、そのあたりのことは調べてみないと……」

「しかし、殺人である可能性は増したというわけだな？」

「ええ。態勢を整える必要があるかもしれません。場合によっては、捜査本部を設けるとか……」

「よせやい、係長」

課長は、顔をしかめた。「おい、俺は、もう記者会見をしちまった。傷害致死だって発表しちまったんだ」

「捜査の成り行きで方針が変わることはいくらでもありますよ」

「署長がいい顔をするまいよ。捜査方針が二転三転するなんざ、警察への信頼をなくすことにつながりかねん。署長はそう言うに決まっている。捜査本部？　いまから、本庁に願い出るのか？　事件から三日もたった今になって？　どうしてもっと早く上げないんだとまた、文句を言われるのがおちだ」

「まだ、三日です」

「会議で傷害致死だと判断したのは、おまえさんだ。何とかするんだ」

「捜査員が不足しているんです。あっぷあっぷなんですよ。現在、四人の捜査員を専任にしていますが、これだけじゃどうしようもない」

「他から回してもいい」

「それぞれの担当で手一杯なんです。本庁の手を借りて、他の署からも応援を回してもらわないと……」

「他の部署でもかまわん。なんとか、うちの署だけで片をつけるんだ。中学校での出来事が関係しているというところまで絞れたんだ。あと一歩じゃないか。参考人をどんどん呼びつけて叩きゃいい」

「そうはいきません。今回はとくに少年が多く関わっていますしね……」

「安積さんや、捜査はきれいごとじゃねえんだよ……」

課長はつくづく困り果てたといった顔をして見せた。安積は平然と言った。

「では、私も現場に出ることにします」

「当然だ。好きにしていいよ」

「他の部署から応援を頼んでいいと言いましたね？」

「ああ」

「私が選んでいいですね？」

「いいとも。署長に話を通しておくよ」

安積は、課長の席を離れた。自分の席に戻ると、誰を応援に頼むか考え始めた。刑事課の各捜査係は、どこも手一杯だ。少年が絡んでいるからには、生活安全課あたりから引っ張ってくるのが順当と思われた。

だが、安積は、気が進まなかった。刑事課捜査係と生活安全課はなぜか反《そ》りが合わない。互いに牽制しあうようなところがある。表面的に対立するわけではないし、職務を離れると、個人的には同じ署の仲間という意識はあるのだが、職務となるとどうもぎくしゃくする面がある。

犯罪捜査のうえで、どんなにわずかであっても、軋轢《あつれき》を抱え込むのはごめんだった。

安積は、再び立ち上がって、一階へ降りた。交通課の島へ行く。

係長の札のある机に、窮屈そうにしがみついている男がいた。檻に閉じ込められた猛獣といった感じだった。安積が机の脇に立つと、その男は、顔を上げた。だが、それだけだった。すぐに机の上の書類に眼を戻した。

「どうだ、調子は？」

安積は声をかけた。

「くそくらえ……」

制服を着たその男は、ぼそりとつぶやいた。

「機嫌が悪そうだな。元湾岸署交通機動隊の小隊長が、こうして机に縛りつけられているんだから、当然か？」

制服の男は、速水《はやみ》直樹《なおき》という名だった。階級は警部補。年齢は四十五歳だった。階級も年齢も安積と同じだ。

速水警部補は書類に眼を落としたまま言った。

「俺をからかいに来たのか、デカ長？」

「若い連中がびびっているという噂だ。ここに異動になって以来、おまえは笑ったことがないそうだな？」

「根も葉もない噂だ。俺の魅力的なほほえみにみんな、嫉妬しているんだ」

「おまえさん、しばらく、その制服を脱いでみる気はないか？」

速水はようやく顔を上げて安積を見た。

「俺に警察官を辞めろというんじゃないだろうな？」

「交機隊時代には、暴走族なんかとも関わったんだろう？　少年犯罪にはそれなりの見識があると思うがどうだ？」

速水の目が細くなった。その眼の奥が底光りしている。

「少年犯罪だって……？　例のライブハウスの件か？」

「察しがいいな……」

「誰だってわかるさ。おまえは、慎重にやりすぎると噂するやつが少なくない。俺もそんな気がする。それで、俺に何をしろと言うんだ？」

「捜査を手伝ってもらいたい」

「捜査課で？」

「署長には話を通してある」

「つまり、おまえの下で働くということか？」

「俺の下じゃない。俺と組むんだ。現場へ出る」

速水は、ゆっくりと背もたれに体を預けた。

「元交機隊のこの俺に、捜査畑で働けというのか？」

「そういうことだ」

「スープラのパトカーを駆って、湾岸高速網を疾走していたこの俺に、捜査を手伝えと……？」

「いやならいい。ほかを当たる」

安積は、その場を去りかけた。

「待てよ、デカ長。誰もいやだとは言っていないさ。だが、どういうわけで俺に話を持ってきたのか、その理由を聞かせてもらいたいな」

　安積は、さっと小さく肩を動かした。

「言ったろう。おまえさんは、きっと少年や少年犯罪についてある見識を持っているはずだと、俺は考えた。まあ、そういうところかな……」

「それだけか？」

「かつて、同じ湾岸署にいたという気安さもある」

「ベイエリア分署か……。肥溜《こえだめ》みたいに素敵なところだったな……」

「それ以上に理由がいるか？」

　速水は、たっぷり間を取ってからおもむろに言った。

「いや。実を言うとな。ここから連れだしてくれるなら何でもする、といった気分なんだ」

「あまり、もったいぶるんじゃない。そちらの都合がつき次第、捜査係に来てくれ」

「いい人選だ、デカ長」

「俺は係長だよ」

　安積は、階段に向かった。

12

峰岸裕一は、西武新宿線の下落合駅から歩いて五分ほどの場所にある安アパートに住んでいた。

「学生が住むようなアパートですね」

黒木が言った。

二階建てで一階にそれぞれ四部屋ずつある。木造モルタルのアパートで、外に鉄パイプと鉄板で作った階段があった。

「でも、最近の学生は豊かで、たいていはマンションに住んでいるんだそうだよ。こういうアパートには、よく外国人が住んでいるらしい……」

須田が言った。峰岸裕一の部屋は、二階の右端だった。ノックをしたが返事がない。黒木は、さらに強くノックして言った。

「峰岸さん。いらっしゃいませんか？」

その後、ドアに耳を寄せて、部屋の中の気配をうかがった。黒木はかぶりを振った。

「留守のようですね……」

「仕事だろうな……。勤め先は……」

黒木は、手に持っていたノートを開いて確認した。

「高田馬場にある進学塾ですね……。行ってみますか？」

「いや……。職場に刑事が訪ねて行ったら何かとまずいだろう。先に、葉山由里子のほうを当たってみよう……」

黒木はうなずいて、軽快に鉄製の階段を駆け降りた。階段は、黒いペンキが塗られていたが、ところどころはげ落ちて錆びている。須田は、危なっかしい足取りで黒木の後を追った。

覆面巡回車のところまで来ると、黒木が言った。

「まっすぐ葉山由里子の家へ向かいますか？」

「そうだな……」

「昼飯、まだですよ」

須田は、驚いた表情で時計を見た。

「もうこんな時間か……」

すでに午後一時を過ぎていた。須田の体格を見て、たいていの者は、須田にとって食事の時間は神聖なものではないかと想像する。しかし、実際は、捜査に夢中になると、食事のことなど忘れてしまうこともしばしばだった。

一方、黒木は、若いせいもあってか、食事時になると、決まって腹がすく。体内の栄養分の蓄積の違いだろうと、黒木は密かに思っていた。

「近くで飯を食おう。どうせ、葉山由里子もまだ学校だろう」

須田が言った。ふたりは、ぶらぶらと近くの店を物色しはじめた。うまそうなものを探して歩くのは、彼らに与えられたささやかな楽しみだった。

阿部は、まだ、昨夜からの幸福感の中にいた。クラスの仲間にも、有森恵美からメールが届いたことを言わずにはいられなかった。阿部の通う工業高校は圧倒的に男子の数が多い。年中欲求不満を抱えているような男子校の生徒にとって、有森恵美からメールが届いたというのは、ちょっとした話題だった。

あからさまに羨ましがる者もいたし、故意に無視しようとする者もいた。どちらにしろ、心穏やかではないのだ。

工業高校だけに、パソコンを使いこなす連中は多かった。身近な者が有森恵美からメールをもらったというので、さっそくパソコン通信を始めようという者も何人かいた。

阿部輝彦は、クラスの中で、ちょっとした時の人になった。

学校から帰ると、相川渡から電話がきた。阿部は電話に出ると言った。

「珍しいね。相川くんが電話を掛けてくるなんて……」

阿部の口調はどこか誇らしげだった。相川がどんな用事で電話してきたかわかっているのだ。有森恵美のメールのことしか考えられない。

「うれしそうだな……」

相川の口調はいつものように、人をからかっているような響きがあった。

「そりゃあね。本当に有森恵美からメッセージが届いたんだぜ」

「うまいこと同情をかち得たってわけだ。どこで会うんだ？」

「それは言えないよ」

「僕にも言えないというのか？」

「勘弁してくれよ……」

「まあいい。僕は、おまえの誤解を解いておきたくて電話したんだ」

「誤解？」

「そうだ。おまえは、僕がうらやましがっていると勘違いしているようだ」

「メールのこと、怒ってるのか？　だったらあやまるよ。俺はただ……」

「心配するな。怒ってやしない。ただ、おまえの勘違いを訂正したいだけだ。僕は、有森恵美が好きだ。ファンだからな。でも、僕は有森恵美個人に会いたいとは思わない。本人に会って何を話すんだ。ファンですと言うのか？　そんなことは、有森恵美は百も承知だ。有森恵美がおまえを見て、恋に落ちるとでも思っているんじゃないだろうな。そんなことは百パーセントあり得ないんだ」

「ファンなら、誰だって会いたいと思うだろう。少しでもアイドルに近づきたいと考えて当然じゃないか……」

阿部輝彦の声には力がなかった。相川の言っていることは、筋が通っていた。阿部は、自分の主張がひどくつまらないことのような気がしてきた。

「僕は、有森恵美をメディアだと思っている。アイドルそのものがメディアなんだ。そういう状況なんだよ。わかるか？」

「よくわかんねえよ……」

「『アリモリ・マニア』でメッセージを送る。それにコメントが加えられ、さらに新しいメッセージが送られる。『アリモリ・マニア』は、単なるネットの会議室じゃない。あれが、有森恵美そのものなんだ。だから、価値があるんだ。イベントもそうだ。有森恵美のイベントは、ただ歌を聞いたり踊りを見たりするイベントじゃない。僕たちひとりひとりがどう関わるかを工夫するイベントだ。だから楽しいんだよ。誰かが、サポート・バンドを作る。アリモリ・ファンのなかから、アリモリにちなんだ歌を歌うアイドルグループが生まれる。有森恵美ファンは、そのアイドルグループをも応援する。そういった構造自体が有森恵美なんだ」

「おまえの言っていることは、難しくてわかんないよ……」

「有森恵美個人に会って、万が一、いやなやつだったらどうする？　それでも、許すとおまえは言うかもしれない。いやなやつだが、許す……。それはもう、有森恵美を楽しむという次元じゃない。薄汚い人間と人間の心理でしかない。有森恵美は、もっと高度な楽しみなんだよ」

阿部は、相川の言っていることをなんとなく理解できた。しかし、完全に理解できたわけではなかったし、認めてしまうのは悔しい気がした。

「有森恵美は、いやなやつなんかじゃないよ。ちゃんと、俺にお悔やみを言いたいからとメールをくれたんだ……」

「例えばの話だ。つまり、本人に会ったとたん、有森恵美というアイドルは、等身大の人間にスケールダウンしちまうということを言いたいんだ。僕にとって、有森恵美は、僕の想像力や、さまざまな発想をくみ取ってくれるメディアだ。そして、それが、発展していく状況だ。そういうことをおまえに伝えたかった。おまえが有森恵美に会うからといって、僕はうらやましがったりしないんだ」

「わかったよ……。でも、俺は会うのが楽しみだ。会えることになってうれしい。それでいいだろう？」

「いいさ。だが、気をつけることだ」

「何がさ……」

「古橋の二の舞にならないようにな」

この不吉な言葉のせいで、阿部の心に黒い雲のようなものがわき上がった。古橋の死がもたらした衝撃から、阿部は、まだ抜け出せずにいる。

「それ、どういう意味だよ？」

「いや……。なんとなくな……。悪かった。気にしないでくれ」

阿部が何か言うまえに、相川は電話を切った。コードレスホンのトークボタンをオフにした阿部は、不機嫌そうにつぶやいた。

「なんでえ、ちくしょう……」

幸福感に水をさされた気分だった。彼は、相川が言った一言をなんとか忘れようと思った。有森恵美に会うところを想像して、再びうっとりとした世界にひたろうとしてみた。しかし、相川の一言が気になってしかたがなかった。

須田と黒木は、葉山由里子の自宅を訪問していた。東京郊外の一戸建て。住宅地の建売で、庭とは呼べないようなささやかな庭がある。その庭は、組み立て式の車庫でほとんど占領されていた。

特別豊かではないが、不自由のない生活。ローンに追われて貯蓄はままならないが、日々の生活に苦しむほどではない。そういった感じだ。

須田がインターホンのボタンを押した。家の中のどこかでチャイムが鳴った。すぐに女の声がこたえた。中年の女性だ。母親だろうと須田は思った。家政婦を雇えるほど余裕のある家とは思えなかった。

「警視庁神南署の須田と申します。ちょっとうかがいたいことがありまして……」

「何でしょう……」

「葉山由里子さんにお話をうかがいたいのですが……。ご在宅ですか？」

「おりますが、娘にどういうご用件でしょう？」

母親の口調が、にわかに挑戦的になった。緊張をはらんでいる。これは、娘を守ろうとする本能的な反応だろうか。それとも、別に理由があるのだろうか……。

須田はそう考えながら、つとめて穏やかな声で言った。

「いえ、実はですね……。原宿のライブハウスである少年が刺されまして……。そのライブにお嬢さんがいらしていた……。当日、ライブハウスに居合わせた人全員にこうして、お話をうかがって歩いているわけでして……。まあ、形式的な質問なんですが……」

しばらく間があった。

須田は、辛抱強く待った。やがて、母親は言った。

「少々お待ちください」

ややあって、玄関のドアが開いた。須田は、頭を下げてから、警察手帳を内ポケットから取り出して見せた。手帳についている紐がぴんと伸びるまで相手に手帳を近づけた。

母親は、髪を短くしており、白髪染めをほどこしているようだった。家庭にじっとしているタイプではなさそうだった。近所のスポーツクラブや、文化教室に通うタイプだ。

若いころは、美しかっただろうと須田は思った。彼女は、露骨に不安そうな顔をしていた。

刑事の訪問などというのは、一般人にとってみれば、日常の出来事とはいいがたい。緊張して当たり前だった。だが、その緊張の度合いを見極めるのが難しい。過度の緊張は、何かを物語っている場合が多い。

「お嬢さんとお話しさせていただけませんか？」

玄関に入ると須田は言った。黒木は終始無言だ。閲兵式の兵士のような恰好で立っている。

「あの……。本当に、そのライブハウスの事件のことだけなんですね……？」

この質問は奇妙だった。須田は、それに気づいたが顔には出さず、相手を安心させるようににっこりと笑ってこたえた。

「もちろんです」

母親は、須田たちをリビングルームに案内すると、ソファーに座らせ、二階に上がっていった。ワイドビジョンのテレビがあり、小型のステレオコンポがある。壁際のサイドボードの中には、洋酒の瓶が並んでいた。

典型的な中流家庭のリビングルームだった。この雰囲気を維持するために、経済面を含めてさまざまな苦労があるに違いないと須田は考えていた。

母親が、葉山由里子を伴ってリビングルームに現れた。葉山由里子は、母親よりも堂々としているように感じられた。須田のほうを見て、すぐに黒木を見た。

須田は、奇妙な雰囲気を感じた。

自分たちが、何か偉い人に会いにきたような気がしたのだ。おそらく、葉山由里子の態度のせいだったのだろう。女王さまに謁見《えっけん》にやってきたような気分になったのだ。

須田と黒木は立ち上がっていた。ほっそりして色白の葉山由里子は、たしかに気品を感じさせた。とびきりの美人ではないが、若さだけではない魅力があった。

「おかあさん、由里子さんだけとお話をさせてもらえますか？」

「席を外せということですか？」

「すいません、できれば……」

母親は戸惑っていたが、葉山由里子がうなずいたので、立ち上がり、キッチンのほうに去った。

葉山由里子は、ソファーに腰を降ろした。その仕種は優雅といってよかった。丈の長いジーンズのスカートをはいている。変哲のない白いシャツブラウスを着ているが、若い女性が派手なカジュアルウェアを着ているのを見慣れている眼には、新鮮に映った。

葉山由里子は、まっすぐに須田を見ていた。その眼差しは、どこか須田を見下しているようでもあった。初対面なのに、照れたりしない。恐れてもいなかった。刑事に対して緊張をまったく見せない。それはそれで、どこか不自然な感じがした。

「古橋洋一くんが死んだのは、ご存じですね？」

須田は、単刀直入に尋ねた。葉山由里子はかすかにうなずいた。

「あなたは、その現場のライブハウスにいらっしゃいましたね？」

また、彼女は無言でうなずいた。

「すみませんが、はっきりと、言葉に出してお返事ねがえませんか？　でないと、私たちは、曖昧な捜査をしたということになってしまうので……。上司におこられてしまうんですよ」

「行きました」

葉山由里子は、平然とこたえた。須田の懐柔的な態度にも、まったく表情を変えようとしない。

「あなたも有森恵美ファンなのですか？」

「はい」

それ以上のことは話そうとしない。

「会場で気分が悪くなって、倒れてしまわれたそうですね……？」

「はい」

「そのときのことを詳しく話してもらえますか？」

「あたしは、後ろのほうでライブを見ていました。突然、ステージの近くで騒ぎが起こって……。もみ合いがちょっとの間続きました。騒ぎが収まってみると、誰かが倒れているのがわかりました。それが、死体だとわかったんです。誰かがそう言いました。それから、会場は、すごい雰囲気になりました。誰もが緊張していたし、恐ろしいと感じていました。あたしは、その緊張感に耐えきれず、気分が悪くなってしまったのです」

「わかります。そういう場合の雰囲気というのは特別ですからね……」

「あたしは、貧血を起こして、救急車で運ばれました」

「その後は？」

「ベッドに横になっているうちに、気分が落ち着いてきました。病院では、安定剤をくれました。そのおかげだったかもしれません。あとで、保険証と診察料を持ってくるようにと言われて、そのまま家に帰りました」

「刺された古橋洋一くんを、あなたは知っていましたね？」

「知っていました。中学校時代の同級生です」

「現場で、死んだのが古橋くんだと気づきましたか？」

「いいえ。誰が刺されたか、なんてまったくわかりませんでした。みんな、パニックを起こしかけているような感じでしたし……」

「死んだのが、古橋洋一くんだと知ったのはいつのことです？」

「新聞で読みました。最初は、同姓同名かとも思いましたが……」

「お通夜に出掛けたのは、なぜです？」

「さあ……。自分でもよくわかりません。でも、ライブの会場に居合わせていたのですし、クラスメイトだったのですから、何となく行くべきだと感じたのです」

「なるほど……。中学校時代、あなたと古橋くんは親しかったのですか？」

「いいえ。ほとんど話もしたことはありませんでした。彼は、その……」

「不良グループの一員だった。その仲間がお通夜に来ていましたね。それに気づきましたか？」

「はい。あの連中に姿を見られるのが何となくいやだったので、あわてて帰ってきました」

須田はうなずいた。一応の説明にはなっている。だが、須田は、能面のように表情のない葉山由里子の顔が気になっていた。

「あなたも、パソコン通信をおやりですか？」

「はい」

「有森恵美の会議室に、参加していますか？」

「ええ。滅多に発言はしませんが……」

「古橋くんや、阿部くん、相川くんは、さかんに発言していたようです。それを知っていましたか？」

「さあ……。彼らは、ハンドルネームを使っていたのでしょう。知りませんでした」

「あなたは、中学校の卒業アルバムでクラス写真を撮るとき、いらっしゃらなかったようですね……」

「はい。体の調子を崩して、長い間欠席していました」

「何か、精神的な病気だったと聞きましたが……」

「そうです。自律神経失調症と診断されました」

「あれは、つらいそうですね。検査してもなかなか原因がわからない。病院では、たいした病気ではないといわれる。でも、本人はつらくてしょうがない……」

「はい」

「それは、もしかして、江木正和くんの自殺に関係あるのですか？」

　葉山由里子の表情は変わらなかった。しかし、顔色が変わったのに、須田は気づいた。彼女は蒼ざめていった。唇が色を失っていく。怒りのためか緊張のためか、それはわからない。だが、たしかに彼女は動揺していた。

「おこたえしなければいけませんか？」

「ええ。できれば、お願いします」

「たしかに関係があります。江木くんが自殺したことは、ショックでした。あたし、江木くんが好きでしたから」

彼女は挑むような口調で言った。

須田はうつむき、気づかれぬほどかすかに悲しげな溜め息を洩らした。

13

本庁の宇津木は、少年犯罪について統計を出したり、レポートを作成したりという作業に飽きてきた。一日のうちに何度か襲ってくる倦怠《けんたい》の波がやってきたのだ。

彼は、仕事に疑問を持ったことはなかった。もともと、靴の底をすり減らして何かを嗅ぎ回るタイプではなかったし、凶悪犯や、暴力団相手に立ち回りを演じるタイプでもなかった。

生活安全部は、警察の出世コースでもあるし、勤務時間も刑事部などに比べれば、比較的規則正しい。その点で不満はなかった。

　また、彼は、これまでの自分の社会生活に疑問を持ったこともなかった。家族とはあまりうまくいっていない。離婚も考えている。子供との対話もない。だが、彼は、そのような悩みは、誰もが抱えているのだと考えていた。

　また、彼は、下の者のことをあまり顧《かえり》みない男だった。出世のためには、自分より上の者を気にしていればよかった。巡査部長となり、下の者を教育する立場になっても、その態度はあまり変わらなかった。警部補となった今も変わっていない。

　そうやって、定年まで勤め上げ、退官したのちは、のんびり暮らそうと考えていたのだ。仕事に不満を感じていない代わりに、情熱も感じていなかった。

　それでいい、とずっと思いつづけてきたのだ。

　だが、彼は、今、奇妙な苛立ちを感じはじめていた。きっかけは明らかだった。安積警部補と再会したことだった。気にする必要などない。宇津木は、そう自分を説得していた。安積は、出世をあきらめた男だ。彼は、警部補のまま定年を迎えるかもしれない。どんなに頑張っても警部止まりだろう。おそらく、定年のときには、二階級くらいの差がついているはずだ。

　宇津木はそう考えることで心の落ち着きを取り戻そうとしていたのだ。しかし、うまくいかなかった。どうしても、安積のことが心にひっかかるのだ。安積というのは不思議な男だ、と彼は思った。

くやしいが確かに魅力がある。本人は、別に何をしているわけでもない。ただ、淡々と職務をこなしているに過ぎないのだろう。だが、何かを感じさせる。宇津木にない何かだ。その点が、おもしろくなかった。

宇津木は、ついにワープロの文書作成を終了させた。

初期メニューに戻った画面をぼんやりと見つめていたが、やがて、彼は、隣の席の保科和夫巡査に声を掛けた。

「おい……。おまえは、有森恵美というタレントについてどれくらい知っている?」

保科は、顔を上げてこたえた。

「ほとんど知りませんよ。アイドルには興味がありませんからね」

「興味がない? 若いのに」

保科は苦笑した。

「若いったって、もうじき三十ですよ。高校生じゃあるまいし……」

「何かライブを見に行こうという話になったとき、有森恵美のイベントがいいと言ったのはおまえだったな?」

「有森恵美というアイドルのイベントが妙に盛り上がるという噂は知っていましたよ。けっこうな人数が集まるという話も聞いていました。だから適当だと思っただけで……。有森恵美のことを知っていたわけではありません」

「おかしなイベントだったな……。本人が来ていなかった……。なのに、観客は不満そうな顔をしていなかった」

「そうですね」

保科は、興味なさそうに言った。

「ああいうイベントは最近では珍しくないのか？」

「さあ、どうですかね……。でも、おニャン子の解散の後も、何年もコンサートを続けたという連中もいたみたいですからね……」

「おニャン子……？」

「アイドルグループですよ。いや、アイドルシステムといったほうがいいかな……。あの当時なら、俺、けっこう夢中になってましたよ」

「解散したグループのコンサートをどうやってやるんだ？」

「公園にビデオを持ち込んで、みんなで盛り上がるんです。現役のころとまったく同じコールをやったり……」

宇津木は、眉をひそめてかぶりを振った。理解しがたかった。いつもの彼なら、ここで話を打ち切るはずだった。理解しがたいものは近づけないというのが彼のやり方だった。だが、彼は話題を変えようとしなかった。

「有森恵美に関してはどうなのだろうな？　彼女は引退したわけじゃないだろう？　そのおニャン子とやらのようなコンサートをやる必要はないはずだ」

「けっこうな人気らしいですからね……。いろいろな人間がイベントをやりたがるはずです。でも、本人はひとりしかいない。あの手この手でイベントを開こうとするんじゃないですかね……？」

保科も自信がなさそうだった。

「アイドルのファンなんて、本人を一目見るのが目的だろう。本人がいないのに、どうしてイベントが成り立つのだろう……」

「さあ……。でも、あの三人組のアイドルもけっこうかわいかったから……。ああいうのに、つくファンというのも多いらしいですよ。つまり、有森恵美はもうメジャーになりすぎて手が届かないから、その周辺の誰かにターゲットを移すのです」

「高嶺《たかね》の花を諦めて手近なところでがまんするというのか？　それは、個人的な恋愛のパターンだ。アイドルに対するファンの心理とは思えない……」

「今のアイドルというのは、そういう存在なのかもしれませんよ」

「私が若いころのアイドルというと、文字通りのスターだったがな……。手が届かないのが当たり前だったんだ」

「そのころとは、まったく違うみたいですね……」

宇津木は、ふと考え込んだ。保科は、それで話は終わりだと思ったらしい。机の上の書類に眼を戻した。

宇津木が言った。

「暇を見て、有森恵美のことを調べてみようか……」

保科はぱっと顔を上げて宇津木を見た。

宇津木は、その保科の顔を見て、不思議に思った。

「なんだ。うれしそうな顔をして……」

「宇津木さんはそういう人だと思っていましたよ」

「どういう意味だ？」

「冷静に状況を見て、できるところから捜査に協力する……。放っておけと課長に言われても、きっと何か始めるに違いないと思っていたのです」

「皮肉かね……？」

「皮肉？　とんでもない。わかりました。さっそく調べてみます」

「今抱えている仕事をおろそかにしちゃいけない。暇を見て、と私は言ったんだ」

「わかっています」

保科はいきいきとした表情で言った。

宇津木は困惑していた。保科は、てっきり自分のことなど煙たい上司としか考えていないと思っていたのだ。想像もしていなかった評価を聞かされて、宇津木は戸惑っていた。しかし、けっして悪い気分ではなかった。

(安積の手助けか……)

宇津木は心の中でつぶやいていた。(まあ、あいつに恩を売っておくのも悪くはないか……)

『アリモリ・マニア』のなかで、阿部輝彦が有森恵美からメールをもらったというメッセージに対する反応は、冷ややかなものだった。これは、いつものことで、どんなに寛容なファンであっても、嫉妬を感じずにはいられないのだ。

メッセージに対するコメントはひとつもなかった。しかし、阿部のメッセージが、『アリモリ・マニア』の会員にとって意味がないわけではなかった。

たしかに有森恵美がこの電子会議室を見ており、不定期にではあるが、誰かにメールを送っていることが確認できたのだ。

メールをもらって以来、阿部にとって『アリモリ・マニア』は、いっそう身近なものに感じられた。有森恵美本人がメッセージを読んでいることが実感されたのだ。有森恵美本人とメッセージの交換をしているような気分になってくる。

これまで、一日一回か二回だったログインが、三回、四回と増えていた。彼は、相川の電話のあとも、すぐにログインしてさまざまな発言を読み進んだ。

〈あのあと、『アリモリ・ファミリー』のチエちゃんが、熱を出して寝込んだらしい(;_;)　今度のイベントは大丈夫なのだろうか(;_;)
マロマロ〉

〈マロマロさん。心配には及びません。今日、LFの公開録音に、元気にやってきていました(^_^)　あの事件に関して、有森恵美本人が、『アリモリ・マニア』にメッセージを書くという噂があるのですが、本当かな(?_?)

モーリ〉

〈本当かなって、誰に訊いてるの？

まさか、有森恵美本人？

一休〉

〈まさか、有森恵美本人？　という発言も、有森恵美ちゃんが読んでいるんだな……(^_^)
モーリ〉

〈原宿のイベント、私も行っておりました。あれ、演出だったら怖いな……。イベントもエスカレートしてるからな……。次は、松濤学園大でしたっけ？

サスケ〉

〈そうです。松濤学園大です。ちなみに、企画は、先日の原宿と同じところがやるそうです(^^;)
警備が厳重になるのでしょうが、警察の介入だけは、考えないでほしい。
ホンキー〉

〈警備態勢は、考えているそうです。(って誰から聞いたんだ? (^^;)
場所が大学なので、警察が警備に来ることはないでしょう。私服はいるかもしれない。身に覚えのある人は気をつけましょう(^^)
マロマロ〉

いつもとかわらない発言のやり取りが続いている。すでに、イベントで人が刺されたことに対するこだわりはなくなりつつあった。次のイベントのことに話題が移っている。

メッセージの最後にあるのは、各自のハンドルネームだった。どれも、常連のハンドルネームだ。

常連たちは、松濤学園大のイベントに出掛けるようだ。発言者の中には、身分を隠しているけれども、イベントの企画側の人間もいるかもしれない。

阿部は、相川の不吉な言葉をぬぐい去れずにいたが、それでも、土曜日が楽しみなことには変わりなかった。

（この連中にないしょで、俺は、有森恵美に会うんだ）

そう思うと、うれしさがまたこみ上げてきた。ひとりにやにやと笑いながら、阿部は、ログアウトした。


須田と黒木は、午後六時過ぎに峰岸裕一宅を再び訪ねた。峰岸裕一は在宅だったが、外出の用意をしていた。

「ああ、刑事さんですか……」

須田が来意を告げると、峰岸裕一は、軽い調子で言った。

「あの……、どこかへお出かけですか？」

「ええ。また、有森恵美のイベント企画がありましてね……。その、打合せにでかけなければなりません。大学のサークルが企画を買ってくれたんです」

「イベント……？　あんなことがあった直後なのに？」

「不謹慎だとお思いでしょうね。でも、以前から予定されていたことなんです。それに、亡くなったファンの追悼《ついとう》の意味でも、またイベントを開こうと思いまして……」

「その被害者なんですが、峰岸さんの教え子だったんじゃないですか？」

「そうなんですよ」

峰岸は、深刻な表情で訴えかけるように言った。「私は、新聞で知ったのですがね……。

たしかに、私が中学校で教師をしていたころの教え子だったんです。偶然とは言いがたいような気がしましてね……。何か不思議な縁があったとしか考えられません……」

「お出かけになるところ、ほんとに申しわけないんですけど、中学校のころのことをお聞かせ願えればありがたいんですが。それほどお時間は取らせません」

「いいですよ。どうぞ、散らかってますけど……」

峰岸裕一は、戸口から下がって、須田と黒木を招き入れた。独身男性らしい部屋だった。シングルベッドが奥にあり、布団のかかっていないこたつがテーブルがわりに置いてあった。

峰岸裕一は協力的だった。グレーのカーペットの上に腰を降ろすと、須田はさっそく質問を始めた。

「亡くなられたのが、古橋洋一くんだということは、新聞で知ったと言われましたが、会場ではわからなかったのですね？」

「知りませんでした」

「イベントのスタッフだったのに……？」

「スタッフといっても、私は企画を担当しただけです。それに、あの時、会場に刑事さんがおられて、すぐに私たちを死体から引き離してしまわれたんです」

「なるほど……。会場には、古橋くんの友人がふたりきていたのですが、お気づきになりませんでしたか？」

「あれだけの人間が詰めかけていましたからね……。それに、私は、会場ではなく、ステージ袖や楽屋のほうにずっといましたから……」

「相川渡くんに、阿部輝彦くん……。このふたりをご存じですね」

峰岸裕一はうなずいた。

「ふたりとも、私のクラスにいた生徒です。いやあ、手を焼きましたよ。正直に言うと、私が中学校を辞めようと思ったのは、彼らのせいもあるのです」

「……といいますと？」

「すっかり疲れてしまいましてね……。自信がなくなったんですよ。もともと向いてなかったのかもしれませんね……。辞めてよかったと、今では思っていますよ。塾の講師をやっているのですがね……。生活指導だとか、課外活動だとか、そういった面倒なことに煩《わずら》わされずに済みますからね……」

「でも、公立高校の先生と塾の講師では、保障の面とか、いろいろ差があるでしょう」

「ええ。住宅手当てもありませんしね……。だから、こんな安アパートに引っ越すしかありませんでした。でも、満足してますよ。好きなことに時間を使えますしね」

「アイドルイベントの企画ですか？」

「そうです。生き甲斐を感じてますよ」

「葉山由里子さんをご存じですね」

「はい。葉山も私のクラスの生徒でした。彼女が何か……？」

「あの日、イベントに来ていたのですよ」

「へえ……。そいつは奇遇だな……。彼女、有森恵美のファンだったんだ。そういうことには、興味がなさそうな子だったけどな……」

「葉山由里子さんは、古橋くんの通夜にやってきました」

「そうですか」

「なぜなんでしょうね？」

「なぜって？」

「なぜ、通夜に……？」

「もとクラスメイトですからね。別に不思議はないでしょう」

「でも、それほど親しくはなかった。違いますか？」

「どうでしょうね。本人に訊いてみたらどうです？」

「訊いてみました。本人にも理由がわからなかったらしいです」

「それなら、私にわかるはずはない」

峰岸は、そう言って笑った。

「江木正和くんが自殺された件についておうかがいしたいのですが……」

峰岸の顔に一瞬、笑いが張り付いた。彼は、すぐに深刻な表情になった。

「そう。江木正和の死も、私が自信を失う原因のひとつでした……。私は、彼を救ってやることができなかった。自殺の兆候にすら気づかなかったのです。それでずいぶん落ち込みました……」

「原因はやはり、いじめですか？」

「おとなしい子でしたから、そういうこともあったかもしれません。でも、それだけじゃないでしょう。本当の原因なんて誰にもわかりません。そうじゃありませんか？」

峰岸は、探るように須田を見た。「刑事さんは、江木の自殺の経緯をすべて知っていて、こんな質問をなさっているんじゃないでしょうね？」

「いいえ、とんでもない」

須田は目を丸くして手を振った。

「誰も本当のことを知らない。私も知らない……。それが悔しかったのです」

「葉山由里子さんは、江木正和くんが好きだったそうですが、そのことについては……？」

「いや……」

峰岸は意外そうな顔で須田を見つめた。「知りませんでした」

「彼女、病気でしばらく休んでいましたね……。それが理由だったようですが」

「そうですか……」

峰岸は、表情を曇らせた。須田は、溜め息をついた。

「古橋くんや、相川くん、阿部くんと、江木くんの自殺は関係ないのですか？」

「ないと思いますよ。いや、あったとしても、私にはわからないというか……。教師失格ですよね。子供たちのことに興味が持てなかったのです。辞めて当然です」

須田はじっと峰岸を観察していた。彼は、黒木を見た。黒木は、首を横に振った。

「どうも、お忙しいところお邪魔しました。また、うかがうかもしれませんが、今日はこれで失礼します」

須田が言った。

「かまいませんよ」

峰岸は言った。「いつでもいらしてください」

14

須田が戻ると、安積が捜査会議を開くと言った。すでに村雨と桜井は戻っていた。安積は須田と黒木の帰りを待っていたのだ。

それに気づいて、須田は恐縮したように言った。

「すいません、チョウさん。峰岸裕一さんの帰りを待っていたんです。どうも、遅くなっちまって……」

「いいんだ」

須田は、刑事部屋の隅にあるソファーに速水警部補がいるのに気づいた。会議室に移動すると速水もついてきたので、須田は、思わず安積を見た。

それを察して、速水が言った。

「今回の捜査に参加することになった。須田、おまえは、捜査の先輩だ。よろしくたのむよ」

「速水さんが捜査に？　異動ですか？」

「俺が助っ人を頼んだ」

安積が説明した。「行きずりの傷害致死事件というより、何か裏がある殺人の要素が強くなってきたように感じる。捜査本部の設置も考えたが、課長は現状のままで事足りると判断したようだ。手が足りないのはわかっている。それで、速水に手を借りて、俺も現場に出ることにした」

村雨と桜井は無表情に説明を聞いている。すでに彼らは、一度説明を聞いていた。

「へえ……。チョウさんが……」

「俺だってまだ警部補なんだ。椅子でふんぞりかえっているわけにはいかない」

須田はなぜかうれしそうな顔をしていた。安積は、村雨に報告するように言った。

村雨は、ルーズリーフのノートを開いて、鹿爪《しかつめ》らしい顔つきで報告を始めた。

「リストの中で、乱闘に参加した連中を中心に当たっていますが、殺害の瞬間を目撃した者は出ませんね……。誰かひとりくらいは目撃していてもよさそうなものなんですが……」

「誰かが、かばっているような様子はなかったか？」

「ありませんね。誰もが、乱闘がおさまってから被害者が倒れていることに気づいています」

「まあ、もみくちゃだったっていうからな……。そんなもんだろう」

須田が言った。それから、雰囲気に気づいたようにあわてて付け加えた。「いえね。俺は、何か特別なことが起きるときは、往々にしてそんなもんだという、一般的なことを言おうとしたんです」

「わかってる。村雨、続けてくれ」

「アイドルのイベントなどで、野次を飛ばしたり、特定の相手をなじったり、物を投げたりといったことをする連中がこのところ、増えていたようです。あのイベントにもそういう連中が来ていたという証言を得ています。対立するグループの証言ですがね……。その証言に対しては裏が取れています。そのグループのメンバーに、個別に話を聞きました。たしかに彼らは乱闘に参加していました。でも、乱闘のきっかけを作ったのは、自分たちではないと主張しています。騒ぎのきっかけは、誰かがトイレットペーパーを投げたことらしいのですが、誰がやったかは、彼らにもわからなかったようです」

「トイレットペーパー……」

須田が言った。「それで、乱闘が？」

村雨はうなずいた。

「対立するグループ、そして、それを牽制する親衛隊……。一触即発のムードだったらしい。何かきっかけがあればよかったんだ」

「へえ……」

「トイレットペーパーの次が、コーラか何かの空き缶だったということです。正確には、空き缶ではなく、中身がかなり残っていたらしいのですがね。そういう具合にエスカレートしていったのです。そこで気になるのはですね、係長」

村雨は、もったいぶった態度で言った。「乱闘に参加していた対立するグループの人間も、彼らに注意を向けていた親衛隊の人間も、誰が最初にトイレットペーパーを投げたかわからなかったというんです。対立するグループ同士は、当然、相手に注意を向けています。どちらかのグループが投げたのなら、対立するグループが見ていてもおかしくはない」

「あるいは、その親衛隊とやらが……」

安積はつぶやいた。村雨がうなずいた。

「そうです」

一同はしばらく考えていた。短い沈黙のあと、安積は、もう一度村雨の顔を見て、報告が終わったのかどうか確認した。

「じゃあ、須田。報告してくれ」

須田は、宿題を忘れた小学生が指名されたときのように、一瞬顔を赤らめ、どぎまぎした。それが、単なる習慣であることを、速水以外の全員が知っていた。

須田は、まず、森田教頭から聞いた話を伝え、その上で、葉山由里子から聞いた話と、峰岸裕一から聞いた話の内容を順に説明した。

彼は、一切の感想を述べなかった。ただ、正確に聞いた内容を伝えた。説明を聞きおわると、村雨が言った。

「ふん……。辻褄は合っている……」

「そうなんだ」

須田は言った。「どの発言を照らし合わせても、おかしなところがない」

「ならば、疑う理由などないんじゃないのか？」

「でもね……。みんな、態度がちょっとね……。それに、大切なところになると、返事がどうも曖昧になる」

「態度？　どう変だというんだ？」

「まず、森田教頭ね。なんというか……、妙に無愛想なんだ。感情を読まれまいとしているような気がした。それに、生活指導の野崎という教師も、肝腎のところになると、知らないという。まあ、どちらかというと協力的なんだけどね……」

「その肝腎なところというのは？」

「江木正和という少年の自殺さ」

「まあ、触れられたくない事実なんだろうからな……。自殺なら、所轄の警察署に記録が残っているだろう」

須田は、安積を見た。安積はうなずいて言った。

「明日、取り寄せてみよう」

「それにね……」

須田は、村雨に言った。「葉山由里子というのが、どうも……。どういったらいいか……。ちょっと変なんだ。なんかこう、人との間に壁を作っているというか……。俺なんて、女王さまにお目にかかっているような気分になったよ」

「相手は高校生なんだろう？」

「でも、そんな感じなんだ」

「それは、事件とどういう関係があるんだ？」

「まあ、それは……。直接は関係ないかもしれないけど……」

「そういう発言は時間の無駄じゃないのか？」

「いや、でもね……」

安積が言った。

「被疑者だという心証を得るためには、あらゆる情報が有効だ。参考人の印象は大切だよ」

村雨がさっと安積を見た。安積は村雨のほうを見なかった。

「そういう意味でいうと……」

須田が言った。「峰岸の印象もちょっと気になるんです。妙に協力的というか……。いや、それは、問題じゃないんですが、どうも……。そう……。強いて言えば、あらかじめ、いろいろなこたえを用意していたらあんな感じになるんじゃないかという気がするんです」

村雨は何も言わない。

安積は、村雨が気分を害したのではないかと気になった。別に須田の味方をする気はないのだ。だが、つい、須田をかばってしまった。軽率な発言をしたのだろうか……。彼は、村雨の気配をうかがっていた。

「でも、全員の発言に矛盾はない。それは確かなんだ」

村雨が発言をした。安積は、ほっとした。部下全員に、同じように気づかいをしなければならない。彼はそう考えていた。

「黒木。おまえの印象はどうだ？」

安積が尋ねた。

黒木は、即座にこたえた。そのタイミングが生真面目さを感じさせる。

「中学校の先生たちは、たしかに江木くんの自殺のことを忘れたがっているような印象でした。そのことに触れられるのを嫌がっていましたね。葉山由里子は、私たちがほかでは知りえない事実を自分から話してくれました。つまり、彼女が自殺した江木くんのことを好きだったと……。彼女がしばらく学校を休んでいたのは、好きだった江木くんが自殺したことが原因だったことを話してくれたのです。これは、充分に協力的だと評価すべきでしょうね。峰岸裕一も協力的でした。彼は、包み隠さず話しているような感じでした。被害者とそのふたりの友人のことも、森田教頭が言った内容と矛盾していません。峰岸裕一が学校を辞めたのも、彼らのような生徒の担任をやって、自信をなくしたのと、江木くんの自殺がショックだったのが理由だと話してくれました。彼は、あまり生徒のことに興味を持てなかったのだと言いました。これは、筋の通った説明ではないかと思います」

須田は、何も言わずに黒木の発言を聞いていた。村雨は、須田の表情を観察しているようだった。

黒木は最後に言った。

「誰も嘘を言っていないと判断していいと思います。嘘は言っていない。しかし、須田チョウの言ったことも否定はできない。そこで考えられるのは、全員が何か共通のことを隠しているということです。まるで口裏をあわせたように……」

いつしか、須田は、眠たげな仏像のような顔つきになっていた。彼は、つぶやくように言った。

「あるいは、全員が、そのことを本当に忘れようとしている……」

「ロマンティックな言い方だな」

安積が言った。

須田は眠りから覚めるように、ぱっと目を見開いた。

「いえね、チョウさん。俺、思うんです。もし、事件に関係ないとしたら、これは、あまりほじくりかえすべきではないことなんじゃないかって……」

「たまげたな、デカチョウ」

速水が初めて発言した。「いや、係長か……。刑事が、こんなにセンチなもんだったとは……」

「須田だけですよ」

村雨が言った。彼は、須田を見ると言葉を続けた。「みんなの態度が変だと言ったのは、おまえさんだ。発言に矛盾があるぞ」

「態度が妙なのには、いろいろな理由が考えられるよ。何も、古橋くん殺害に関係あるとは限らない」

「それはそうだが、調べてみなければ関係ないかどうかも判断できないじゃないか。すべての知りうる事実を並べて、必要なものを選びだしていく。それが捜査だ」

「わかってるよ。ただな……」

安積は、須田がこれだけこだわるのは珍しいと思った。何かを気にしているのだ。もしかしたら、須田本人も気づいていない何かだ。

「須田。おまえは、何かを恐れているのか？」

須田は、驚いた表情で安積を見た。

「恐れている……？」

須田だけではなく、他の四人も安積に注目した。安積は言った。

「俺は、須田が感じ取っている何かに興味がある。被疑者割り出しのためには、地取り捜査、敷鑑捜査、遺留品捜査、ぞう品捜査、手口捜査、そのいずれもが大切だ。だが、捜査員の印象や勘もばかにはできない。須田が何かにこだわっているとすれば、そこには必ず興味深い事実があるはずだ」

その場の全員が、その言葉に納得したようだった。安積は、自分の口調にやや熱がこもりすぎているのに、気恥ずかしさを覚えた。彼は、眼を伏せて、書類を見るふりをすると、つとめて事務的な口調で言った。

「では、明日からもこれまでどおり、村雨と桜井は、イベント関係を、須田と黒木は、被害者の交友関係を中心に当たってくれ。以上だ」

「見事な演説だ。部下の心を捉えている」

速水が、署の玄関を出ると、安積に言った。安積は不機嫌そうにつぶやいた。

「何の話だ？」

「会議のしめくくりの言葉さ」

「特別なことをしゃべったわけじゃないさ……」

「内容じゃない。たたずまいだ。演説というのはそういうものだ」

安積は、何事かぶつぶつとつぶやいた。別れ際の挨拶だった。速水は、それを態度から察した。

「おい、誰も待っていない家にまっすぐ帰るのか？」

「誰も待ってはいなくても、わが家はわが家だ」

「一杯、付き合え。これから俺はおまえの相棒となるわけだろう？」

「一時的な扱いだ」

「いつまでだ？」

「被疑者を検挙し、送検するまでだ」

「まあ、それまではパートナーというわけだ。ひとりで飯を食ってもうまくはない。夕食がてら、軽くやろうぜ」

速水は、安積を連れて、原宿方向に歩きはじめた。原宿駅の竹下口に向かう途中のビルの地下に大衆酒場があった。ふたりは、奥のテーブルに向かい合ってすわった。

生ビールで乾杯すると、速水が適当に料理をたのんだ。

「事件の報告書はあらかた読んだ。鑑識記録も読んだ。今夜は、捜査会議にも参加した……」

速水は、言った。「だが、新参者には、どうもぴんとこない。これはいったいどういった事件なんだ？」

「最初は、傷害致死事件だと思った。だが、殺人の疑いが濃くなってきた」

「そんなことはわかっている。須田は、何をあんなにぴりぴりしてるんだ？」

「わからない。おそらく、少年がからんでいるからだろう」

「少年犯罪の可能性があると……？」

「ないとは言えない。イベントの会場にいた客の半数は少年だ」

「少年は法律上、保護されている。だから、須田は慎重だというわけか？」

「そうかもしれない」

「煮え切らないな……」

「本当にわからないんだ。実のところ、俺もちょっとばかり戸惑っている」

「どうしてだ？」

「初動捜査のとき、現場で何人かを尋問した。まるで別世界の話を聞いているような気がした。アイドルに夢中になっているいい大人……。彼らは、自分たちのやっていることを立派な趣味かなにかだと思っている。そして、彼らの関係のかなりの部分がパソコン通信で占められている……。どういったらいいんだろう……。何か、生身の人間の世界とは思えなかった」

「須田のセンチメンタリズムが伝染したんじゃないのか？　いや、おまえさんは、もともとその嫌いがあったな……。いいか？　現場に居合わせた連中がどんなやつらかは知らない。だがな、殺人てのは、生身の人間が生身の人間を殺すことなんだ。しっかりしてくれ」

「わかっている。だが、まったく知らなかった別の世界が広がっているような気がしてな……」

「須田にしてみれば、パソコン通信など、どうということはないだろう。あいつはコンピュータに詳しかったはずだ」

「ああ。須田は、別のことにこだわっているようだ。やつはある種のことにきわめて敏感だ」

「どんなことに？」

「あいつは傷つきやすい人間だ」

速水は苦笑した。

「おまえさんが心配するにはおよばんよ」

「なぜだ？」

「須田は、傷つきやすいんじゃない。傷つくことを知っているんだ」

「どう違う？」

「あいつは、傷つくことを恐れたりはしない」

安積は、何も言わなかったが、この一言でなぜか救われたような気分になった。速水は、旺盛な食欲を見せはじめた。瞬《また》く間に目の前の料理を平らげていく。

「おまえは、俺と同じ四十五だったな」

安積が言った。

「それがどうした？」

「俺には、もうそんな食欲はない」

「鍛え方が違うのさ」

「そうかもしれん。最近は疲れがなかなか抜けなくてな……」

「老け込んでる場合か？　再婚相手も探さなきゃならんのに……」

「再婚する気なんてない」

速水は、ビールのジョッキをぐいとあおってから、にやりと笑って見せた。

「ならば、縒《よ》りを戻すんだな」

安積は苦い顔をした。

「その話になりそうだから、おまえと飲むのはいやだったんだ」

「涼子《りょうこ》ちゃんはいくつになった？」

「たしか、二十歳だ」

「おまえと奥さんは、ただなんというかタイミングがずれていただけだ。やり直すチャンスはある」

「どうして、そう自信たっぷり言えるんだ？」

「誰にだってわかるさ」

安積は何も言い返さなかった。

15

待ちに待った土曜日になり、阿部は、飛ぶような気分で松濤学園大学のキャンパスに出掛けた。渋谷駅でＪＲから京王井の頭線に乗換え神泉《しんせん》駅で降りた。

松濤学園大学は、小さな大学で、阿部は、探し当てるまで十分ほど歩き回らなければならなかった。

小さな正門を入ると、学生にビラを渡された。有森恵美のイベントを知らせるビラだった。学園祭シーズンは、十一月だが、松濤学園大学は、一足早く学園祭を行っていた。狭いキャンパスの中に、模擬店がぎっしりと軒《のき》を並べている。阿部は、顔が火照るほど気分が高揚していた。

会場の演劇講堂はすぐにわかった。すでに観客が並んでいる。阿部はおとなしく列の後ろについた。イベントは、先日の原宿のライブハウスのときとまったく同じ形で行われることを阿部はすでに知っていた。

『アリモリ・マニア』で、あのときと同じスタッフが企画するという情報を手に入れていたのだ。業界のプロダクションや代理店ではないので、出演者の駒がそろっているとは思えない。

当然、アリモリ・ファミリーの三人と、アリモリ・ファミリー・サポート・バンドの出演が中心になるだろうと予測したのだ。ビラを見ると、果たしてそのとおりだった。

だが、観客のなかで、彼だけは、会場に有森恵美が来ていることを知っていた。開場して、客が演劇講堂のなかに入っていく。阿部は、緊張と興奮がないまぜになって胸が高鳴るのを意識していた。顔が紅潮する。

いよいよ自分の受付の番になった。彼は、チケットのモギリをやっている学生に言った。

「メールをもらって、ここに来るように言われたんだけど……」

学生は、怪訝《けげん》そうな顔で阿部輝彦を見つめた。

「メール？　誰に？」

「有森恵美のメールだよ」

「有森恵美の……？」

学生はちょっと戸惑ったがすぐに役割を思い出した。「チケットは持ってるの？」

「いや、だから……」

「当日券は売りきれだよ。チケット持ってないのなら入れないよ」

学生もイベントのスタッフとしての特権意識を楽しんでいた。阿部は、かっと頭に血が上った。

「コンサート見にきたんじゃねえって言ってるだろう？」

阿部は、メールのプリントアウトを持ってきていた。その紙を学生に突きつけた。「見ろよ、これ」

メールには、発信相手の名前とＩＤ、発信の日時が記録されている。プリントアウトの最初の行には、有森恵美の文字が見て取れた。学生は入口がつかえているのを見て、阿部を脇に呼んだ。彼は、あらためてメールの文面を見た。

「そう言われてもなあ……」

客の何人かが、阿部と学生のやりとりを聞き止め、好奇の眼で眺めている。阿部は、その視線を感じて怒鳴りつけたくなった。

「いるんだろう？　本人」

阿部は、学生に詰め寄った。学生は目を丸くした。

「知らないよ。本当に来てるのかな……」

「そのためのイベントだろ」

「冗談。そのビラにも書いてあるだろう？　出演は、アリモリ・ファミリーとサポート・バンドの予定だよ」

会場に入ろうとしてたファンのひとりが阿部と学生のほうを見て言った。

「なに、アリモリ、来てるの？」

「うるせえよ」

阿部は、相手を睨んで言った。その目つきは凄味があった。声を掛けたファンは、肩をすぼめて会場に向かった。

「どうしたんです？」

そう声を掛けられて、阿部とモギリの学生は同時にそちらを見た。阿部は、眉をひそめた。

「おまえは……」

阿部はつぶやいた。

ふたりに声を掛けた峰岸裕一は、一瞬表情を固くした。彼は、すぐに笑顔を作って言った。

「阿部か……。しばらくだな……」

「おまえ、こんなところで何してんだよ」

「このイベントを企画したのは、私たちなんだよ」

「知り合いですか?」

学生が峰岸に尋ねた。

「ああ、ちょっとな……。どうしたんだ? トラブルか?」

「いえね、有森恵美本人から、ここに来るようにとのメールをもらったんだとか……」

学生は、プリントアウトを峰岸に差し出そうとした。阿部は、それをひったくった。

峰岸は、うなずいて言った。

「ああ、その件なら知っている。特別の控室を用意してもらっただろう?」

「三号館の七階です」

「空調に弱い人が使うから、窓が開く部屋という指定だっただろう?」

「ええ。その通りの部屋を用意しました。見晴らしのいい部屋がいいって……。だから、その部屋は最上階の……」

学生はそこまで言って気づいた。「まさか、その部屋というのは、有森恵美本人が使うんじゃ……」

「そうだと思うよ」

学生は、周囲を見回して声をひそめた。

「本人が来るなんて聞いてませんよ。こりゃ、大騒ぎだ……」

「私も詳しいことは知らない。本人の希望のようだ。誰がいつどういう形で連れてくるのか、誰も知らないんだ」

「誰も知らない？　企画を立てたあなたたちも？」

「当然だよ。私たちは、本人と交渉したわけじゃない」

「じゃあ、本人はどこでイベントのことを知ったんですか？」

「誰かスタッフから聞いたか、あるいは、パソコンネットの『アリモリ・マニア』で知ったのだろうな」

「俺はどうなるんだよ」

阿部が怒りをこらえきれない調子で言った。峰岸は、阿部を一瞥《いちべつ》して、モギリの学生に言った。

「君、彼を特別の控室に案内してやってくれないか？」

「いいですよ」

学生は、不満げな表情で言った。阿部のような少年を案内してやらなければならないのがおもしろくないのだ。阿部が有森恵美と会うというのも悔しい。「三号館の七階だ。付いてくるんだ」

「最初からおまえがここで待っていればよかったんだよ」

阿部が嘲《あざけ》るような調子で峰岸に言った。

「メールをもらったのが、君だったとはな……」

峰岸はつぶやくように言った。心なしか、峰岸の顔色が悪いような気がした。

阿部は、峰岸の緊張を見て取ってにやりと笑った。

「中学校のときのように、殴ってもらいたいか？」

峰岸は、不快なものを見るように顔をしかめて眼をそらした。

「早く行くんだ……」

阿部は、にやにやと峰岸を眺めながら、学生とともに会場の出入口から出ていった。峰岸は、二度とそちらを見ようとはしなかった。

学生は、部屋に着くまで一言もしゃべらなかった。阿部のことを不快に思っているのだ。

阿部も学生と話す気などなかった。

「ここだよ」

学生は、そう言うと、さっさと去って行った。学生がエレベーターホールに向かうのを見送って、阿部は、部屋のドアを開けた。鍵はかかっていない。

小規模の教室だった。大学の教室というと、席が階段状になっているものが多いが、そこは、床が平らな部屋だった。横長の机が並んでいる。それぞれの机に椅子が三脚ずつ置かれている。

二つの出入口以外にドアはなかった。窓というより、ガラス戸が並んでおり、その外はテラス状になっていた。

阿部は、所在なげに教室の中を歩き回った。部屋のなかには誰もいない。ガラス戸を開けてテラスに出た。目の前には、渋谷・原宿方面のビル列が見える。まるで墓みたいだなと阿部は思った。

下を見ると、模擬店がキャンパスに並んでいる。それぞれのテントがひどく小さく見える。テラスの真下は、石畳状の広場になっていた。ところどころにベンチが並んでいる。

彼は、峰岸のことを思い出した。

（峰岸が有森恵美のイベント企画を……）

彼は、また嘲るような笑いを浮かべた。

（おまえは先生なんて柄じゃない。アイドルオタクをやってるのが似合ってるよ）

彼は、社会人になってまでアイドルに夢中になっている連中と自分をはっきりと区別していた。アイドルを追っ掛けて歩くのは、自分のように若い者の特権であり、いい年をしてその世界を忘れられないのは見苦しいと考えていたのだ。

彼は、ふと表情を曇らせた。

『アリモリ・マニア』で、松濤学園大のイベントと、原宿のイベントは、同じスタッフの企画だという情報を知った。ということは、原宿のイベントの企画にも峰岸が関わっていたことになる。

その会場に、葉山由里子が現れた。葉山由里子は、古橋洋一の通夜にも姿を見せたのだ。阿部には、それがどういうことかわからなかった。しかし、無関係のような気がしなかった。

相川が言ったことを思い出した。

「古橋の二の舞にならないように気をつけるんだな」

彼は、急に落ち着かなくなってきた。有森恵美に会えるという興奮とは、また違った気分のざわつきだった。

不安と恐怖を覚える。

（ばかな……。俺は、有森恵美に呼ばれてここへやってきたんだ）

阿部は、自分にそう言い聞かせた。

(あのメールは、間違いなく本物だった。峰岸も葉山も偶然だ。そうに違いない。有森恵美は、それだけ人気があるということだ)

悪寒を感じ、阿部は、テラスから教室内に戻ろうとした。そのとき、人の気配を感じた。テラスにいたせいで、ドアが開いたのに気がつかなかったのだ。

阿部は、その人物を見て、声を失った。目を見開いている。阿部の口が動いた。だが、声は出なかった。

彼が、何か言おうとした瞬間、相手はすぐ目前に迫り、素早く動いた。

阿部は、ひどい衝撃を感じた。目の前が眩く光る。風景がその光で色あせ、上下が縮まって見えた。

歪んだ風景がせりあがってくるように感じた。

何かを叫んだ気がする。しかし、次に来た衝撃で、何もかもわからなくなった。阿部の視界は闇に閉ざされた。意識が消え失せる。

そのまま、彼は崩れ落ちていた。

三号館の下の広場には、酒と雰囲気に酔った学生がわめき合っていた。大声を上げ、高揚感を持て余すように笑っていた。

女子高生の三人組が、ベンチに腰掛け、ひとつのパンフレットを覗き込んでいる。エプロンをつけた女子大生が足早に通りすぎようとした。

華やいだ学園祭の風景だった。

石畳の広場に、何か重たい物が落ちてきた。談笑していた学生たちも、女子高生の三人組も、何気なくそちらを見た。

駆け抜けようとした女子大生が立ち止まった。女子大生は、反射的に、頭上を見上げていた。

落ちてきたものを見ても、誰も反応を示さなかった。

最初に悲鳴を上げたのは、女子高生のひとりだった。

落ちてきて、石畳に叩きつけられたのは、明らかに人間だった。まるで、果実を地面に叩きつけたような有り様だった。血や脳漿《のうしょう》、さらには頭蓋骨の一部や脳そのものも飛び散っていた。

手足は壊れた人形のように奇妙な角度にねじれている。

三人の女子高生は、次の瞬間半狂乱になった。叫び声を上げ、互いに抱きあった。

女子大生は、立ち尽くし、呆然としていたが、やがて、その場に崩れ落ちた。

凍りついたように落ちてきた人間を見つめていた学生たちのひとりが、いきなりもどしはじめた。

彼らは、わけのわからないことを叫び、その場から逃れようとした。たちまち、人垣ができた。だが、近くまで寄ろうという者はいない。遠巻きに、眺めているだけだ。

いたるところで悲鳴が聞こえ、その騒ぎはじわりじわりと広がっていった。一気に大騒ぎにはならない。人々には、何が起きたのか把握する時間が必要なのだ。

さらに、突然の出来事にどう反応していいかわからなくなる。騒ぎが始まるのは、その第一のショックが去ってからなのだ。

警備員が駆けつけ、野次馬をさがらせはじめた。彼らは、義務感だけでなんとか動いていた。血溜まりが広がりつつある。飛び散った骨のかけらや脳の一部が、吐き気をもよおさせる。血と糞尿の臭いがした。死んだ瞬間に脱糞したのだ。

警備員たちも蒼い顔をしている。

「警察だ」

年かさの警備員が怒鳴った。「警察を呼べ」

若い警備員がトランシーバーで大学構内の警備本部と連絡を取った。

四分後に、パトカーのサイレンが聞こえてきた。警察の到着とともに、大学構内の騒ぎは本格的になっていった。

「阿部輝彦が死んだ?」

安積は、思わず電話口で聞き返していた。土曜日の午後だが、彼は、署に出てきていた。他の捜査員は出払っている。聞き込み捜査に回っているのだ。

村雨の席に斜めにすわり、足を組んでいた速水が、眼だけを上げて安積の顔を見た。

安積は、無言でメモを取り、電話を切った。

速水は、説明を求める顔で安積を見つめていた。

「渋谷の松濤学園大構内で、男が転落死した。学園祭の最中だった。所持品から、死んだのは、阿部輝彦とわかった」

しゃべりながら安積は、外出の支度を始めていた。彼は、居合わせた記録係に、須田と村雨を呼び出し、松濤学園大学に向かうよう伝えてくれと言い残し、刑事部屋を出た。

そのときには、すでに速水が出口に向かっていた。

「キーをくれ」

速水が言った。「運転は、俺の専門分野だ」

「車はない。須田たちが持って出ている」

「しけてんな、刑事部屋は」

速水は、署の一階までくると、大声で言った。「おい、誰か、PCを出せ。安積係長の出陣だぞ」

交通課の若い制服警官が即座に立ち上がった。彼は、駆け足で出口に向かった。

「軍隊並だな……」

安積が速水に、つぶやくように言った。

「好みじゃないか？　教育は、いついかなる場所でも必要だよ」

「おまえが上司なら、俺でもああいうふうに行動するだろう」

「おい。俺は、心優しい上司だぜ」

「わかってる。ほめてるんだ」

安積と速水を乗せたパトカーが到着したときには、すでに現場は捜査独特のものものしい雰囲気に包まれていた。

松濤学園大学の周辺は、高級住宅街で、細い路地となっていた。正門前には、渋谷署のパトカーや覆面車、救急車などで一杯だった。

「正面につけろ」

速水は、運転している交通課の警官に命じた。

「場所がありませんよ」

「二重駐車してもかまわん」

「自分は交通課ですよ」

「職務特権を与えてやる。さあ、行け」

交通課の若者は、渋谷署のパトカーの脇に着けた。

車を降りるとき、安積はそっと速水に尋ねた。

「職務特権？　そんな用語は警察にはないぞ」

「そう思っているのは、おまえさんくらいのもんだよ」

速水は、正門の中に駆けていった。

すでに、死体には、青いビニールシートが掛けてあった。機動捜査隊と、渋谷署の鑑識が現場の保存と記録に当たっている。

渋谷署の刑事が安積を迎えた。安積は、その刑事を知らなかった。年齢は、三十五、六。背は高くないが、がっちりとした筋肉質で逞しさを感じさせる。彼は、言った。

「遺体の確認をしてもらいたいんだが……。なんせ、人相がな……」

安積は、手袋をしながら、こたえた。

「とにかく、拝ませてもらおう」

彼は、ビニールシートに近づき、合掌をすると、シートをめくった。渋谷署の刑事が言った意味がすぐに納得できた。頭部はほとんど原型をとどめていなかった。

安積は、なんとか生きていたころの阿部の特徴を思い出そうとした。背恰好は一致している。彼は、遺体の靴に見覚えがあった。間違いなく阿部が履いていたものだ。

さらに遺体の様子を詳しく観察した。即死だったのは間違いない。全身を強く打ちつけたようだった。手足の骨がめちゃめちゃに折れているのがわかる。一番ひどいのは、やはり頭部だった。

どんな状態で墜落したにせよ、まず、頭部が損傷することを、安積は経験上知っていた。足から落ちても、頭部が地面に叩きつけられるのを避けることはできない。

シートを戻すと、安積は、言った。

「阿部輝彦に間違いなさそうだ」

彼は、そびえ立つ建物の上を見上げた。「詳しく、事情を聞かせてもらえるか？」

16

「阿部輝彦という名前を覚えていたのは、機動捜査隊の班長なんだ。原宿ライブハウスの傷害致死事件に関係あるんだって？」

渋谷署の捜査員が言った。

「ああ。被害者の友人だ」

安積はこたえた。

「どうやら、そのライブハウスと同じイベントを、今日この大学でやっているそうだ」

安積は複雑な表情になった。困惑や驚きというより神経質になっているような顔つきだった。

「有森恵美のイベント……？」

「まだ、イベントの最中のはずだ」

「場所は？」

「ええと……。演劇講堂とか……。どこか、あっちのほうだ。タテカンか何か出ているだろう……」

「それで、ホトケさんは、どういう状況で落ちたんだ？」

「今、目撃者を探している。落ちた瞬間を目撃しているのは何人かいるんだが……」

「どうやって落ちたかを見ていた者はいない……」

「今のところね……」

「どこから落ちたかもわからないのか？」

「正式な報告じゃないけどね。鑑識によると、かなり上の階から落ちたということだ。おそらく、六階か七階……。この三号館という建物の最上階は七階だ。捜査員が調べたところ、屋上には金網が張りめぐらしてあって、どういう形にしろ、そこから落ちるのは考えにくいということだ」

「空いていた部屋はあるのか？」

「七階に無人の教室があった。今日は学園祭なので、三号館のほとんどの部屋で喫茶店だのライブハウスだの、カラオケだのをやっている」

「喫茶店にカラオケ……？　高校の文化祭みたいだな……」

「なに……。今の大学の学園祭なんてこんなもんだよ」

「その七階の教室から落ちたと考えるのが自然だな」

「鑑識も、その教室からなら、この位置に落ちると断言している。間違いないだろう。今、その部屋の現場保存と証拠品の発見につとめている。何か出るかもしれない。しかし……。こりゃ、どういうことだと思う？　自殺か？」

「自殺？」

速水が言った。「殺人《コロシ》だろう？」

渋谷署の捜査員が、さっと速水を見た。

「殺人……。根拠は？」

「ライブハウスで、ひとりの少年が殺された。そして、同じアイドルのイベントで、その友人が死んだ。殺人しか考えられないね」

「そいつは、予断というものだ」

「七階の部屋から遺書でも出たかい？」

「まだだ。だが、衝動的に自殺したのかもしれない」

「自殺の場所としては妙だな。ここが阿部輝彦の通っていた学校だというならいざ知らず……」

「その何とかいうアイドルのイベントが関係しているのかもしれない。あんたはどう思う？」

渋谷署の捜査員は、安積に尋ねた。

安積は、その捜査員と速水を交互に見てから低い声で言った。

「心証としては殺人だと言いたい。それも、連続殺人の可能性が大きい」

渋谷署の捜査員は、曖昧に肩をすぼめ、言った。

「すぐに捜査本部ができるだろう。その席で知ってる情報を提供してもらうよ」

安積は、その言葉に引っ掛かりを感じた。まるで、渋谷署の主導で捜査本部ができるような口調だった。連続殺人事件の捜査本部なら、第一の殺人を扱った神南署に捜査本部が置かれるべきだ。

だが、安積は、何も言わなかった。どこに捜査本部を置くかというのは、安積の判断すべきことではない。犯罪捜査規範第二二条に、「捜査本部の開設および解散ならびに捜査本部の長および編成は、警察本部長が命ずる」と規定されている。

実際には、事件発生署の刑事課長以上の幹部、本部の捜査課長、刑事部長の判断、または、これらの幹部の会議によって警察本部長に開設の要請を出す。警察本部長というのは、県警の本部長であり、東京ならば警視総監ということになる。

安積は、渋谷署の捜査員に言った。

「俺は、有森恵美のイベントが気になる。そちらに行ってくる」

彼は、速水にうなずきかけて歩き出した。しばらく行って、安積は呼び止められた。

渋谷署の捜査員が、何か叫んでいる。戻ってみると、彼は、ビニール袋に入った金属製のバットを掲げて見せた。

「七階の教室のベランダに立てかけてあった。血と髪の毛が付着している。被害者のものかどうか確認しなければならないが、おそらく凶器だろう」

「立てかけてあった……」

思わず安積は聞き返していた。

渋谷署の捜査員はうなずいた。

「ああ……。犯人は、取り乱して逃げたわけじゃなさそうだ……」

「何か、犯人の異常性を感じるが、俺だけかな？」

速水が言った。安積は、速水に言った。

「おまえさん、いい刑事になれる」

「願い下げだ」

安積は、捜査本部云々で渋谷署の捜査員に余計なことを言わなくてよかったと思った。彼は、フェアだった。凶器とおぼしき証拠物件が見つかったことを、わざわざ大声で呼び止めて知らせてくれたのだ。

安積は、気恥ずかしさを覚え、口の中でぶつぶつと礼らしきことをつぶやき、再び、イベントの会場を探しに歩き出した。

演劇講堂では、まだイベントの真っ最中だった。すでに受付の机は片づけられている。客席の外で、スタッフらしい学生三名が、チケットを勘定していた。

安積は、その三人に近づいて、警察手帳を見せた。学生たちは、三者三様の驚きと不安の表情で安積と速水を見た。

「三号館で起きた事件のことは知っていますか？」

「事件……？」

三人のうちのひとりが訊き返した。眼鏡を掛けた小太りの学生だった。三人の中では、彼がリーダー格のようだった。

「三号館から人が転落死しました」

三人は顔を見合わせた。眼鏡の学生がこたえた。

「いえ。知りませんでした。今日は、ずっとこの会場にいましたから……。そうか……。なんかサイレンが聞こえると思ったら、そんなことが……」

「サイレンが聞こえたのに、何が起きたのか知ろうともしなかったのですか？」

反射的に安積はそう尋ねてしまった。それが相手にプレッシャーをかけることになった。

その気がなくても、刑事が質問するというのは、相手に精神的圧力をかけるものだ。

とたんに学生はしどろもどろになった。

「イベントがたいへんでしたから……。その……、今日は、午前中からかかりっきりだったんです……、準備に……。イベントの本番が始まって、僕らは、ようやく一息ついたところだったんです」

「イベントの企画は、あなたたちが立てたものですか？」

「いいえ。専門の企画集団がいまして……。その人達もプロじゃないみたいですけど、これまで、いろいろな場所でイベントを成功させているんで、僕らも以前からいっしょにやろうと声をかけていたんです」

「これは、サークルか何かのイベントですか？」

「ええ……。アイドル研究会の……」

「その企画集団の人達に会いたいのですが……」

「今、本番中だからどうかな……。あと、一時間ほどで終わりますよ」

安積は妥協しなかった。

「手の空いている人はひとりもいませんか？　見てきていただけませんか？」

眼鏡の学生は、残りのふたりを見た。背の高い痩せた学生が、うなずいて走り去った。客席の中ではなく、廊下の角を曲がって行く。安積はそれを見て尋ねた。

「企画集団の人は、会場にいるのではないのですか？」

「ああ……。あちらからバックステージに入れるのです。ここは、演劇講堂といって、演劇を専攻する連中が使う施設で……。楽屋なんかも揃っているのです。小規模ですけどね……」

「出入口はここだけかい？」

安積の後ろから、速水が学生に尋ねた。

「いえ。搬入口があります」

「搬入口ということは、ステージの裏に直接出入りできる出入口ということだな？」

「そうです」

「そこには、誰か人がいるのかい？　警備とか……」

「はい。今日は、常に警備をひとり置いています」

安積は、思わず振り返っていた。

速水は、安積の顔を見ると、かすかに笑って言った。

「訊いてみただけだ。深い意味はない」

安積は何も言わず、学生に眼を戻した。そのとき、背の高い学生が、スタッフのひとりを伴って戻ってくるのが見えた。

スタッフは薄手の光沢のある生地でできたジャンパーを着ている。ライトグリーンのジャンパーだった。

安積は、その男に見覚えがあった。原宿のライブハウスで会った男だった。小太りで眼鏡をかけている。目の前の学生と、どこか共通点があった。顔が似ているわけではないが、たしかに似た雰囲気をしている。

安積は、男に声をかけた。

「お忙しいところ、すいません。たしか、三輪さんでしたね」

「三輪義郎、二十九歳。サラリーマン」

三輪は、迷惑そうに、一気にそう言った。「いったい今度は何事です。知っていることなら、先日すべてお話ししましたよ」

「さきほど、このキャンパス内で、男性が転落死しました」

「転落死……？」

「死亡したのは、阿部輝彦くんという、十七歳の少年です。まだ、最終的な確認は取れていませんが、ほぼ間違いありません」

「そんな名前には覚えはありませんね」

「阿部輝彦くんは、先日原宿のライブハウスで刺されて死んだ古橋洋一くんの友人でした。阿部くんは、古橋くんが刺された現場にいっしょにいたのです」

三輪の表情がゆっくりと変わっていった。迷惑そうな顔が、次第に驚きの表情になっていく。三輪は、安積が何を言っているのか理解できない様子で、じっと安積を見つめていた。何か言ってもらうのを待っている。

だが、安積は、それ以上何も言わなかった。三輪がしゃべるのを待っているのだ。

「有森恵美のイベントに……」

三輪は、安積と速水の顔を交互に見た。彼は、明らかにあわてはじめている。「ちょっと待ってください。それは、ふたりが死んだことと僕たちのイベントが何か関係あるということですか？」

安積は、三人の学生が話を聞いているのを意識していた。しかし、彼は、三人を無視して三輪とだけ話を進めることにした。

「そうは言ってません。だが、何か因果関係があるかもしれない。だから、お話をうかがいたいのです」

「待ってくださいよ……」

三輪は、なんとか混乱に整理をつけようとしているようだった。「たしかに、古橋という少年は、僕たちが企画した原宿のイベント会場で刺されました。でも、阿部という少年は、イベント会場で死んだわけじゃない。関係ないじゃないですか」

「阿部くんは、熱心な有森恵美ファンだと聞いています。当然、このイベントが目的でこの大学にやってきたのではないかと思うのですが……」

「警察がそんなに曖昧な考え方をするとは思わなかったな……。死んだ阿部という少年がイベントのチケットでも持っていたのですか？」

安積は、その点は確認していなかった。だが、刑事は、事情聴取をしている相手の質問にこたえる義務はない。安積はその原則を押し通すことにした。

「阿部くんは、有森恵美に関して、パソコン通信で情報を入手していました。当然、このイベントのことも知っていたでしょう。熱心なファンが、ご執心のタレントの、イベント会場近くまで来ていたのです。関係があると考えて当然です」

「だからといって、ふたりの死とイベントが関係あるということにはならないでしょう……」

三輪は、落ち着きを取り戻しつつあった。だが、その口調は自信なげだった。

「あなたは、最近、アイドルのイベントが荒れる傾向にあるので、原宿のライブハウスを最後にしばらくイベントを見合わせるつもりだとおっしゃってませんでしたか？」

「ええ。その考えは変わってないですよ。ここの話は、あのライブハウスより先に決まっていたのです。事実、企画を持ち込んだのは、あのライブハウスが最後です」

「アイドルのイベントというのは、そんなに物騒な雰囲気なんですか？」

「物騒というほどおおげさなものじゃありませんがね……。事実、今日も、グレンやエータイが、チャンスをうかがってますよ。ちょっと荒れるかもしれない」

学生たちの顔に緊張が走ったのを安積は眼に止めた。

「何です？　そのグレンとかエータイというのは……」

「グレンというのは、カメコから派生した暴力的集団でね……。見かけは、ボーダー系のチンピラですね。愚連隊の愚連です。エータイは、親衛隊のことです」

「カメコ……？」

「ああ、失礼。カメラ小僧のことです。カメラでアイドルを追っ掛ける連中です」

「そのグレンとエータイが対立しているわけですか？」

「単純にいえばそうですね。でも、エータイのなかにもセクト争いがあったり、なかなか複雑なんです」

安積は、またしても奇妙な感覚にとらわれた。まるで、六〇年代後半から七〇年代にかけての学生紛争の話を聞いているみたいだ。あの当時、全共闘を中心とした学生紛争は、何かのパロディーのようだと安積は感じていたのだが、アイドルマニアの世界は、その全共闘をパロディーにしているような感じがした。

「あの……」

学生のひとりがおそるおそる声をかけてきた。安積は無言でそちらのほうを見た。特徴のない学生だ。中肉中背。髪もきちんと刈っている。強いて言えば、色が白いのが特徴だった。

「そういえば、高校生くらいの人が、開演前に僕のところにやってきて……」

全員がその色白の学生に注目した。彼は、居心地が悪そうに身じろぎすると、話を続けた。

「有森恵美からメールをもらったとか……。本人から、ここにくるように言われたとそいつ、言うんです」

「その人の服装を覚えていますか?」

安積は尋ねた。

「はい。コットンパンツにネイビーブルーのブレザー。ネクタイはしていませんでした。ボタンダウンのシャツ……。たしか、薄いブルーの……」

阿部の服装と一致した。

「あなたは、ここで係員をやっていたのですか?」

「チケットのモギリをやっていました」

「それで……?」

「新手の会場荒らしかと思いました。チケットを持たずに何とかイベントにもぐり込もうと、いろいろな手を使うやつがいますからね……。それで、適当にあしらっていたら、スタッフの人がやってきて、話は聞いていると……」

安積は、三輪のほうを見た。三輪は何事かしきりに考えている顔つきだった。

「ああ……。『アリモリ・マニア』で見たな……。最近、メールをもらったやつがいるって……。たぶん、そいつでしょう」

「有森恵美が阿部くんに会うと言ったのでしょうか？」

「さあ……。メールの内容まではわかりませんからね……。でも、阿部という少年がそう言ってきたのなら、そうなのでしょうね」

「僕は、メールのプリントアウトを見ました」

モギリの学生が言った。「たしかに、そのようなことが書いてありました」

「あなたは、有森恵美本人が阿部くんに会う予定であることを知らなかったのですね」

安積は、三輪に尋ねた。

「知るはずはありません」

「でも、その話を知っているスタッフがいた……」

「ああ。おそらく、峰岸さんだろう。例のエミタンですよ。彼は、なんか独自の情報ルートを持っているみたいだから……」

「今、峰岸さんにお話をうかがえますか」

質問ではなく要求の口調だった。三輪は顔をしかめた。

「勘弁してください。彼は舞台監督なんです。出演者の出入りや、SEのキッカケは彼が出すんです。現場から離れられませんよ。イベントが終わるまで待ってください」

安積もイベントをぶち壊す気はなかった。彼は、モギリの学生のほうを見て言った。

「それから、そのスタッフのかたと阿部くんはどうしたのですか？」

「三号館の特別控室にその男の子を案内するようにスタッフの人に言われて、僕が彼を案内しました」

「あなたが、阿部くんを……？」

「そうです」

「失礼、あなたのお名前は？」

「栗原《くりはら》……。栗原純一《じゅんいち》です……」

彼はとたんに不安そうな表情になった。刑事に名前を聞かれるのは、誰でも嫌なものだ。

安積は、さらに質問しようとした。そのとき、客席がにわかに騒がしくなった。明らかにコールや歓声とは違う。怒号が聞こえ、何か物が壊れる音がそれに混じった。

三輪は、客席のドアのほうを見て声を上げた。

「ちくしょう。始めやがったな！」

17

「ちょっと失礼しますよ、刑事さん」

三輪はそう言うと客席のドアのほうへ駆けていった。三人の学生も緊張した面持ちで三輪に続いた。

安積より先に、速水が行動を起こした。速水は、三輪が入っていったドアに突進したのだ。安積は、あわてて速水の後を追った。

場内の一部で暴れている連中がいた。小競り合いを演じている若者もいる。彼らは、客席の椅子とステージの間のスペースに集まっていた。シャツの裾を外に出し、オーバーサイズの膝丈のズボンや、ブーツカットのジーンズといった服装の連中が、三輪の言ったグレンだろうと安積は思った。だらしのない恰好だと彼は感じた。

ステージ上にはすでに出演者はいなかった。騒ぎがおきたので袖にひっこんだのだろう。

グレンと小競り合いや怒鳴り合いをやっているのがエータイ、つまり親衛隊だ。何人かは、そろいの鉢巻きをしている。

親衛隊のなかのひとりが、警察備品の指揮棒を持っているのに気づいて、安積は驚いた。ニンジンと呼ばれるライト付きの朱色の棒だ。警官隊の指揮や、検問などの合図灯に使用される。

騒ぎは予想以上に大きかった。

三輪は、どこから手をつけていいかわからないらしく、一瞬立ち尽くしていた。彼は言った。

「連中、このあいだのことがあったので、異常に興奮しているようだ……」

速水が、三輪や学生たちに言った。

「いいか。こういうときは気合が勝負だ」

彼は、騒ぎの真っ只中に駆け込んでいった。安積もそれに続いた。体力にそれほど自信があるわけではないが、ここでひるんでいては、強行犯係の名が泣くと、彼は自分を鼓舞していた。

三輪と学生がほぼ同時に騒ぎに突っ込んでいった。

速水は、つかみ合っている若者たちの襟首をつかまえ引き離した。警察官なら誰でもそうだが、彼は、そういうことに慣れていた。血の気の多いグレンのメンバーのひとりが、速水の乱暴なやり方に腹を立てて、殴りかかった。

速水は、上体の動きだけでそのパンチをかわした。

その瞬間に速水は、相手のすぐ脇にぴたりと体を寄せる位置にいた。相手の攻撃をぎりぎりでかわすと必ずこういう有利なポジションを取れる。

速水は、相手のパンチを片手で前方をリードし、軽く足を掛けた。それだけで、グレンの若者は、前のめりに倒れた。

次につかみかかろうとしてきた若者に対して、後ろにはさがらず、てのひらを突き出しながら一歩踏み出した。

速水のてのひらのつけ根の部分、武道家が掌底と呼ぶあたりが、相手の顎を突き上げる恰好になった。さらに、速水が一歩踏み出すと相手は、あっけなくあおむけに倒れた。

安積は、物を投げようとしている者たちを制止した。いきなり、後頭部にひどい痛みを感じた。

一瞬視界が揺れた。鼻の奥がつんと痛くなる。振り返ると足元に、栓を開けていないコーラの缶が転がり落ちた。誰かが後ろからそれを安積に投げつけたのだ。

安積は、頭に血が上るのを感じた。今や、騒ぎが、会場中に広がっていきそうな気配だった。学生や、三輪たちスタッフの制止もあまり効果がない。

安積は、近寄ってきた親衛隊の若者を突き飛ばした。その親衛隊員は、客席の椅子の間に尻餅をついた。そろそろ、速水の楽しみを終わらせるときだと安積は思った。

彼は、手帳を出して高く掲げ、大声で怒鳴った。

「静かにしろ、警察だ!」

最初、その叫びは、何の効力も持たないように見えた。声そのものが怒号にかきけされる。

安積は、同じことを何度か繰り返した。

速水も、それに倣《なら》った。

波が引くように、次第に騒ぎが収まっていった。何人かは、その場から逃げだそうと出口に向かった。速水が叫んだ。

「動くな! 動いた者は、その場で逮捕するぞ!」

それから、速水はスタッフや学生に向かって言った。「誰もこの会場から出すな!」

会場は静まりかえっていた。

おもむろに安積が言った。

「全員、席に戻れ。おとなしくするか、パトカーで会場を出るか、どちらかを自分で選ぶんだ」

ひそひそと何かを言い交わす声が、会場に広がった。会場の後方から席に着きはじめた。

やがて、全員がもとの席に戻った。

「野郎……。イベントに警察を介入させるなんて……」

あからさまにそう罵《ののし》る者がいた。誰が言ったかわからなかった。安積は、それを無視した。

速水が、勝ち誇ったように客席のなかを睥睨《へいげい》した。彼は、ゆっくりと安積のところにやってきた。

安積は小声で速水に言った。

「おまえの食欲の理由がよくわかった。こういう形でストレスを発散させているんだ」

「健康法は人それぞれだ」

安積は、出口近くにいた三輪に言った。

「あとは任せる。イベントが終わったら、峰岸さんに話を聞きたい」

「誰も検挙しないんですね？」

三輪は念を押すように言った。

安積は、後頭部を押さえた。こぶができており、ずきずきと疼《うず》いた。傷はなかった。コーラを投げつけたやつをしょっぴいてやりたいと思ったが、それは口に出さなかった。彼は、無言で客席を出た。

イベントが再開された。音楽と歌声、それに合わせた親衛隊のコールがかすかに聞こえてくる。

学生たちも三輪も客席の外に出てこなかった。安積は、まだ後頭部を押さえていた。後頭部に衝撃を受けると、必ず首がこわばってくる。ひどく不快だった。

首を左右に倒してから、大きく回した。速水はまったくの無傷のようだった。興奮した様子もない。

「古橋洋一と阿部輝彦の死……。有森恵美のイベント……」

安積は、つぶやくように言った。「これらはすべて関連している。だが、どういう関連なんだ？」

速水は、肩をすぼめて見せた。

「峰岸裕一が鍵を握っている。彼は、古橋や阿部の担任だった」

「おまえは、どうしてそう物事を断定的に言えるんだ？」

「刑事じゃないからだろう？」

安積は、ぼんやりと、演劇講堂の出入口から外を眺めた。

捜査の方針を間違えたのだろうか？

彼は、そう考えていた。捜査の方針——刑事は「筋を立てる」と言う。筋を間違えなければ、阿部輝彦は死なずに済んだかもしれない。強引に、関連のありそうな人物を署に引っ張って、取り調べをすべきだったのだろうか？

ある程度、拘束すれば、たいていの人間は何かをしゃべる。参考人を拘束する権限は警察にはないが、署に連れて行きさえすれば警察官は何でもできる。

事実、そういうやりかたをする刑事は多い。取調室では、平然と暴力が振るわれる。身に覚えのないことで刑事に暴行を受けたからといって法的な措置を取る一般人は稀《まれ》だ。そのことを、刑事はよく知っている。

そういう気が起きないように、徹底的に脅しをかけるのだ。警察の取調室は、連れ込まれた人間にとっては孤立無援の感じがする。

実際には、参考人だったら、取り調べを拒否することもできるし、被疑者であっても弁護士に会う権利がある。だが、そうした権利は、実際にはあまり行使されない。

刑事がそれをさせないのだ。やくざとやり方はまったく同じだ。人の恐怖につけこむのだ。

そういうやり方が好きな刑事は、口をそろえて言う。それが刑事政策だ、と。捜査はきれいごとではない。現場というのはそういうものだ。警察があらゆる権限を持ってこそ、犯罪の抑止力を持つのだ、と。

あるいは、そういうやり方をすれば、阿部輝彦は殺されることはなかったかもしれない。安積は、ついそう考えそうになった。

しかし、彼は、その考えを断ち切った。それは安積のやり方ではなかった。目的のためには手段を選ばない捜査員は多い。だが、それでは、あまりにむなしいと安積は思っていた。

睡眠を削り、肉体と靴の底をぼろぼろにすり減らし、自分の時間も持てず、そのために、家庭生活を犠牲にした。それは、単に犯人を検挙するためだけなのか？

そうではないはずだ。自分は獲物を狙う獣ではない。人々が理想とする何かのために働いているという誇りがある。だからこそやれるのだ。安積は、そう考えた。

それを良識と呼んでもいい。正義と呼んでもいい。幻想とさえ呼んでいい。そのために自分は働いている。安積が、迷うことなくそう信じることができるようになったのは、そう昔のことではなかった。だが、今は、そう信じている。そう信じることにしている。

現在、安積が知る範囲で、関連のありそうな人物をすべて署に引っ張ったとしても、第二の犯罪を防げたかどうかはわからない。安積はそう考えることにした。

事件の全貌が見えているわけではない。それどころか、それぞれの出来事、それぞれの人物の関係がまるでわかっていないのだ。

予断は、冤罪《えんざい》を生む。もう少し事実関係が明らかになるまで、思い切ったことはできない。こつこつと事実の断片をかき集め、ジグソーパズルをする。それが刑事の仕事なのだ。

やがて、イベントが終了した。三人の学生がやってきて、アンケートの回収箱を用意した。安積と速水は、その様子を脇で眺めていた。

客席から客が吐き出される。出口に向かう客の中には、あからさまに安積と速水を睨み付けて行く者もいる。速水が安積にそっと言った。

「ああいうやつらを見ると、教育したくなるな……」

「警察官をやめて、教師になるか？」

「教師に本当の教育ができると思うか？」

「峰岸裕一の前でそういうことを言うのはやめろ」

三輪が峰岸裕一を連れてやってくるのが見えた。ふたりとも同じジャンパーを着ている。

安積は、出口に向かう客をかきわけて、三輪と峰岸に近づいていった。

峰岸裕一は顔色を失っていた。安積を見ると彼のほうから言った。

「阿部が死んだんですって？」

「はい、先程。三号館という建物から転落死したものと思われます」

バットのことは言わなかった。刑事はすべての札を尋問の相手にはさらさないものだ。安積は峰岸裕一を冷静に観察していた。

峰岸は、たしかにうろたえている。行動過多だ。常に視線を動かしている。安積の顔、速水の顔、となりにいる三輪の顔、自分の手、出口に向かう客。ガラス越しに見える外の風景……。次々と視点を変えていく。

眉を持ち上げているため、額に皺《しわ》が寄っている。口もともせわしなく動いている。頻繁に唇をなめ、唾を飲み込んでいる。いずれも、強い緊張を表している。

肩に力が入り、首をすくめるような姿勢になっている。

「いったい、どういうことなんでしょう……」

ぼんやりとした口調で言う。思考がまとまっていない印象があった。安積は、峰岸の質問は無視して、彼を三輪から離れた場所に連れて行った。何かを尋ねるときには、ひとりにしたほうがいい。安積は、尋ねた。

「あなたは、今日、阿部輝彦くんにお会いになりましたね？」

「はい……」

峰岸は、こたえた。「彼は、この会場にやってきましたから」

「イベントを見に来たのですか？」

「いいえ」

「では、どんな用件で？」

「有森恵美に会いに来たと言いました。そういう約束になっているのだと……」

「それで、彼は会ったのでしょうか？」

「それは、私にはわかりません。ただ、彼が有森恵美本人とそういう約束になっていたことは、想像がつきます。先日、パソコンネットの『アリモリ・マニア』で、有森恵美からメールをもらったという書き込みを見つけました。そのときはもちろん気づきませんでしたが、それが阿部だったらしいのです」

安積は、モギリの学生が言ったことと、今の言葉を比較して吟味していた。矛盾はなかった。少なくとも、阿部がここにやってきた理由については、誰も嘘を言っていないと判断できた。

「あなたは、誰かが有森恵美に会いにくるということを知っていたのですか？」

「それらしいことは聞いていました」

「三輪さんは、まったくご存じなかったようですがね……」

「私は、『アリモリ・ファミリー』の事務所の人間から、特別の控室を用意するように言われたのです。理由を尋ねたら、有森恵美が誰かと会うのかもしれないということでした。それだけのことです。詳しく知っていたわけじゃありません」

「どうしてあなたのところへ……？」

「今回のイベントの企画は、私が中心になって進めましたから。『アリモリ・ファミリー』や『アリモリ・ファミリー・サポート・バンド』の出演依頼をしたのも私です」

「その事務所のかたのお名前は？」

「梅木《うめき》優《ゆう》。『プラムツリー』という小さな事務所の社長です。社長と言っても、彼ひとりとマネージャーひとりでやっている会社なんですけどね……」

「『プラムツリー』の住所をご存じですか？」

「手帳を見ればわかります」

「手帳は今お持ちではないのですか？」

「スタッフルームに置いてきました」

「申し訳ありませんが、取ってきていただけますか？」

やるべきことはすぐにやるというのが捜査の原則だ。後回しにしていると、大切なことを忘れかねない。

峰岸がバックステージに去ると、速水が言った。

「須田の言ったとおりだ。協力的な態度だな」

「彼の緊張は、ただ単に阿部の死に驚いたからだと思うか？」

「どうかな……。かつての教え子がふたり死んだ。両方とも、彼が企画したイベントで、だ」

「単純に考えると、彼は、きわめてあやしいということになる」

「そう。怪しい。誰が見ても怪しい。計画的な犯行なら、こんなにあからさまにやるかな……。峰岸が犯人だとしたら、やつはばかだ。疑われるのが最初からはっきりしている……」

「おまえは、殺人犯に対して何か思い込みがあるのかもしれない。大半の殺人犯は、ひどく無防備なものだ。どこかで大きなどじを踏んでいる。だから捕まるんだ」

「だが、須田の言ったとおり、峰岸は明らかに怪しいのに、妙に協力的だ。その点がひっかかる。彼はばかには見えない」

「そういう見方もあるな……」

峰岸が戻ってきた。彼は、『プラムツリー』の住所と電話番号を読み上げた。安積はそれを手帳にメモした。普通の捜査員と同じく、今度からはノートを持参すべきだと、彼は思った。

「古橋くんと阿部くんが相次いで亡くなった……。これについて、何か心当たりはありませんか？」

「私も驚いていますよ。でも、これは、偶然かもしれません」

「どちらも、有森恵美のイベント絡みで死亡しています」

「阿部も殺されたのでしょうか？」

「まだ何とも言えませんが、その疑いが強いですね」

「誰か特定のグループと対立していたのかもしれない……」

「彼らは、それを否定していました」

「隠していたのかもしれません。アイドルファンはなぜか警察を嫌います」

「なぜでしょう？」

「熱心なアイドルファンになると、かなり違法なことをやっていますからね。代表的な例は、キセルです」

「キセル……？」

「ええ。今も昔もアイドルファンの基本的な活動はやはり追っかけなのです。イベントを追って全国各地へ移動するのですが、それには、莫大な費用がかかります。そのために、常習的にキセルをやる連中もいるのです。簡単なのはバックレ。これは、検札がくるたびに隠れることです。入場券《ニュウケン》という手口もあります。これは、乗車駅と降車駅の入場券を手に入れる方法です。悪質なのはマジンで、これは、入場定期券を使用することをいいます。使用済入場《フルニュウ》券といって、古い入場券の日付や時間を隠して使用する方法があるのですが、これはきわめて危険です。入場定期券なら、日付も時間も関係なく使えますからね。これらのキセルの保険として、新幹線回数券を持っている連中もいます。これをマルスというのですが……」

「あなたもアイドルファンだろう」

速水が言った。「そういうことを警察にちくっていいのか？」

「構いませんよ。誰でも知っていることですし、たぶん、おたくの生活安全課あたりのかたはご存じですよ。とにかく、どんな分野でもマニアと呼ばれる人間は、違法あるいは違法すれすれのことをやる傾向にあります。もともと反社会的というか……。マニアという存在自体が社会に受け入れられない部分を持っているのかもしれません」

やけに雄弁だな、と安積は思った。単に協力的なのだろうか、それとも……。

安積が考えかけたとき、出入口から須田と黒木が入ってきたのが見えた。須田は不器用にきょろきょろとあたりを見回している。実に要領が悪そうに見える。やはり、先に安積を見つけたのは黒木だった。

安積は、ふたりが近づいてきたので、峰岸への質問を中断した。

「チョウさん……。渋谷署の人に聞いたら、こっちにいるというんで……」

「ちょうどいい。あそこに栗原純一という学生がいる。阿部をここから三号館まで案内したというんだ。彼を連れて行って、部屋の確認を取ってくれ」

「わかりました。あ、チョウさん、村雨と桜井も現場にいますが、何か伝えますか？」

「いや、いい。村雨のことだ。やるべきことは心得ているだろう。それからな、須田……」

「はい……」

「栗原純一のことを、渋谷署の責任者に教えてやってくれ」

「了解しました」

こちらもフェアにいきたい。安積は心のなかでそうつぶやいていた。

18

あらためて峰岸に眼を向けると安積は、言った。

「アイドルマニア同士の対立というのもたしかに考えられなくはない。でも、計画的に人を殺すほどの対立があるとは思えないのですがね……」

「殺意というのは、いつどういうふうに湧いてくるかわからないのですよ。アイドルファンは、世間にはなかなか認められない存在です。だから自分たちだけの独自の世界を作る。それだけに、先鋭的になりやすい。情念が暴走することがあるのです」

「殺意を抱くというのは、まあ、一般的なことです。誰にでもありうる。でも、それを実行に移すというのは、きわめて特別なことなんです。殺意とその実行の間には大きな隔たりがある」

「でも、衝動的に殺してしまうこともあるでしょう？」

「衝動的に連続殺人は起きないのです」

峰岸はふと気づいたように言った。

「たしか、古橋は、傷害致死の被害者だったはずです。阿部も殺人かどうかははっきりしていないのでしょう？」

「古橋くんの件については、今では、殺人だと、私は考えています。阿部くんもそうでしょう」

「連続殺人ね……」

「関連のあるふたりの人物が殺されたとなると、これは、計画的なものだと考えざるをえません」

「そうなると、わたしには、心当たりはありませんよ」

「そうですか？」

「そうですかって、それはどういう意味ですか？」

峰岸は、尋問を受けているうちに、次第に落ち着きを取り戻してきた。単なる事情聴取であることに気づいて安心をしたのだろう。安積は、彼にプレッシャーをかける必要があると思った。

「古橋くんと阿部くんは、中学校時代同じクラスだった。あなたはその担任をしておられた。そのふたりが、あなたの企画したイベントに関連して死亡したのです。中学校時代の何かの出来事が関係しているとは思いませんか？」

安積の思惑どおりにはいかなかった。峰岸は、それほど動じなかった。少しばかり驚いたような表情を見せたが、それは、通常の反応といってよかった。

「中学校時代の何かの出来事……。つまり、その出来事には、私も関わっていたとお考えなのですか？」

安積は、直接その問いにはこたえなかった。

「あなたは、古橋くんや阿部くんの担任を終えられてから中学校を辞めておられる。何かあったと考えるのが普通でしょう」

峰岸は、肩をさっとすぼめ、曖昧に首を傾《かし》げた。彼は、何をどう言ったらいいか考えている。考える時間を与えるわけにはいかなかった。安積は続けて質問した。

「あなたが中学校を辞められた理由はなんだったのですか？」

「自信がなくなったのですよ。さきほど、顔を見せられた刑事さんにも言いましたがね。たしかに、古橋、阿部、相川の三人組には手を焼いていました。私は、連日眠れないほど彼らについて考えねばなりませんでした。恐れていたといってもいい。そう。私は恐怖を感じていたのです。その上、私のクラスから自殺者を出してしまった……。私はほとほと疲れ果てたんです。それが理由です」

「その自殺についてですが……。死んだ古橋くん、阿部くんは、関わりがあったのですか？」

「どうでしょう。おっしゃりたいのは、いじめとか、そういった問題なのでしょう？　私にはわからないのです。いじめが行われていたのかもしれません。でも、私は、その実態を知りませんでした。私は、古橋、阿部、相川の三人に関わりたくなかったのです」

「担任の先生なのに？」

「そう。だから、私に学校の先生の資格はなかったのです。彼ら三人は、いっぱしの悪党気取りでした。相手は子供じゃないかとお思いかもしれませんが、中学三年にもなれば、体格も大人とそう変わらない生徒もいるのです。やることは、大人顔負けです。やくざ者を相手にしているようなものです。とても私の手には負えませんでした」

「学校は組織的に対処はしなかったのですか？」

「誰も責任を取りたがりません。その態度は責められないと思いますね。なにせ、相手は、きわめて危険なのです。関わらないほうが無難です。一般社会では、やくざを避けて通ることができます。でも、学校という閉鎖社会では、いやでも彼らと顔を突き合わせなければならない……。三年生になると、相川たち三人は、あまり学校に出てこなくなりました。彼らが席にいない日、私は心底、ほっとしたものです」

「葉山由里子という生徒さんが、長期間、学校を休んでいたということですね。それも、古橋くんや阿部くんとは、関係はないのですか？」

「葉山は病気で欠席していたのですよ」

峰岸は、驚いた顔で言った。「彼らと関係があるはずがない」

「自殺した生徒さん……、江木正和くんでしたか……。江木くんとの関連は？」

峰岸は、とたんにまた沈んだ顔つきになった。彼はたしかに傷ついているように見える。

「葉山は、江木のことが好きだったそうです。でも、私は、それを知らなかった。生徒について関心がまったくなかったのです。葉山が江木を好きだったことを教えてくれたのは、さきほどの刑事さんなんですよ」

須田のことだ。

「あなたが企画したふたつのイベントで、かつてのあなたの教え子がふたり亡くなった……。これをどう解釈すればいいのでしょうね？」

「疑われてもしかたがないとは思います。でも、偶然だとしかいいようがありませんね。いや、偶然というのは、あまり正確ではないな……。彼らは、有森恵美が好きだった。私も有森恵美が好きです。有森恵美は今やちょっとしたブームですからね。アイドルファンにとっては、かなり刺激的な素材なんです。たまたま、私の趣味と彼らの趣味が一致したということでしょう。私は、有森恵美のイベントを何度か手掛けています。原宿のときが何も初めてではないのです。彼らは、有森恵美のイベントがあれば、どこにでも顔を出したでしょう」

「捜査において、偶然という考え方は禁物なのです」

「私が偶然と言ったのは、有森恵美ファンだったという一点だけです。私が有森恵美ファンであることと、古橋、阿部が有森恵美ファンだったことが偶然だと言ったのです。いや、それすらも偶然ではないかもしれないな……。さきほども言ったように、有森恵美はちょっとした面白いブームでしたからね……。誰が有森恵美ファンになってもおかしくはない。そして、有森恵美ファンになれば、イベントに出掛けたり、イベントを手掛けようと思うのは必然です。普通のことですよ」

「普通のこととは思えませんね。あなたが企画したイベントで、あなたのかつての教え子が死んだのは事実なのです」

「それは、刑事さんが、アイドルファンの行動を理解なさっていないからでしょう。熱心なアイドルファンにとって、アイドルのイベントにでかけるというのは、特別なことじゃない。むしろ、日常的なことです。映画マニアが映画を見にいったり、釣りマニアが釣りにでかけるようなものなのですよ。それに、私には、彼らを殺す理由などありませんよ。私は、中学を辞めることによって彼らから解放されたのですからね……」

「あなたの、今日一日の行動をお教え願えますか？」

「午前九時にこの会場に到着しました。大学側のスタッフと協力して会場の設営を始め、十一時から音声のチェック。十二時からリハーサルを始め、十四時から開場の準備に入りました。十五時音出しでイベントがスタートしました。私はステージの責任者だったので、ずっとステージにいました」

「午前九時から今までずっとですか？」

「トイレにも行きましたし、スタッフ控室と何度か往復しました。でも、この会場からは出ていません」

この言葉の裏を取る必要があった。出入口と楽屋口にいた係員に尋ねようと安積は思った。

安積は、慎重に尋ねた。

「原宿のライブハウスで、騒ぎが起きたとき、あなたはどこにいました？」

「その質問には何度もこたえたような気がしますが……」

「もう一度、こたえてください」

「ステージ上手にいました。出演者にきっかけを出していましたから……」

「騒ぎが起きて、収まるまでの間、あなたは誰かといっしょでしたか？」

「ええ。出演者といっしょでした。私は出演者に対して責任があります。いわば、『プラムツリー』からのあずかりものですからね。そのとき、『プラムツリー』の社長もいっしょでしたよ」

「事務所の社長が……？」

「小さな事務所で、社長みずからがマネージャー役をやることも珍しくないのです」

「今日もいらしてますか？」

「きてますよ」

安積は、しばらく考え込み、振り返って速水の顔を見た。速水は、首を振った。訊きたいことはないという仕草だった。安積は、峰岸に言った。

「近々、どこか遠くにお出かけになる予定はおありですか？」

「いいえ」

安積はうなずいた。

「また、お話をうかがうことになるかもしれません。そのときは、よろしく……」

「ええ。いつでもどうぞ」

「『プラムツリー』の社長さんにお会いしたいのですが、どこにおいでです？」

「楽屋にいると思いますよ。ご案内します。こちらです」

「現場へ行ってみようとは思わないのですか？」

「え……？」

「阿部くんが落ちた現場です」

「思いませんね」

「かつての教え子だったのでしょう？」

「言ったでしょう。刑事さん。私はようやく彼らから解放されたのですよ。もう何の関係もないのです。それに、もう遺体は運び出されているのでしょう？」

確かにそのとおりだった。遺体はもう現場にはないだろう。峰岸が言ったことは、理に適《かな》っている。それにしても、彼の言いぐさはあまりに冷淡すぎはしないか……？　安積はふとそう思った。

「峰岸チャン！」

楽屋の外の廊下で、いきなり大声を出した男がいた。「頼むよ。警備態勢どうなってんのよ。これじゃ、危なくってタレント出せないよ」

男は、いちおう背広を着ていたが、どこかちぐはぐな感じがした。濃紺の背広だが、派手な茶と白のコンビの靴を履いている。ネクタイも原色が交錯した派手な柄だった。パーマをかけており、どこか崩れた感じがする。日に焼けているが、腹が出ており、スポーツマンという感じはしない。ゴルフ焼けだろうと安積は思った。

その男が、『プラムツリー』の社長、梅木優であることはすぐにわかった。

「すみません」

峰岸は丁寧な口調で言った。「今後は気をつけます」

「まったく……。このところ、イベントといえばこの騒ぎだ。昔はこんなことなかったのにな……」

「グレンとエータイの対立構造がはっきりしてから、双方とも過激化してますからね……」

「ひいきのタレントのイベントで暴れてどうなると思ってんだろうね。理解に苦しむよ。ほんと……」

「スターに憧れている時代とは違うんですよ。今は、ファン自らが状況に参加し、また状況を作っていく時代ですからね」

峰岸の口調は丁寧だが、どこか相手を見下しているようなところがあった。峰岸が梅木を認めていないのは明らかだった。

「また、そういうわけのわからないことを言う……。屁理屈こいたって、タレントは売れないんだよ」

峰岸は、梅木を無視して安積に言った。

「こちらが『プラムツリー』の梅木さんです」

梅木は、胡散臭《うさん》そうな表情で安積と速水を見た。安積が手帳を取り出した。

「警視庁神南署の安積です」

梅木は、目を丸くした。

「おい。俺は何も知らないよ。イベントの責任者は、俺じゃない。俺はタレントを連れてきただけだ。客が勝手に騒いだだけだ」

「お訊きしたいのは、会場の騒ぎのことじゃありません」

梅木は、さらに用心深い顔つきになった。安積は、彼に会って、なんとなくほっとする気分だった。安積が知っている芸能関係者という人種は、梅木のようなタイプだった。

調子はいいが油断ならない男だ。テレビ局のプロデューサーなどには、徹底的に下手に出るが、顔見知りのディレクターとは友達付き合いをしたがる人種。立場が上の人間にはへつらい、下の人間には強気に出る。そういう世渡りだけで生きているタイプだった。

これまで、有森恵美のイベント関係者と何度も会っているが、梅木のようなタイプの男は初めてだった。つまり、安積がよく知っている芸能界関係者タイプの人間に出会わなかったということだ。有森恵美のイベントに対して、安積が何となく違和感を感じるのは、そういうところにも理由があるのかもしれなかった。

「騒ぎのことじゃないって……？　じゃあ、何の話だ？」

「今日、ひとりの少年が、この大学のキャンパス内で転落死しました。そのことは、ご存じですか？」

「転落死？」

梅木は眉根にしわを寄せた。「いや、知らないね……。ずっとこの会場にいたからな……」

「その間、峰岸さんとはごいっしょでしたか？」

「ほとんどいっしょだったな……」

「ごいっしょでなかった時間もあるということですか？」

「ずっとべったりいっしょだったわけじゃない。何だい、峰岸チャン疑われてんの？」

梅木は峰岸を見た。峰岸は、曖昧な苦笑を浮かべた。

「どうやら、そうみたいですね……」

安積はきっぱりと言った。

「そうではありません。あなたは、あくまで参考人であって、被疑者ではありません」

「そうですか？」

峰岸は、苦笑を浮かべたままで言った。「ならば、私は失礼していいかな？　後片付けがあるんで……」

「もちろんかまいません。どうもありがとうございました」

「原宿のライブハウスでも、今日、この会場でも、私がひとりっきりになったのは、トイレくらいなものです。三分間か五分間か……。あとは、必ず誰かといました。絶えず細かい打合せをしていましたからね。調べてもらえばわかるはずです」

峰岸はそう言うと歩き去った。

「原宿のライブハウス……」

梅木は言った。「転落死した少年というのは、あの原宿で死んだ高校生と何か関係があるのか？」

「中学校時代の同級生でした」

「原宿の件は、傷害致死じゃないのか？　新聞にはそう出ていたぞ」

「そうかもしれません」

安積は、はっきりしたことを言わなかった。「警察はあらゆる可能性を想定して捜査します」

「ごまかしてもだめだ。捜査にゃ、筋ってもんがあるだろう？　何だい、連続殺人事件？」

「まあ、その可能性もなくはないでしょうね……」

安積は、相手の露骨な好奇心の相手をするわけにはいかなかった。梅木は、ある程度警察の内情に詳しそうだった。商売柄、警察と関わったことがあるのかもしれない。あるいは、彼は、暴力団と何らかの関係があるのかもしれなかった。芸能プロダクションが暴力団と関係している例は多い。

「ねえ、峰岸チャン、疑われてるの？」

「参考人です。原宿のライブハウスで騒ぎがあったとき、峰岸さんはあなたといっしょでしたか？」

梅木は、安積の冷淡な態度に鼻白んだようだった。彼はこたえた。

「ああ。いっしょだったよ。騒ぎがはじまったとたん、彼はタレントのところに駆けつけてきた。俺はタレントといっしょだった。タレントを守らなきゃならなかったからな」

彼は、いったん、言葉を切って、さらに言った。「アリバイのことを気にしているなら、峰岸にゃ、立派なアリバイがある。俺がいっしょだったし、ほかのスタッフもいた。あんたが、俺を疑うというのなら別だがね……」

19

阿部輝彦が落ちた現場に行くと、須田、村雨、黒木、桜井の四人が、渋谷署の刑事と何やら難しい顔で話し合っていた。安積は、渋谷署の刑事に声をかけた。

「部屋の確認は？」

渋谷署の刑事は、安積に気づいてうなずいた。

「取れた。やはり、被害者は、七階の教室から落ちたようだ。バットがあったのもその教室のベランダだ」

「目撃者は？」

「不審な人物を見たという証言はない。学園祭だからな……。どんな人間が建物に出入りしていても怪しいとは思わないだろう」

「挙動が怪しい人間は、どうしても目立つものだがな……」

「これが連続殺人だとしたら、犯人は周到なやつだろう。そういう点には気をつけていたに違いない。そっちは、どうなんだ？　イベント関係者からは何か聞き出せたか？」

「今一歩、詰めきれない」

「そうか……。話は、捜査本部の席上で聞くよ。俺たちは署に引き上げるが、どうする？」

「私たちも引き上げることにするよ」

「そうだ。名前をまだ聞いていなかったな……」

「神南署の安積だ」

「安積……。元湾岸署の？」

「そうだが……」

「これは失礼した。そうか、あんたが安積警部補か……。俺は、渋谷署刑事課強行犯係の赤《あか》江《え》だ。よろしくな」

相手は親しみの表情を見せた。その親しみのなかにわずかに称賛の色があった。安積はそれを不思議に思った。

赤江が刑事たちを引き連れて帰って行った。その姿を見送りながら、安積はつぶやいた。

「妙なやつだな……。なんで俺のことを知ってるんだ？」

速水が、頬を歪めて笑った。

「あんたの評判のせいだろう。ある種の刑事には、救いになっているのかもしれない」

「救い……？」

「新設署に回されつづけ、常に部下の防波堤となり、それでも手柄を上げている。あんたを見ていると、失いかけていたやる気を取り戻す連中がいるんだ」

「家庭を失い、出世をあきらめた俺が救いだと？」

「おそらく、刑事というのはそういう人種なんだろうな」

安積はうんざりしたようにかぶりをふると、村雨と須田に言った。

「しばらく峰岸の行動を張りたいのだがな……」

須田が言った。

「捜査を絞り込むということですか？」

「そう考えてもいいだろう」

「俺、相川渡が気になるんですがね……。彼らは中学時代、三人でつるんでいたんでしょう？　原宿のイベントにも三人で来ていたし……。そのうちのふたりが……」

安積はうなずいた。

「そちらは、俺と速水が行こう」

「峰岸は、私たちがしばらく引き受けます。何時間か後に、須田たちと交代すればいいでしょう」

村雨が言った。

「頼む」

安積は言った。「手が足りないのは承知している。捜査本部ができるまでの辛抱だ。峰岸は、まだイベント会場にいるはずだ」

村雨はうなずいた。

「きょうはそれぞれの持ち場から帰っていい。署には戻らなくていい。須田、覆面車を使いたいんだが」

「ええ。もちろん……」

須田は、キーを取り出した。それを受け取ったのは、速水だった。

「ようやく、俺の本領が発揮できるじゃないか」

安積と速水は、相川渡の自宅に向かった。車の間を縫うようにして疾走する速水の運転に、安積は、ひやひやしどおしだった。車を降りるとき、安積は言った。

「おまえの同僚や部下は早死にするんじゃないか？」

「なぜだ？」

「助手席に乗っていると、寿命が縮まるような気がする」

「交機隊に、そんな肝っ玉の小さいやつはいなかったよ」

相川は家にいた。彼は、ひとりだけだった。両親はでかけているようだった。

彼は、これまで過去にあったときと同様にひっそりとした態度で安積と速水を迎えた。彼は、安積が話しだすまで何も言わなかった。

「阿部輝彦くんが亡くなられました」

安積は、言った。

相川はそれほど表情を変えなかった。だが、印象が一変した。相川渡は、残像を残したまま、ものすごいスピードで遠ざかっていったような感じだった。目の前にいる相川は脱け殻のように感じられる。

安積は続けて説明した。

「松濤学園大学の建物から転落死したのです。学園祭の真っ最中でした」

相川は、何も言わずに安積を見つめている。表情が凍りついているようだ。その顔からはどんな感情も読み取れない。

ショックのあまり、思考が停止してしまうことがよくある。安積は、仕事柄、そういう場面によく出会っている。誰かの死を肉親に知らせることが多いからだ。

もしかしたら、相川がそういう状態にあるのかもしれないと思い、安積は尋ねた。

「だいじょうぶですか？　私の話を聞いていますか？」

「ええ。もちろん」

相川の返答ははっきりしていた。意外なくらいに落ち着いている。

「古橋くんに続いて、阿部くんも亡くなったわけです。これについて、何かご存じのことはありませんか？」

「さあ……」

相川は、安積の顔をまっすぐに見つめたままこたえた。「どういうことなのか、まったくわかりませんね」

残像を残して遠ざかっていった相川の本体は、すでに戻ってきていた。いつもの自信にみちた相川だった。だが、安積が初めて見る兆候が感じられた。

相川は、怒っているようだった。それは、ほんの微かな兆候だが、安積は、確かに感じ取っていた。

「松濤学園大学では、有森恵美のイベントが催されていました。これについてはどうお思いですか？」

「古橋も阿部も有森恵美のイベントで死んだということですか？」

相川の口調が皮肉な調子を帯びた。「阿部は転落死だとおっしゃいましたね。殺されたのですか？」

「われわれは、そう考えています。阿部くんが死亡したのは、イベントの会場ではありませんでしたが、イベントと関係あることもわかっています。出演者の特別の控室だったということです」

「どういうことなんでしょうね……」

「松濤学園大でのイベントを企画したのは、原宿のライブハウスのときと同じく、峰岸裕一さんだったのです。峰岸裕一さんは、ご存じですね？」

「へえ……。知らなかったな。あいつ、今、そんな仕事をやってるんだ……」

「本職は、塾の講師です。アイドルのイベント企画は趣味だそうです」

「本当にのめりこんでいるアイドルファンというのは、三十歳くらいの連中だと聞いたことがあるけど、あいつがね……。まあ、もともと、そういう趣味があったのかもしれませんね。中学校の教師になったのも、そのせいかもしれない」

「どういう意味です?」

「女子中学生が目的だったのかもしれません。それで嫌気がさして辞めちまったのかもしれない。あいつ、俺たちが卒業してすぐ、学校を辞めたはずです」

「嫌気がさして……?」

「ロリコンというのは、少女を美化して考えているものです。でも、実際の女子中学生なんてそんなもんじゃない。ロリコンの夢を壊すような連中ばかりです。失望したのかもしれませんね。だからといって、あいつはロリコンでなくなったわけじゃない。もっと別の世界に理想的な少女はいるはずだと、あいつは考えた。それでアイドルの世界にのめり込んだのかもしれません。考えられることです」

安積は、相川の言葉を吟味していた。考えられないことではない。理屈は通っていた。そればかりか、これまで誰も考えたことのなかった視点だった。峰岸裕一の趣味と経歴をうまく説明しているようにも感じられる。

「阿部くん、古橋くんのふたりは、中学校時代、あなたと、行動をともにすることが多かった。そうですね」

「もっとはっきり言ってくれてけっこうですよ。僕たちは、不良グループと呼ばれていました。悪いこともしましたよ」

「古橋くんや阿部くんが死んだのは、その当時の何かの出来事と関係があるとは思いませんか？」

「どういう意味かよくわかりませんね」

「たとえば、その当時、誰かに怨みを買っていたとか……」

「怨みですか……。ずいぶん買っていたかもしれません。でも、特定の誰かを挙げろと言われても、見当がつきませんね」

「中学校三年のとき、同じクラスの生徒さんが自殺されていますね……」

「ああ……。虫ですね」

「ムシ……？」

「江木でしょう？　僕たちは、虫と呼んでいました」

「いじめていたのですか？」

「どうでしょうね？」

「どういう意味です？」

「いじめなんて、本人がどう感じるかでしょう？　ふざけているつもりでも、当事者がいじめられていると感じれば、それはいじめになる」

「具体的に殴ったとか、そういうことは……？」

「そういうことはこたえられないな……。もし、阿部や古橋の件で僕が疑われたとしたら、過去の犯罪歴も問題になるわけでしょう。不利な発言はしたくありませんね。所轄の警察署に訊いたらどうです？　あるいは、家庭裁判所とか……。自殺なら、警察に記録があるはずでしょう？」

「捜査の内情に詳しそうですね？」

「いまどき、誰だってそれくらいのことは知っていますよ。小説も読むし、刑事ドラマも見る。それに、僕たちは、中学時代、警察とまんざら縁がなくはない生活を続けていましたからね」

　安積は、須田の報告を思い出していた。相川たちは、用心深かったのか、警察沙汰になって記録に残るようなことはしていないということだった。安積は、納得できた。相川は、たいへんに頭がいい。へまをしでかさなかったのだ。

　多少のことはあっても、所轄署の外勤は事件にはしたがらない。手間ばかりが増えるからだ。喧嘩なら説教くらいで済ませてしまう。相川は、そのあたりの加減を知り尽くしていたのではないだろうか。安積はそう考えた。

「峰岸さんは、あなたのことをどう思っているでしょうね？」

「峰岸に訊けばいいでしょう」

「あなたはどう思います？」

「僕たちを嫌っているでしょうね」

「怨んでいるとは思いませんか？」

「思いませんね。峰岸は、僕たちと関わりたくないと思っていたはずです。でも、担任として関わらざるをえなかった。卒業して僕たちと縁が切れた。それで晴々とした気分になったはずです」

安積は、尋問のやりかたを失敗したかもしれないと思った。

相川は、すっかり落ち着きを取り戻してしまった。本当のことを聞き出そうとするときは、感情を揺らしてやったほうがいい。怒りでも恐怖でもいいから、相手の感情を刺激すべきなのだ。だが、さきほど垣間《かいま》見えた相川の怒りはすっかりなりをひそめてしまった。どんな方法でも、相川の感情の防御を突き崩すことはできないような気分になってきた。強行犯担当のベテランである彼が、弱気になっている。こんな相手に出会ったことはなかった。

「それにね……」

相川は言った。「江木のことにこだわっているようですがね……。たとえ、江木が死んだ原因が僕らにあったとしても、江木はもう死んでるんですよ。僕らに怨みを抱いていたとしても、あの世じゃどうしようもないでしょう」

「おまえの頭のなかじゃ、物事がすべてきちんと整理されているらしいな」

速水が言った。

「おまえ呼ばわりはされたくありませんね……」

「俺はいつでもそうしている。特になまいきなガキに対してはな……」

「僕が知っている防犯課の私服にもあなたのような人がたくさんいました。みんな、たいした人物じゃなかった。どうせ、巡査部長かせいぜい警部補で定年を迎えるんだ」

「防犯課じゃなくて、今は生活安全課というんだ」

「そうらしいですね。でも、もう僕には関係ない。警察に関心を持っていたのは中学生のころのことです」

「世の中は、理屈どおりにならないこともあると、いずれは学ばなければならないだろうな」

「そう……。学ばなければならないとは思います。でも、これまで、誰もそんなことを教えてくれたことはありませんでした」

「甘えちゃいけない。自分で学ぶんだよ」

相川は、一貫して、相手を見下すような態度でしゃべっている。知らず知らずのうちに、安積は、そのペースにはまっていたようだった。

だが、速水は、まったく自分のやりかたを変えなかった。おかげで、安積は、少しばかり自信を取り戻すことができた。

安積は言った。

「阿部くんは、有森恵美に会いにイベントに出掛けたということですが、その点について、何かご存じですか?」

「ええ。彼はそのことを僕にメールで知らせてきましたから……」

「ネットの他の会員もそのことを知っていたのですか？」

「いいえ。彼は、『アリモリ・マニア』には別な書き方をしていましたから」

「どういうふうに……？」

「阿部は、『アリモリ・ネット』には、有森恵美本人からメールをもらったとだけ書き込んでいました。そのメッセージは、何百人という会員が読んだはずです。有森恵美からのメールは、『アリモリ・マニア』の会員の憧れの的ですからね。メールをもらった会員は、自慢げにそのことを書き込むのが習わしになっているのです。でも、他の会員は、阿部が有森恵美と会うことは知らなかったはずです」

「有森恵美からのメールというのは、ファンレターへの返事のようなものですか？」

「そう。まあ、言ってみればそんなものです。自筆の返事ですね。メールをもらうことによって、ますます熱烈なファンになっていく。そして、『アリモリ・マニア』を有森恵美が読んでいるという証《あかし》になるし、会員は、有森恵美と同じ空間を共有しているんだという実感を持つことができるんです」

「同じ空間？」

「ネットというのは、そういう感じがするものです。メッセージのやりとりをする相手をものすごく近く感じる。密室で会議をしているような気分になってくる。だから、うれしいことも、悲しいことも、怒りも倍以上に感じるのです。感情が増幅されるのです。不思議ですね……」

感情が増幅される——。

その一言に、安積は、違和感を感じた。相川が感情のことを口にしたからだと気づいたのは、ややあってからだった。この一言は、相川には似つかわしくないように感じた。

「『アリモリ・マニア』とメールの関係がよくわからないのですが……」

「『アリモリ・マニア』というのは、電子会議室です。登録した会員が、メッセージやコメントを書き込む場所なのです。そこに書かれたメッセージやコメントは、すべて、会員なら読むことができる。メールというのは、私信です。受信者にしか読むことはできません」

「なるほど……。それですっきりしてきました。つまり、多くの会員は、阿部くんが有森恵美からメールをもらったことは知っていた。だが、そのメールの内容は知らなかった。こういうことですね」

「そうです」

「では、ほかの会員は、阿部くんが有森恵美に会いに行くのを知らなかったと考えていいですね」

「そういうことになりますね」

「だが、あなたは知っていた……」

相川がかすかに笑ったような気がした。気のせいだったかもしれない。だが、そんな雰囲気だった。

「そう。僕は知っていました」

「あなたは、誰か他の人にそのことを話しましたか？」

「いいえ」

安積は、そこで間を取った。阿部が、現場へ出掛けることを、相川は少なくとも知ってはいた。それだけで、何かを疑う理由にはなる。安積がそこまで考えたとき、相川が言った。

「僕以外にも、阿部が有森恵美に会いに行くことを知っていた人物が、明らかにひとりいますよ」

「それは……？」

「有森恵美ですよ」

「有森恵美……」

「古橋が死んだのも、有森恵美のイベント、阿部が死んだのも、有森恵美のイベント……」

相川は、言った。「もしかしたら、ふたりを殺したのは有森恵美かもしれませんよ」

安積は、何か言い返そうとした。そのとき、彼は、相川の眼の奥に、はっきりとした怒りの色を見た。それは、一瞬にして消え失せたが、安積は見逃さなかった。

20

宇津木は、帰宅途中に池袋で途中下車した。土曜日の午後とあって、駅は混み合っていた。外へ出るのが億劫《おっくう》だったので、駅ビルから地上へ出ずに行けるレコード店を探した。レコード店のなかも若者で混み合っている。若い世代はどうして音楽を聴きたがるのだろうと宇津木は思った。

自分もそうだった。

若いころは、まるで、音楽を生活必需品のように考えていた。自分が音楽をまったく聴かなくなってしまうなんて考えたこともなかった。

インテリを気取った学生には、モダンジャズと小難しいイデオロギー雑誌が必要だった。コーヒー一杯でジャズ喫茶に何時間もねばったことがあった。

当時、ジャズ喫茶では、会話をしてはいけなかった。皆、難しい雑誌や書籍を読みながらじっと耳をかたむけるのだ。

かかっているレコードのジャケットを掲示するのが一般的だった。客は、そのジャケットを見て、演奏者の名前と流れる音を一致させるよう学習する。

かかるレコードの流れを壊さぬように、また、店の趣味を考えつつリクエストをするのだが、当時の宇津木にとって、それはかなりの冒険だった。

はやりのアルバムをリクエストすると、他の客から軽蔑の眼差しで見られる。第一、そういうリクエストは店に受け付けてもらえないものだ。流行しているアルバムや新譜は、一日のうちに何度かかけるからだ。

店の趣味に合わせ、なおかつ、他の客もうなずくリクエストをする。これが、ひとつの挑戦だった。うまく、リクエストを受け付けてもらえたら、それだけで満足だった。そうしたアルバムは、たいてい、自宅で聴いている場合が多い。しかし、真空管を使った大出力アンプで増幅されＪＢＬの大口径スピーカーから放出される音は、自宅では味わうべくもなかった。

宇津木は、かつて自分が集めたアルバムの多くがＣＤとなって発売されているのを見て、なつかしさと同時に驚きを感じた。今でも同じアルバムが聴かれているということだ。かつて、自分が聴いたのと同じアルバムを聴く若者がいるのかもしれない。

マイルス・デイビスを聴き、ジョン・コルトレーンを聴き、ウィントン・ケリーを聴き、ハービー・ハンコックを聴く若者がいる。ふと、宇津木は、若者との接点があるのかもしれないと思いかけた。

しかし、売り場を進むにつれて、やはり、その考えは消え去っていった。若者たちに人気のコーナーは、宇津木を拒否しているように感じられた。

洋楽も邦楽もまったくわからない。どこで何を探せばいいかすらわからないありさまだった。

しばらく店内をぶらつき、ようやく、邦楽が女性アーティストと男性アーティストの棚に分かれていることがわかった。それぞれ、五十音順に並んでいる。

宇津木は、原宿のライブハウスで味わったのと同じ居心地の悪さを感じていた。周囲の視線が気になった。店員すら、自分を疎外しているような気分になってくる。

有森恵美の字が眼に入った。

四枚のＣＤが並んでいる。宇津木はその四枚を棚から抜き取り、まっすぐレジに向かった。ひどく気恥ずかしかった。客が商品を買うのだから何も恥ずかしがる必要はない。彼は自分にそう言い聞かせていたが無駄だった。

音楽や映画というのは、趣味の問われる分野だ。趣味の違う者同士は、どうしても相手を認めようとしない。ばかにするのだ。

年代の問題もある。大人が立ち入ってはいけない分野というものがあるような気がする。いい年をして、アイドルものを買うと、それだけで白い目で見られるような気がしてしまう。

レジでは、機械的にキーを差し込んで、プラスティックのガードを外し、四枚のCDを袋に入れてくれた。その間、店員は、一度も宇津木の顔を見なかった。宇津木は、その冷淡な態度がありがたかった。

もしかしたら、そうするように教育されているのかもしれないとさえ、宇津木は思った。ラブホテルのフロントやレンタルビデオ屋と同じことだ。相手の顔を見ないことが礼儀なのかもしれない。

宇津木の給料からすると、一万二千円ほどの出費は痛かった。捜査費用でまかなうこともできない。彼は、金を払ってどうしてこんなに気恥ずかしい思いをしなければならないのかと考えた。

すべてが若者中心で世の中が進んでいるような錯覚に陥った。そう思うと、腹立たしくなってきた。彼は、急いでレコード店を後にした。

自宅に戻ると、妻は留守だった。買い物にでも出掛けているのかもしれないし、何か用事を作って外出しているのかもしれない。

妻だって、家にいるのは気詰まりだろうと思った。彼は、妻がいないことで、むしろほっとした。玄関に靴があったので、息子の章も娘の直美《なおみ》も帰っていることはわかっていた。どちらも、自分の部屋に引きこもって出てこようとはしない。

宇津木は、背広を脱ぎ、スーパーの特売で妻が買ってきたスウェットの上下に着替えた。グレーの霜降りのいかにも中年らしい色のスウェットスーツだった。子供たちがその恰好を嫌っているのを知っている。

だが、どんな恰好をしたって嫌われるのはいっしょだと思い、そのスウェットを着つづけていた。脱ぎ捨てた背広やシャツに眼をやり、彼はそれを片づけはじめた。妻が、その片付けすら嫌がっているような気がするのだ。

ハンガーにズボンと背広を通し、洋服ダンスにかけると、彼は、ささやかな書斎に向かった。古い家屋だが、この家のいいところは、部屋数が多く、家族ひとりひとりが自分の部屋を持てる点だった。家族同士の関係が冷えきっている現在ならなおさらありがたかった。

宇津木は、襖を開けて、四畳半の書斎に入った。書斎と言っても、テーブル代わりに炬燵《こたつ》が置いてあるだけの部屋だ。本棚がふたつある。書籍とともに、仕事で持ちかえった書類などが乱雑に詰め込まれている。

捜査関係の書類などは、本庁の外に持ち出せないが、その他の調査資料などは、比較的自由に持ち帰ることができた。宇津木は、ふとそこで立ち尽くした。

やっかいなことを思い出した。CDを聴くにも、彼は、デッキもラジカセも持っていない。たしか、息子の章がCDデッキ付きのラジカセを持っているはずだった。息子の部屋に行って借りてこなければならない。

息子の部屋に行くのも、息子に頼み事をするのも気が重かった。会話らしい会話をしなくなってどのくらいたつだろう。章が小さいころ、自分の腕に抱かれていたなどということが、もはや信じられないのだ。

息子は他人よりも遠い存在になりつつあるような気がした。肉親であるが故の感情が、今はかえって障害になっている。

宇津木は、警視庁に持っていってCDを聴こうかとさえ思った。だが、それは、あまりに億劫だった。月曜日まで待つことも考えた。結局、息子にラジカセを借りに行くことにした。

階段を上り、息子の部屋の前まで来たとき、彼は引き返そうかと思ってしまった。だが、すでに、章は、階段を上ってくる足音に気づいているはずだ。今引き返すと、かえって不自然だった。

「章、ちょっといいか？」

宇津木は、襖の前で声を掛けた。

返事はない。宇津木は、うんざりした気分だった。若者たちの言葉で言うところの「シカトを決め込む」つもりなのかもしれない。宇津木は、仕事のためだと自分を励まし、もう一度声を掛けた。

「章。ちょっと頼みがある」

ややあって襖が開いた。章の眼がまっすぐ宇津木のほうを見ていた。息子はすぐ近くにいるはずだが、その眼はやけに遠くにあるように感じた。息子は黙って宇津木を見ているだけだ。

「おまえ、CDがかかるラジカセを持っていたな。貸してくれないか？」

章は、相変わらず何もいわず、部屋のなかに姿を消した。やがて、彼は、ラジカセを手に再び現れ、それを差し出した。

宇津木がラジカセを受け取ると、ぴしゃりと襖を閉ざしてしまった。

宇津木は、無性に腹が立ちはじめた。息子の態度にも腹が立った。しかし、それに対して何も言えない自分になおさら腹が立った。息子が間違ったことをしたら、親は叱らなければならない。

今の章の態度は、宇津木から見て明らかに間違った態度だった。だが、宇津木は、息子を叱ることができなかった。親が子を叱るというあたりまえのことができないのだ。

こんな状態になるまえに叱っておくべきだった。今となっては手遅れだ。そんな気がした。

少年犯罪を扱う宇津木は、多くの不良少年や、不良予備軍の少年たちを見てきた。そういう少年を育てた親は、子をちゃんと叱ることができない場合が多かった。叱る親がいない少年もいた。だが、多くの場合、問題は親だった。

宇津木は、職業の上では、そういうことを主張することができる。教育は、学校の責任というより、むしろ親の責任である、と。

しかし、自分の生活を振り返ったとき、非行少年を作ってしまう親の姿がそこにあるのだ。

幸いにして、章は、非行に走っているというほどではなかった。ただ、宇津木に対して反抗的なだけだ。

宇津木は、章も直美も自分をとことん嫌っているのだと思っている。だから、無力感を覚えてしまうのだ。人間、誰しも、自分を嫌っている相手に一所懸命にはなれない。肉親であっても変わらない。いや、肉親だからこそ、無力感を覚えてしまうのだ。

息子にラジカセを借りるくらいで、どうしてこんな思いをしなければならないのか――彼は、ほとほと情けなくなって、階下の書斎に引きこもった。

宇津木は、ラジカセの電源コードをテーブルタップに差し込み、レコード店の袋を開いた。四枚のCDを取り出す。

アイドルのCDだから、その写真がジャケットに使われているものと思っていた。だが、四枚のうち二枚には、三人組の少女の写真が使われている。原宿のライブハウスに出演していた三人組だ。

『アリモリ・ファミリー』というアーティスト名だった。宇津木は、てっきり前座だと思っていたのだが、彼女らもれっきとしたアイドルらしい。ジャケットには、「有森恵美公認」のロゴマークが見て取れた。

宇津木がレコード店で眼にしたのは、その文字だった。

あとの二枚は、若い女性のシルエットを中心にデザインされている。二枚とも、まったく同じシルエットが使われている。このシルエット自体が統一されたマークのようなものであることに気づいた。

その二枚は、『アリモリ・ファミリー・サポート・バンド』のアルバムだった。こちらにも、「有森恵美公認」というロゴがあった。

宇津木は、肝腎の有森恵美のCDを買い損ねたのだと思った。自分のうかつさに、また腹が立った。もしかしたら、有森恵美のCDは売りきれていたのかもしれない。

人気のあるアーティストやアイドルのCDが品切れになっているはずはないのだが、宇津木は、レコードの流通のことなど知らなかった。手に入れるべきものを手に入れられなかった悔しさに、彼は舌打ちしていた。

手元にある材料から調べていくというのが警察官の鉄則だ。宇津木は、買ってきた四枚のCDを掛けてみることにした。まず、三人組の『アリモリ・ファミリー』からだった。ラジカセをあれこれいじってみたが、どうやったらいいかわからなかった。

CDデッキのイジェクトはすぐにわかった。CDを入れて、蓋を閉める。そのあとはお手上げだった。プレイボタンを押しても、動き出さない。

早送りや、スキップのマークはなんとなくわかるが、どうやっても音が出ない。章に訊くしかないのだろうかと思い、また憂鬱な気分になった。

若者の文化がまた自分を拒絶しているような気分になってきた。彼が若いころは、それなりにオーディオに興味を持った。ジャズ関係の雑誌には、オーディオの広告がたくさん出ており、憧れを持ってそれらを眺めたものだった。

粗末ながらも、彼もステレオセットを持っていた。その配線は苦もなくやっていたはずだ。宇津木は、気を取り直して、ラジカセのスイッチを見直した。章に尋ねにいくのはどうしてもいやだった。

ラジオ、カセット、CDの切替えスイッチがあるのに気づいた。そのスイッチは、カセットの位置にあった。CDに切替え、プレイボタンを押す。ややあって、いきなり大音響が飛び出したので、宇津木はびっくりしてしまった。

あれこれツマミをいじっているうちに、ボリュームを上げすぎていたのだ。宇津木は、あわてて、ボリュームを下げた。

小気味のいいリズムに重厚なサウンド。ピアノが、小刻みにコードを刻んでいる。ギターの音色は太くそれでいて立ちすぎていない。うまく全体に溶け込んでいる。

シンセサイザーの音色が豊かだった。ベースとギターはほとんど同じリズムパターンを刻んでいる。

宇津木は、自分の耳がまだまんざらではないことに気づいた。少なくとも、そうしたことを聴いて取れた。

ボーカルが入る。いきなりサビから入る構成だ。きれいなハーモニーだった。ディレイエコーを使って、コーラスに広がりを出している。

いい音であることは理解できた。音楽の世界も進んだものだと宇津木は思った。彼も、若いころに歌謡曲を聴いていなかったわけではない。その当時とは、アレンジも演奏も音の作り方も格段の進歩を遂げたように感じられる。

これまで、若者が聴く音楽をかたくなに避けていた。どうせ、聴いてもつまらないに違いないと考えていたのだ。中学生か高校生くらいの少女が、愛だ恋だと歌うのがばかばかしいと思っていた。

だが、聴いてみるとそれほど悪いものではなかった。もちろん、何度も繰り返し聴こうとは思わない。だが、音楽の技術だけに注目してもけっこう楽しめることに気づいた。

彼は、ジャケットを兼ねている小冊子を開いた。歌詞カードがついている。最後のページに、メンバーの紹介があった。

結城《ゆうき》あおい、暮内晶《くれないあきら》、山吹美緒《やまぶきみお》。この三人が『アリモリ・ファミリー』のメンバーだ。結城あおいがいつもブルーの衣装を着ている。暮内晶が赤の衣装。山吹美緒が黄色の衣装だということだった。

宇津木は、気づいた。あおいがブルーで、くれないが赤、やまぶきが黄色なのだ。彼女らが本名かどうかはわからない。だが、名前と衣装の色がここまで一致しているのだから、芸名としか思えなかった。

歌詞を読むと、宇津木が想像していたものとは、少しばかり違っていた。恋愛の歌であることは間違いないのだが、闇雲に愛だの恋だのと歌うわけではなかった。実に日常的な言葉で素直な感情を歌っている。

メロディーも決して過激ではなく、むしろ、六〇年代のオールディーズを思わせるような懐かしさすらあった。ロックというより、明らかにポップスだった。

中には、落ち込んでいる仲間を励ますような歌詞もあった。宇津木は、最近の若者が、こうした健全な詞を受け入れるとは思ってもいなかった。

彼は、『アリモリ・ファミリー』の歌に好感を覚えた。ふと、作詞者の名前を見て、彼はうなった。すべて、有森恵美の作詞となっていた。

有森恵美は、単なるアイドルではなさそうだった。詞自体は稚拙なのかもしれない。だが、その稚拙さが素直さと感じられる。曲やアレンジのせいもあるだろう。だが、有森恵美の歌詞は、たしかに不思議な魅力があった。

『アリモリ・ファミリー』は一貫して、三部でハーモニーを作りつづけた。その歌も心地よかった。

『アリモリ・ファミリー』のCDを聴きおわると、今度は、『アリモリ・ファミリー・サポート・バンド』のCDをかけた。

『アリモリ・ファミリー』のバックで演奏しているのが彼らだとすぐにわかった。単なるカラオケかと思ったら、そうではなかった。『アリモリ・ファミリー』が歌ったなかの一曲を取り上げ、そのメロディーで、組曲を構成している。宇津木は、ずいぶん昔に聴いたプログレッシブロックを思い出した。宇津木はジャズファンだったので、ロックにはまったく傾倒しなかった。だが、プログレッシブロックだけは、面白く聴いた記憶があった。

演奏はうまかった。ライナーノートを読んで、宇津木は、『アリモリ・ファミリー・サポート・バンド』のキーボード奏者が、『アリモリ・ファミリー』の曲のほとんどを書いていることに気づいた。このバンドのキーボード奏者が、有森恵美の詞に曲を付け、有森恵美や、『アリモリ・ファミリー』に提供していることが容易に想像できた。

宇津木は、すべてを聴きおわって、しばらく考えていた。何か奇妙なものを感じた。このなかに有森恵美本人の歌はない。だが、そこには、たしかに有森恵美が存在している。『アリモリ・ファミリー』や『サポート・バンド』には、きわめて質の高い遊びのようなものを感じた。あるいは、手の込んだ遊びだ。

宇津木は、ラジカセを章に返さなければならないと思った。電源コードを抜き、ラジカセを手に立ち上がった。

襖を開けて、彼はびっくりした。廊下に章が立っていた。章も、宇津木を見て驚いたような顔をしている。宇津木は、章に向かってラジカセを差し出した。

章は、きまりわるそうな表情で近づいてきた。ふてくされているように見える。

ラジカセを受け取ると、章が言った。

「何聴いてたんだよ？」

「知らんのか？『アリモリ・ファミリー』だ」

「知ってるさ。何で、そんなもん、聴いてたんだよ」

「仕事のためさ」

宇津木は驚いていた。章から話しかけてくることなど、最近ではたいへん珍しいことだった。

章は何か言いたげだったが、すぐに背を向けて行きかけた。

宇津木はそのとき気づいた。

「おい、CD、貸してほしいのか？」

章は何も言わないが、立ち止まって振り返った。宇津木は、部屋のなかから四枚のCDを取ってきて、章に差し出した。

「あとで返してくれ」

章は、それを黙って受け取った。

「ダビングしたら返す」

「おまえ、有森恵美について詳しいか？」

「それほどじゃないけど、ある程度はね……」

「あとで、話を聞かせてくれないか？」

「何のために？」

「言ったろう。仕事のためだ」

章は、曖昧に肩をすくめ背を向けて歩き出そうとした。宇津木は、調子に乗りすぎたのだろうかと思った。これくらいのことで息子が心を開くと考えるわけにはいかなかった。だが、章は、すぐに立ち止まり、背を向けたまま言った。

「飯のあとでいいだろ？」

宇津木はまた驚いた。章が自分と話をする気になるとは思ってもいなかったのだ。

彼は、当惑していた。しかし、同時に、重苦しい気分に薄日が差すような気がしていた。

21

宇津木家の夕食は、いつもと同じ雰囲気だった。妻は、何も言わずテーブルに料理を並べる。手の込んだ料理を妻がしなくなってずいぶんとたつ。料理をして家族を楽しませようという意欲がなくなってしまったのだ。

スーパーで買った惣菜《そうざい》が食卓に並ぶことが多い。みそ汁だけが手作りなのがまだしも救いだった。宇津木は、ビールを一本飲む。そのうちに、子供たちが降りてくる。ふたりそろってやってくることはない。

ふたりとも、ただもくもくと自分の食べ物を平らげ、すぐに部屋に戻っていく。妻もそのことに何も言わない。妻は、宇津木が食べおわってから自分の食事をする。いっしょに食事をしようとはしないのだ。

かつて、妻が何とか食事中に会話を試みようとしていた一時期がある。だが、今ではそれも諦めてしまったようだった。

何が悪かったのか宇津木にもわからない。原因が浮気などといったはっきりしたものなら、対処のしようもある。離婚の理由にもなるからだ。しかし、いつの間にか夫婦の間が冷えてしまった。こんなこともあるのだな、と宇津木は思う。

結婚した当時は、まさかこんな生活が待っているとは思ってもいなかった。宇津木は家庭を持つべきではなかったのではないかと思うことさえある。結婚してしまえばあとは安泰で何の苦労もいらないと考えていた一面がある。

実際には、結婚することで生じる問題が山ほどあった。子育てや教育はその最たるものだ。宇津木は、それらの問題をすべて妻まかせにしていた。彼は、夫の役割というのは、仕事をして金を家に持ち帰ることだけだと本気で考えていたのだ。

彼は、出世ゲームが楽しかった。

たまたま警察官になったのだが、彼にとっての警察官は、公務員の一分野でしかなかった。大学時代は、キャリアになるほどの勉強をしたわけではない。上級公務員試験に受かったキャリアは国家公務員だが、一般職の警察官は、地方公務員だ。つまり、警視庁という役所には、国家公務員と地方公務員が入り交じって働いているわけだ。

国家公務員であるキャリア組の出世は約束されている。宇津木は、それを面白くなく思っていた。上級公務員試験を受けなかった自分の責任ではあるし、その点については、十分に理解していたつもりだったが、職場で目の当たりにすると、さすがに腹が立った。

多くの警察官は、その点は割り切って考えている。警察は現場がすべてであって、出世云々《うんぬん》は、二の次だという考えが一般的だ。刑事などは、熱血漢が多く、犯罪に立ち向かうのが使命だと本気で考えている連中がいて宇津木をたじろがせるのだった。

ベテラン刑事などは、相手がキャリアだろうが何だろうが現場で失敗をすると、その後は、完全に小僧扱いしてしまう。宇津木には、そうした誇りもない。誇りもなく、現在の地位に不満があるのだから、どうしても出世に夢中になってしまう。もともと、向上心が強いほうだが、それが裏目に出ているといえなくもない。

宇津木はその点を自覚しはじめていた。だが、自分の出世が家族のためだと、彼は信じつづけていた。

章が二階から降りてきて、食卓に着いた。彼は、テレビを見ながら、何も言わずもくもくと食べ物を口に運んだ。どう見てもうまそうには見えない。

飯を二杯食べると、立ち上がってまた二階に行こうとした。

「章……」

宇津木は、声をかけた。「さっき言ったこと、頼みたいんだがな……」

章は、振り向かなかった。だが、立ち止まったまま、どうしたらいいか考えているようだった。

「父さんの部屋へ来てくれないか？」

ややあって、章は、無言のまま書斎に向かった。宇津木は、立ち上がり、章の後に続いて書斎へ行こうとした。

妻の視線が気になった。そちらを見ると、妻が驚きの表情で宇津木を見つめていた。

「何だ？」

宇津木は苛立たしげに言った。

「章と何を話すの？」

「ちょっとな……。仕事のことだ」

「仕事の……？」

「心配するな。章を刺激するようなことは話さん」

「そんなことを心配してるんじゃないわ」

「じゃあ、どうしてそんな顔をする？」

「あたしが、どんな顔をしてるっていうの？」

「どんなって……。そんな顔だ」

「驚いているだけよ。あなたが、章と話をしようなんて……。いったい、いつ以来だと思う？」

宇津木は、あらためて妻の顔を見た。そういえば、妻との会話も久しぶりのような気がする。話しかけてもこたえてもらえないような気がしていたのだ。

妻はいったい何に驚いているのだろう。父親が息子と話をする。そのあたりまえのことが、妻を驚かせている。妻は、その事実だけに驚いたわけではないだろう。おそらく、会話をしようという宇津木の心理の変化に驚いているに違いなかった。

宇津木にしてみれば、別に気が変わったわけではない。必要があるから話を聞くだけだ。参考人や、被疑者の尋問とさして変わりはない。

「何をそんなに驚いているんだ……」

宇津木は曖昧につぶやいて、書斎に向かった。妻の驚いた顔が、なぜか印象に残っていた。

「父さんは、有森恵美のCDを買うつもりだったんだが、どうやら売り切れていたらしい」

宇津木は、章の顔を見ずに言った。宇津木は、炬燵にむかって腰を降ろしていたが、章は立ったままだった。父親とじっくり話をする気などないのだと宇津木は理解した。彼は、息子に座るようには言わなかった。

章は、本棚にもたれるようにして立っていた。彼は、嘲るように鼻で笑ってから言った。

「有森恵美のCDなんてないよ」

宇津木は眉を寄せた。思わず章の顔を見ていた。

「どういうことだ?」

「どういうことって……。いったとおりさ……」

「有森恵美というのは、タレントだろう？　歌手じゃないのか？」

「歌手じゃない」

「じゃあ、何だ？」

「アイドルだよ」

「アイドルというのは、歌を歌うタレントのことだと思っていたがな……」

「いまじゃ、いろいろなアイドルがいるんだよ。なんで有森恵美のことなんて調べてんだよ？」

「仕事だ」

そういった瞬間に、章の態度がさらに冷たくなったような気がした。

「そうだろうな。俺は、あんたの仕事なんて興味ない。もう、行っていいだろ？」

「まあ待て」

宇津木は、相手が自分の息子だとは思わずに接することにした。少なくとも、この場はそのほうがいいような気がした。「説明しよう。原宿のライブハウスでひとりの高校生が刺されて死んだ。有森恵美のイベントの最中だった。私は、その場にたまたま居合わせた。少年犯罪を扱うから、日頃からいろいろな少年の活動調査をやっている。有森恵美のイベントに出掛けたのは、その調査の一環だ。有森恵美のイベントは人気があるという噂だったからな。高校生が刺された件の捜査は、神南署という所轄の刑事がやっている。父さんは、その捜査の手助けができるんじゃないかと思って、取り敢《あ》えず、イベントの主人公だった有森恵美について調べてみようと思ったんだ」

章は、黙っていた。宇津木は、話しながら、暖簾《のれん》に腕押しといった気分になっていた。どうせ、息子は自分の仕事の話など真剣に聞いてはいないだろうと思ったのだ。

ふと、息子の顔を見た。宇津木は意外に思った。章は、じっと宇津木の話に耳を傾けていたのだ。その章の態度に、かえって宇津木は戸惑ってしまった。

「だが……」

宇津木はあわてて言葉を探した。「だが、どうも、いまひとつ理解できない。有森恵美は歌手じゃないとおまえは言った。いったいどういうアイドルなのか、私には理解できない」

「俺も詳しく知ってるわけじゃないけどさ……」

章は、ぽつりぽつりと話しはじめた。「どういったらいいか……。有森恵美って、教祖さまみたいなもんだ……」

「教祖さま……」

「なんていうか……。芸能界の枠を超えてるっていうか……。インテリ連中までが、有森恵美のことを本気で議論したりしている……」

「『アリモリ・ファミリー』ってグループのCDに有森恵美公認と書いてあったが、あれはどういう意味だ?」

「そのとおりの意味さ。有森恵美が自分の名前を使うことを認めたということさ。だから、『アリモリ・ファミリー』は、有森恵美のイベントに出演できる。有森恵美が認めたということは、ファンも認めるということなんだ」

宇津木は、原宿のイベントを思い出した。本人が出演しないにもかかわらず、ファンたちは、不満げな顔をせず、イベントを楽しんでいた。

「……ということは、イベントに来ている客は、『アリモリ・ファミリー』のファンだということにならないか？」

「そうじゃないんだよ。あくまで、みんな有森恵美のファンなんだ。『アリモリ・ファミリー』は巫女《みこ》だね」

宇津木は混乱してきた。

アイドルという概念が根本から違っているのではないか？　彼は、そんな気がした。宇津木の知っているアイドルというのは、テレビで派手な恰好をして歌っている若いタレントでしかなかった。

あるいは、学芸会のような稚拙なテレビドラマに出演する、芝居もできないかわいいだけのタレントだ。だが、どうやら、章がいっているのは、どうも別のことのような気がした。

宇津木は、あきらめかけた。若い連中の趣味は理解できない。宇津木はいつものようにその問題を放り出しそうになった。考えることを放棄して、ありきたりの結論を出して片を付けてしまおうとしたのだ。

しかし、すんでのところで彼は踏みとどまった。

(もう少し、考えてみる必要がある)

職業意識のせいもあった。捜査に当たっている人間で、有森恵美のことを正確に理解している者はいるだろうか？

彼は考えた。

おそらくいないはずだ。若い警察官のなかには、有森恵美ファンもいるかもしれない。だが、現在、古橋殺しの件で捜査している安積たちは理解していないに違いない。有森恵美のことを調べ、ちゃんと理解するのは、自分の義務のような気がした。

彼には、少年の行動を調査してきた蓄積がある。これまで、その調査結果を実際に役立てたことはあまりなかった。つまり、彼自信の知識として根づいていなかったのだ。

これは、いいチャンスかもしれないと宇津木は思った。そして、彼は、今、出世レースとは違った楽しみを感じはじめていた。

同時に、今、情報を提供してくれているのが、息子の章だという事実は、彼にとって意味があった。息子が何を考え、今、どんなことに興味があるかなど、まったく考えたことがなかったのだ。

一番身近にいる少年に興味を持てないのに、一般の少年を理解できるはずはなかった。彼が扱っていた少年というのは、具体性のない存在だった。概念でしかなかったのだ。所轄の少年係ならもっと具体的に物事を考えられたかもしれない。所轄署の少年係は、日常的に少年たちと関わっているからだ。だが、本庁の宇津木は、書類仕事がはるかに多かった。

章が、自分の話を聞き、知っていることを話してくれている。これは、気まぐれなのだろうか。話題がたまたま興味ある事柄だったからなのだろうか？　それとも……。

沈黙が続くと、章に逃げられてしまうような気がした。そこで、彼は、質問すべきことを考えた。

「教祖だの、巫女だの、宗教のようだな……」

「宗教なんかじゃない。俺は、たとえていっただけだ。でも……」

章は、言葉を探すように身じろぎした。「いわれてみれば、似てるかもしれないな……」

「『アリモリ・ファミリー』の歌の歌詞は、有森恵美が作詞しているんだな？」

「よく知ってんな」

「ライナーノートで読んだ。じゃあ、有森恵美というのは、間違いなく実在の人物なんだな」

「あたりまえじゃん。何いってんだよ」

「いや……。ちょっと、妙な気持ちになったもんでな……」

「有森恵美は、間違いなく実在してるよ」

「わからん。どうしてそれでアイドルでいられるのか……」

「まあ、実際には、『アリモリ・ファミリー』の存在は大きいだろうな。でも、あの三人が有森恵美の公認でなければ、あれだけの人気者になれなかったはずだよ」

「今のアイドルというのはよくわからん……」

「ちょっとまえから、いろいろなアイドルがいたんだ。パソコンやコンピュータゲームに詳しいというのを売り物にしていたチバレイとか……。AVアイドルなんてのもいたしな……。コスプレアイドルというのもあったな……」

「チバレイ……?」

「千葉麗子《ちばれいこ》。この子は、歌が売れたわけじゃない。ドラマの主人公をやったわけじゃない。でも、パソコンに妙に詳しいということで、パソコンマニアやゲームマニアにすごい人気があったんだ」

「AVアイドルってのは、アダルトビデオに出演したアイドルのことか?」

「アイドルがAVに出たわけじゃない。AVに出ることでアイドルになったんだ」

宇津木の常識からいうと信じがたかった。アイドルというのは、清純でなければならないと思い込んでいたのだ。

「そんなアイドルがいるのか……」

「AVだけじゃないよ。ストリップ界のアイドルもいれば、フーゾクのアイドルもいる。有森恵美は、そういう新しいアイドル像のバリエーションのひとつなんだ」

「どういうデビューだったんだ？　やっぱりＣＭか何かか？」

「テレビになんて出てないよ」

「テレビに出てない……？」

「ほんとのことをいうと、俺も詳しくは知らない。噂が噂を呼んだとしか言えない。何でも、最初は、パソコン通信の中のアイドルだったらしいんだけど……」

「パソコン通信の中の……？」

「話題になったのは、深夜放送で取り上げてからだって話だよ。その番組、土曜の夜の放送だから、ちょうど今夜やるよ」

「どこの放送局だ？」

「ジャパン放送。十二時三十分からだ」

正確にいうと土曜の夜ではなく、日曜の午前ということになる。

「このラジカセ、もうちょっと貸してくれるか？」

章は、ちょっと迷ったようだった。宇津木は、断られるだろうと思った。章が深夜にラジオを聴いたり、ＣＤをかけたりしているのを知っている。

「夜、使うんだよ」

宇津木は、強くは言えなかった。

「古いラジオ、持ってきてやるよ。それでいいだろう」

宇津木は、この申し出にまたしても驚いた。章が彼に何かをしてくれるというのは、たいへん珍しいことだった。

「頼む」

章は、ラジカセを手にした。

「CD、ダビングしたら返すよ」

彼は出ていこうとした。宇津木は、もっと何かを話していたかった。だが、呼び止めることはできなかった。

「CDはもう必要ない。おまえにやるよ」

章は、一度振り返って、うなずき、言いづらそうに「サンキュー」とつぶやいた。

宇津木は、章がこれほど話をしてくれるとは思っていなかった。個人的な話をしたわけではない。家族について話したわけでもない。それでも、なんとなく充実感のようなものを感じた。

「ありがとう。参考になったよ」

宇津木はそう声をかけた。すでに廊下を歩きだしていた章にその声が届いたかどうかはわからなかった。

22

ラジオから流れてきたテーマミュージックに、宇津木は、思わず、お、と声を上げてしまった。彼も若いころ深夜放送を聴いていた。当時とテーママミュージックがまったく変わっていなかった。

十代の頃の甘酸っぱい感傷までがよみがえりそうになった。時間帯のせいもあると宇津木は思った。深夜にひとりでいると、人間はいろいろなことを思い出す。

内容は、当時に比べるとずいぶんと軽薄になったような気がした。だが、それは、宇津木の感じ方のせいかもしれなかった。当時は、ラジオ局のアナウンサーがディスクジョッキーをやっていた。今では、タレントがやっている。

書斎でひとりラジオを聴いていると、何か秘密めいた楽しみを感じた。若いころはそういう時間に魅力を感じていたものだ。親は、なぜか深夜放送を聴くことをとがめた。おそらく、はっきりとした理由などなかったのだろうと宇津木は思った。何か得体のしれないものを子供が聴いているというだけで心配だったのだ。

深夜放送全盛の時代、宇津木は大学生だった。おりしも学生運動が盛んになりつつあったので、親は、深夜放送にそういうにおいを感じ取ったのかもしれない。

宇津木は、ぼんやりとそんなことを考えながらラジオを聴いていた。深夜になると、たしかに昼間とは、頭脳の働き方が変わってくる。思考パターンが変化するのだ。深夜は、内省のための時間なのかもしれないと宇津木は思った。

(こういう時間を持たなくなってどれくらいたつだろう……)

彼は、心のなかでつぶやいた。

これまで、彼は、自分の生き方は決して間違っていないと信じてきた。信じようとしつづけていた。

彼は、ひたすら上を見て走りつづけてきた。だが、それは、自分のためだけだったのかもしれないと、ふと考えた。出世するのは、家族のためというのは、言い訳に過ぎなかったのではないか？　私は、自分の出世欲を満たそうとしていただけなのかもしれない。プライドだけは高い私は、他人が自分を追い越して出世していくことに我慢ならなかったのだ——彼は、そんなことを考えていた。

深夜にひとりラジオを聴くというその行為のせいで、そんなことを考えたのかもしれなかった。こういうチャンスがなければ、決してそういう考え方はしなかったに違いないと彼は思った。

彼は、祖母のことを思い出した。まだ、幼いころのことだ。祖母は、畑を作るのが好きだった。列車で旅をするときは、脇の畑を見るのが楽しみだといっていた。ある時、実家の付近の列車も電化された。すると、祖母は嘆いた。列車が速すぎて、畑が見えなくなった、と。

ゆっくり進まないと見えないものもあるのだ。

突然、ラジオから有森恵美の名前が聞こえ、宇津木は、とりとめのない思考を中断した。ディスクジョッキーは、スタジオ内で誰かと会話をしている。ゲストか、彼の仲間なのだろう。

「えー、それでは、今週の有森恵美。さっそくお便りを紹介しましょう。まず、最初は、東京都世田谷区の匿名希望のユーちゃん。ええ、先日、私は、新玉川線の二子玉川園《ふたこたまがわえん》の駅で有森恵美さんを見ました。お下げに、白いワンピースというスタイルでした。それに白い大きな帽子。肌がぬけるように白く、日の光を反射して光っているように見えたのです。写真を撮らせてもらったので、それを送ります。私が、あ、有森恵美だ、と言うと、有森さんは、微笑んで、人差し指を唇に持っていきました。その仕草がとても素敵でさすがだなと思いました。こういうお便りですね……。どうです。有森恵美評論家のカンちゃん」

「白いワンピースに白い帽子！　お下げというのが泣かせますね、ほんとに……。よくおさえてます。それから、シッていう仕草ね。それらしいな。有森恵美のキャラクター、よくわかります。でも、おい、この写真は……」
そこで、ふたりは、ひとしきり笑った。ディスクジョッキーが言った。
「投稿雑誌じゃないんだから、写真送ってきてもしょうがありません。ラジオなんだから
ね、もう」
「いや、ほんとにね……。しかし、この写真……」
ふたりはまた笑いだした。何を笑っているのか、宇津木にはさっぱりわからない。何か説
明があるかと思ったら、彼らは、もうその話題には触れなかった。
「何だ、これは……」
宇津木は、思わず声に出してそうつぶやいていた。
「さて、次のお便り……」
そういう形で、次々と聴取者からの便りが紹介される。どれも、どこどこで、有森恵美を
見かけた、どんな恰好をしていた、何をしていたという便りだった。
「今日最後の有森恵美。えー、僕は、地元のデパートで買い物をしていました。トイレに行
ったとき、ちょうど、女子トイレから出てくる有森恵美ちゃんを見てしまいました。有森恵
美ちゃんもトイレに行くのですね。えー、栃木県宇都宮市の匿名希望マーくん」
「あ、これはいけません。アイドルのお約束です。トイレネタ、オナラネタは、イメージ壊
しますね」

気になった。

彼らが何を言っているのか理解できなかった。聴取者の葉書を信じると、有森恵美は、いたるところに出没していることになる。ディスクジョッキーの「有森的」というコメントが気になった。

宇津木は困惑した。

「そう。こういうの有森恵美ではありません」

「有森的ではない、と……？」

これは、遊びなのだろうと気づいた。有森恵美を見たというのは、聴取者の想像に過ぎないのだ。その描写が、有森恵美的であるかを論じているのだ。ラジオという媒体を使い、聴取者と有森恵美像を作り上げるというゲームに違いなかった。

おそらく、彼らが見て笑っていた写真というのは、とてもアイドルとはいえないような人物の写真だったのかもしれない。男性が白いワンピースに白い帽子という恰好で写っていたのかもしれない。

アイドルのパロディーともいえた。パロディーは、真剣に論じれば論じるほどおもしろいのだということを、宇津木は知っていた。（有森恵美というのは、ただのアイドルのパロディーなのだろうか？）

宇津木は考えた。

彼は、もしかしたら、有森恵美というアイドルは存在しないのではないかという疑問をまた抱いた。

しかし、章は、きっぱりと実在すると言った。実在するアイドルに対して、パロディーが成立するというのはどういうことなのだろう？

「さて、皆さん、ご存じのとおり、この今日の有森恵美のコーナーも、今では、有森恵美公認となりました。有森恵美ちゃんは、今日もこの放送を聴いてくれているはずです。来週も、あなたの見た有森恵美を教えてください。お便り、待ってます」

ディスクジョッキーがそう締めくくり、ＣＭが入った。

有森恵美公認。

今日も、有森恵美が放送を聴いている。

そういう言葉をどう解釈すればいいのだろうと、宇津木は思った。

実際に、有森恵美は、作詞をしている。だが、誰かが有森恵美の名で作詞をしているということも考えられる。

ファンがキャラクターを作り上げていくアイドル。章は、教祖のようなものだと言った。

宇津木は、その実態が理解できなかった。もし、自分がアイドルマニアなら、そんなアイドルのファンになれるだろうか？

とてもそんな気になれそうにはなかった。若いころはそれなりに好きなアイドルもいた。

彼が十五、六のころは、グループサウンズの全盛期だった。当時、ピンキーとキラーズというグループがあり、彼は、そのメインボーカルのピンキーという少女が好きだった。だが、ピンキーは実在したし、今もおそらく芸能人のはずだ。

宇津木は、ピンキーの歌を聴くことができたし、テレビで歌う姿を見ることもできた。雑誌のグラビアで彼女の笑顔を見ることもできた。だからこそ、ファンになれたのだ。

彼は、そう考えた。

今のところ、宇津木は、有森恵美の顔を見たことがない。声も聞いたことがない。多くのファンもそうなのではないかと彼は思った。ならば、どうしてファンでいられるのだろう？

宇津木は不思議でならなかった。また、有森恵美が、顔も見せないし、声も聞かせないのだとしたら、実在するという証拠はどこにあるのだろう？

実在する必要はあるのだろうか？

そこまで考えて、宇津木は、ふと、自分にとって憧れのアイドルとは何だったのかと疑問に思いはじめた。ファンだったピンキーと一度でも会ったことがあるのか？　こたえはノーだ。

彼女の肉声を聞いたことがあるのか？　ノーだ。彼女と電話や手紙でコミュニケーションを取ったことがあるのか？

そのこたえもノーだ。では、宇津木は、ピンキー本人の本当のキャラクターを何も知らないのだ。ダービーハットをかぶって歌う姿しか知らない。作られたイメージしか知らなかったのだ。宇津木は、本当のピンキーを何も知らなかった。悩む姿も辛そうな姿も、何を考えているかすら知らなかった。それでも、彼は、ピンキーを好きだった。憧れていた。

つまり、実際の彼女を何も知らなくてもファンでいられたのだ。当時は、今よりずっとアイドルがアイドルとして生きていかなければならなかった。つまり、虚像だった。

宇津木は、虚像に憧れていたのだ。それならば、有森恵美とどれくらいの差があるのだろう？

宇津木は、まったくわからなくなった。だが、なんとなく違いがあることはわかった。有森恵美ファンは、その違いを何かで埋めているのかもしれない。それは、いったい何なのだろう？

また、かつて、宇津木が憧れていたアイドルと有森恵美の違いは、何なのだろう？　たいした違いではないのだろうか？　それとも、決定的に違うのだろうか？

いつもの宇津木なら、ここまで考えなかったに違いない。とっくに問題を投げ出していたはずだ。どうせ、今の若いやつらのことなんて理解できるはずはない。それが結論だったはずだ。

深夜という環境のせいだ、と宇津木は思った。そして、久しぶりに聴いた深夜放送のテーマミュージック。

彼は、自分にも若い時代があったことを思い出したのだ。

疑問が疑問を呼んだ。そうなると、章にまた質問したくなった。部下の保科とも話し合ってみたい。月曜日に出勤したら、さっそくそれを実行しよう。宇津木は、思った。いつになく、気分が高まっていた。こんな気持ちは実に久しぶりだった。

翌朝、彼は、いつもの日曜日より、遅くまで布団の中にいた。結局、寝たのは午前三時近かった。十時過ぎに食卓にすわると、コーヒーメーカーにコーヒーが沸《わ》いていた。それをカップに注ぎ、新聞を眺めながら飲んだ。妻の姿はない。どこか別の部屋にいるのかもしれない。パンでも焼こうと台所に立ったとき、二階から足音が聞こえてきた。

章が外出の身支度を整えて降りてきた。彼は、宇津木をちらりと見て、気まずそうに眼をそらした。宇津木は、昨夜からの高揚感がまだ続いていた。そのせいで、つい、章に声をかけてしまった。

「おい、有森恵美のことだがな……」

章は、振り向かなかった。宇津木は、まずいことをしたか、と思った。昨夜はたしかに章と話をした。だが、それだけで、息子が心を開くとは思えなかった。調子に乗りすぎたか、と苦い気分になった。話しかけた以上は、言葉を続けなければならない。宇津木は、期待せずに言った。「おまえは実在していると言ったが、その証拠はあるのか？」

こたえてくれるとは思わなかった。そのまま無視して外へ出掛けてしまうのではないかと宇津木は思った。

だが、章は、振り向いた。

息子は、宇津木の眼を見ずにいった。「妙な言い方するんだな？」

「証拠？」

「私は警察官だからな」

「パソコン通信やってるやつから聞いたことがある。ときどき、有森恵美本人がファンにメールを送るんだそうだ。作詞もしてるし、公認のイベントには、メッセージが届くらしい」

「誰か別の人間がやっているのかもしれない。それは、個人ではなく、集団の可能性がある」

「そういうこと言ってると、熱狂的な有森ファンに襲撃されるぜ」

「言ったろう。私は警察官だ」

「詳しいことは知らない。だけど、実在するんだ。実在しないアイドルに何千何万ものファンが夢中になると思うか？」

「それはそうだが……」

「本当に彼女を見たという人間が何人もいるんだよ」

「昨夜の深夜放送でそういう話は聞いた。だが、あれは、みんなのでっちあげだろう」

「あれはそうさ。そうじゃなく、本当に会ったという人がいるらしいんだ。俺はそれくらいのことしか知らない。出掛けるんだ。もういいだろう？」

「ああ……」

章は姿を消した。

宇津木は何となく取り残されたような気分を覚えた。すぐに、妹の直美が降りてきた。宇津木は、パンを探しはじめた。直美ともここしばらく会話をしていない。どうせ、すぐにいなくなるに違いないと思った。

「お父さん」

直美が声を掛けた。宇津木は驚いて顔を上げた。直美は何となく恨みがましい顔をしている。

「何だ？」

「お父さん、お兄ちゃんに有森恵美のCDを買ってあげたでしょう」

「有森恵美のじゃない。『アリモリ・ファミリー』のCDだ」

「そういうの全部、有森恵美のCDっていうんだよ」

「そうなのか……」

「ずるいよ。お兄ちゃんだけ……」

「おまえも何かほしいのか？」

宇津木は驚きの表情のまま尋ねた。

「ドリカム」

宇津木は、何も言わず、洋服ダンスのところへ行き、背広のポケットに入っていた財布から千円札を四枚取り出した。リビングに戻ると、直美に差し出した。

「これで買うといい」

「サンキュー」

直美は、さっとその金をひったくるように受け取ると、二階に駆け上った。

ふと気づくと、妻が階段の下に立ち、宇津木を見つめていた。宇津木は、気まずそうに言った。

「わかっている。無闇に金をやっちゃいけないことぐらい……。だが、ものをねだられたのなんて、久しぶりなもんでな……」

妻は、眉をひそめていたが、けっして怒ってはいないようだった。何ともいえない表情をしている。悲しげな顔つきだが、その顔がかすかにほころびそうな気配を見せていた。宇津木はわずかにうろたえて尋ねた。

「どうしたというんだ？」

「昨日といい、今日といい……」

妻は微妙な表情のまま言った。「あなたが子供と話をするなんて……」

宇津木は言われて気づいた。この家の中で会話が交わされるのは実に久しぶりのような気がした。

「私だって、子供と話くらいはするさ。子供たちが嫌いなわけではないんだ」

「嫌いなのかと思っていたわ」

「そんなはずないだろう」

「そうとしか思えなかったわ。子供のことも私のことも」

宇津木は、妻が喧嘩を売っているのだと思った。これも絶えてなかったことだった。かつては喧嘩もした。だが、いつしか、喧嘩もしなくなった。妻も文句を言うのを諦めたのかもしれなかった。

宇津木は、衝動を感じて一気に言った。

「家庭の中がおかしいのは充分にわかっている。おまえは、私のせいだと言いたいのだろう。そうかもしれない。もしかしたら、私は、自分の出世のことだけを考えていたのかもしれない。だがな、それが家族のためだと思ってきたのだ。それは、間違いだったかもしれない。間違いだったとしても、そういう生き方しかできなかったのだ」

「そんなことじゃないわ。あなたは、理解しようとしなかった。私のことも子供のことも」

宇津木は、その一言に衝撃を受けた。反論できなかった。彼の怒りは一気に萎《な》えていった。

宇津木は、力なく顔を伏せると、言った。

「私の性格の問題だ……」

「あなたは……」

「だが、今からでも間に合うのなら、何とかしてみたい。わたしには、どうすればいいかわからない。おまえにわかっているのなら、教えてほしい。だが、急には無理だ。少しずつ説明してくれ」

妻は何もこたえなかった。

彼女は、宇津木の脇をすり抜けると台所に立った。妻は、ため息をつくと言った。

「食事は？」

「食べる」

妻は、食事の用意を始めた。遅い朝食だった。宇津木はテーブルに着いた。

やがて、ふたり分の朝食が用意された。ハムエッグにサラダ。妻が食卓に着いた。

彼女がいっしょに食事をしようとするのは実に久しぶりのことだった。宇津木は、何も言わずに妻を見ていた。

妻は、宇津木のほうを見ずに、ハムエッグの皿を見たまま、ささやくような声で言った。

「話しますよ、いくらでも。あなたが聞いてくれるのならね」

23

月曜の朝一番、安積は金子《かねこ》刑事課長に呼ばれた。安積がデスクの前に立つと、金子課長は言った。

「渋谷署に、連続殺人事件の合同捜査本部ができた。捜査員を選んで連れていってくれ。俺も顔を出す」

「渋谷署に？」

安積は、尋ねた。課長は苦い表情をしている。安積が何を言いたいかわかっているのだ。

「うちより、渋谷署のほうが規模がはるかに大きい。捜査員も動員できる。本庁《ホンブ》では、そう判断したんだ。そりゃ、第一の事件は、うちの管内で起きた。うちで主導権を握りたいところだが……」

「わかりました」

「こっちの強行犯係を空っぽにするわけにはいかん。その点、考えてくれ」

課長が、不機嫌なのは、捜査本部を渋谷署に持っていかれたからではなさそうだった。捜査本部が署内にできると、それだけ誰もが忙しくなる。

捜査本部の段取りをするのは、捜査本部に置かれる庶務班だが、これは、たいてい、生活安全課などが担当することになる。一般にショムタンと呼ばれるこの係は、捜査本部用の部屋の準備から電話の設営、会計、焚き出しまでをこなさなければならない。

さらに、ショムタンとは別に捜査員を動員するために、刑事課以外の部署の人間も駆り出されることになる。規模の小さな所轄署に殺人の合同捜査本部ができると、それこそてんてこ舞いの忙しさとなる。捜査本部などは、他の署に任せたいというのが管理職の正直なところだろう。

「何か問題があるのですか？」

「第一の事件だ。原宿のライブハウスの事件。あの件を、殺人と断定して本腰入れて捜査していれば、第二の事件は防げたという意見があるようだ。つまり、われわれの傷害致死という判断は、誤りだったと考えている連中がいるというわけだ」

「殺人だろうが、傷害致死だろうが、捜査においては、差はありませんよ」

「本庁や渋谷署には、そう考えない連中がいるかもしれない。つまり、いち早く、捜査本部を作るべきだったと、彼らは言いたいのだ。体制作りの問題だよ……」

「わかりました」

安積は、心のなかでため息をついた。「私の判断ミスです」

「班長よ。そういうことは、俺がかぶるんだ。そのための課長なんだよ。十分後に出掛ける。準備してくれ」

係長を、警察では伝統的に班長と呼ぶ。安積は、小さく礼をして課長のデスクを離れた。金子課長は、たたき上げの刑事らしく男気がある。だが、おしつけがましいのが玉に傷だ。安積は、ぼんやりとそんなことを考えていた。

自分の席に戻ると、まず、村雨に声をかけた。

「渋谷署に合同捜査本部ができる。しばらく俺たちは出払うことになる。そこでだ。ここを空にするわけにはいかない。おまえさんは、残って切り盛りしてくれないか？」

安積は、村雨の反応をさり気なく観察していた。彼は、殺人の捜査を外されたことを不服に思うだろうか？

村雨は言った。

「桜井はどうします？」

「おまえさんといっしょに残ってもらおうと思う」

村雨はうなずいた。

「わかりました。後のことは任せてください」

その口調にひがみや、ねたみの気配はまったくなかった。安積はほっとすると同時に、村雨に対して、申し訳なさを感じた。自分は村雨の性格を悪く見すぎているのかもしれない。

そのとき、安積は、そう感じた。そういった意味の申し訳なさだった。彼は、村雨に対して、「俺の留守を任せられるのは、おまえしかいないんだ」と言ってやりたくなった。言ってやるべきだったかもしれない。だが、安積は、ただ「頼む」と言っただけだった。

強行犯係のふたりの部長刑事を比べると、安積は、須田のほうを好ましく思っていた。村雨はそれに気づいているかもしれない。だが、それは、あくまでも個人的な問題だ。安積は、村雨を間違いなく信頼している。

村雨はそれをちゃんと意識しているだろうか？　安積は、ふと不安になった。いつかは、そのことをさりげなく、だが、はっきりと言ってやらねばならない。安積はそんな気がしていた。

「速水、須田、黒木。これから、渋谷署の合同捜査本部に行く。当分は、あっちに詰めることになる」

三人は、すぐさま外出の用意を始めた。

安積は、桜井の様子を見ていた。桜井も、別に不満そうな態度は見せていない。すでに、村雨は、桜井にあれこれ指示を与えており、桜井は、あくまでも従順にそれを聞いている。

桜井は、犬のように従順だ。それが気にならないではなかったが、今のところ、村雨とはうまくいっているように見える。パートナーの部長刑事のやりかたにけちをつけるわけにはいかない。今は、村雨に任せるしかないのだ。いい刑事になれるかどうかは、桜井本人の問題だ。

課長が安積に声をかけた。

「行くぞ」

安積は、立ち上がった。黒木と速水がほぼ同時に立ち上がる。最後に須田が、椅子をがちゃがちゃいわせながら席を離れた。

「私は、わからなくなった」

宇津木は、隣の席の保科に言った。「どうやら、今のアイドルというのは、私たちの時代とは、少しばかり違っているようだな……」

「有森恵美のことですか？」

保科は、ぱっと眼を輝かせた。

宇津木は、こうした保科の態度をうっとうしく思いつづけてきた。部下の過剰反応だと感じていたのだ。だが、今、宇津木は、保科と本気で話し合おうとしていた。そのせいか、保科の態度は、前向きであると感じられた。

「そうだ。私は、土曜日に有森恵美のCDを買おうと、レコード屋に行った。四枚のCDを買った。だが、有森恵美のCDだと思って買ったその四枚は、すべて、有森恵美本人のものではなかった。息子に聞いたら、有森恵美本人は、歌を歌っていないというんだ」

「歌を歌っていない……。本当ですか？　僕もそこまでは知りませんでした。アイドルというから、てっきり、CDくらいは出しているものと漠然と思っていましたね……。それで、その四枚のCDというのは、いったい何だったんです？」

「原宿のライブハウスで見ただろう。三人組の女の子と、そのバックバンド。私は、あれが前座だと思ったのだが、そうではないようだ。四枚のうち、二枚があの三人組のもの、あとの二枚がバックバンドのインストものだ」

「へえ……。宇津木さん、インストものなんて言葉、知ってるんですか？」

かつては、こういう保科の反応も面白くなかった。保科と個人的な話をしたくなかったのだ。それは、つまりは、保科を拒絶していたということなのだろう。宇津木は、それに気づきはじめた。

「これでも、若いころは、けっこう音楽を聴いたんだ」

「どんな、音楽を？」

「ジャズが多かったな……」

「それで、前座だと思ったあの連中は何だったんです？」

保科は、個人的な話の引き際を心得ていた。これも、新たな発見だった。

「有森恵美公認のアイドル」

「有森恵美公認……？」

「息子の話によれば、有森恵美というのは、教祖みたいなものだそうだ。あの三人組は、『アリモリ・ファミリー』といって、巫女《みこ》みたいなものだということだ」

「なるほど……」

「それほど驚かんようだな……？」

「ありそうな話だと思いましてね……。最近の若い連中は、そういうのに弱いんですよ。カルトが話題になったのはずいぶん前ですが、そういうものがすっかり根づいているような気がします」

「カルト……？　ああ、崇拝とか礼賛とかいう意味の……？」

「現在では、狂信的という意味で使われることが多いですね。オタクとか、フェチというのを取り込んで、やはり、サブカルチャーの一分野を担っています。今の若者はカルトを認めるんです」

「例えば……？」

「端的な例は、新興宗教。オウム以来、世間では敬遠されているようですが、今でも、一部の若い連中には人気があるのです。ヨガや気功なんてのも、一種のカルトかもしれません。格闘技や武道のオタクなんて、あれ、完全にカルトですね。宗教みたいなもんですよ」

「なるほどな……。有森恵美は、もともとパソコン通信のなかのアイドルだったということだ」

「やはりね……。僕は、このところ思うんですけどね。パソコン通信というのは、噂の定型化だと思うんです」

「噂の定型化？　どういうことだ？」

「サブカルチャーのひとつに、都市の噂話というのがあるんです。随分昔に流行《はや》った口裂け女みたいな話ですね。学校の怪談なんか、映画になっちゃった。学校のトイレなんかたいてい怪談がありますよね……。少女たちの間では、奇妙なおまじないや、呪いなんかが広まっています。そうしたものが、ダイエット法なんかと同じレベルで口コミで日本全国に浸透していくんです」

宇津木は思い当たる節があった。深夜放送だ。

「深夜放送で、有森恵美のコーナーみたいのがあってな……。どこどこで有森恵美を見た、どんな恰好をして何をしていた、みたいな投書を読むんだ。口裂け女や、学校のトイレの幽霊を見たという話と共通する感覚があるような気がする……」

「そうですね。同じような感覚だと思います。でね、パソコン通信というのは、そういう噂の延長みたいな使われ方をしているような気がするんです。ビジネスで使っている人とか、公的な情報に利用している人ももちろんいますけど、パソコン通信のヘビーユーザーは、その世界に入り込んで、その世界だけの共通の話題で会話をしているんです」

「だがな……。そういう怪談みたいな噂話とアイドルがどうも結びつかないんだ……」

「その世界に没頭してみないと、理解できないかもしれませんね」

「もうひとつ……。噂の主人公は、実在しないわけだろう？　口裂け女にしても、学校のトイレの幽霊にしても……。有森恵美は、実在するというんだ。少なくとも、私の息子は、本気でそう信じている」

「僕も実在の人物だと思っていましたよ」

「だが、聞けば聞くほど実態がつかめない……」

「餅は餅屋です。話を聞いてみましょう」

「誰に……？」

「有森恵美のイベントを企画した集団がいましたね。その責任者は、たぶん詳しく知っているでしょう」

「そうだな……。時間を見つけて行ってみよう」

宇津木は、そこで話を打ち切り、ルーティンの仕事に入ろうとした。

課長が宇津木を呼んだ。宇津木は、席を立って課長のそばに行った。

「例の件だが……」

「例の件？」

「原宿のライブハウス殺人事件だ」

「殺人……。傷害致死だったんじゃ……」

「状況が変わった。原宿の被害者の友人が死んだ。状況から見て、殺人の疑いが強い。連続殺人と見て、捜査本部ができた」

「連続殺人……」

「第二の被害者も、なんとかいうタレントのイベントが絡んでいるということだ。原宿のときと同じでな……」

「それで……？」

「それだけだ。いちおう、君の耳に入れておこうと思ってな……」

「おかしいですね。連続殺人ともなれば、大きく、新聞に出ているはずだ。私は気づきませんでした」

「いちおう、連続殺人という点は、記者発表では伏せてあるそうだ。あと、タレントのイベントが絡んでいるという話もな。マスコミが飛びつきそうな話だからな。記者発表では、大学の学園祭でひとりの少年が転落死したとだけ発表したようだ」

宇津木は、その記事ならば記憶にあった。日曜の朝刊の社会面に出ていた。それほど大きな記事ではなかった。

「捜査本部ができたのなら、マスコミが嗅ぎつけるのは時間の問題ですね……」

「どこかが抜けば、大騒ぎになるだろうな……。だが、まあ、君は気にすることはないだろう」

宇津木は曖昧にうなずいて、席に戻った。彼は、ひとしきり考え込んだ後に、保科に言った。

「おい、気が変わった。有森恵美のイベント企画の責任者に、すぐに会いに行こう」


渋谷署の会議室に、細長い折り畳み式のテーブルが列を成して並べられている。学校の教室のように見える。その正面にテーブルの列のほうを向いてすわるように同じテーブルが置かれていた。正面のテーブルは、ふたつ横並びに設置されている。このテーブルは、捜査本部長や、捜査副本部長といった幹部が座るためのものだ。

その脇にホワイトボードが立っている。ホワイトボードには、すでに、数葉の写真が磁石で貼られている。

それが、捜査本部の会場だった。

金子禄郎課長ら、神南署の一行がその会場に到着したとき、すでに、本庁の捜査員たちは席に着いていた。渋谷署の連中は、まだ、忙しげに行ったり来たりしている。いろいろと段取りがあるのだ。

「たまげたな……」

金子課長は、そっと安積警部補に言った。「本庁は、二個中隊を送り込んできたぞ」

本庁捜査一課のなかからふたつの係がやってきたという意味だ。本庁捜査一課のひとつの係は、十五人ほどで構成されている。通常、警部ひとりに警部補ふたり、部長刑事と巡査あるいは巡査長が六人ずつ。本庁では、警部が係長をつとめる。

神南署の五人は、前のほうの席を占領した。これが金子課長のやりかただった。安積はできれば後ろのほうの席にすわりたかった。気後れしているわけではない。後ろのほうが部屋全体の雰囲気をつかみやすいからだ。

どこの誰がどういうことを考えているかがわかりやすい。だが、金子は、前のほうで捜査の流れの主導権を握ろうとするタイプだ。

いつの間にか、席が埋まりつつあった。渋谷署でも、かなりの数の捜査員を動員している。刑事課だけではまかなえないので、他の部署の人間を捜査員として転用しているのだ。

合計で、六十人ほどの捜査員が集まっていた。

やがて、正面の席に、三人の幹部が座った。向かって右端に、本庁の刑事部長。その横が本庁捜査一課長。左端が渋谷署署長だった。捜査本部の本部長は、今、正面席にいる三人のうちいずれかが担当することになっている。今回、本庁の刑事部長が来ているということは、彼が捜査本部長ということになる。刑事課長と渋谷署の署長は、副本部長だ。

場合によっては、刑事課長が捜査本部長になることもあるし、所轄の署長がなることもある。

本庁の刑事部長を捜査本部長に据えた場合、他の所轄署に対して捜査協力をさせる命令指揮権の点では、申し分ないが、土地鑑という点で問題がある。地域のことに精通していないからだ。また、本庁の刑事部長が、捜査本部に常駐できるはずもない。

捜査課長を捜査本部長にした場合は、捜査経験も豊富なので、実質的な捜査の指揮には理想的だが、管下各署への指揮権という点では心もとない。また、刑事部長同様に、捜査本部に常に居られるわけではない。

警察署長が捜査本部長になると、管内の地理、住民には精通しており、捜査の上で細かな配慮ができる。また、捜査本部が置かれた署に常駐しているという利点があるが、他の警察署に対しての命令・指揮権がない。

いずれをとっても、捜査本部長としては、一長一短なのだ。それで、最近は、今回のように、本庁刑事部長を捜査本部長に据えておいて、あとのふたりを副本部長にするという措置が取られることが多いのだ。

また、捜査規範第二二条三項には、「捜査本部長は、当該事件の捜査主任官となり、捜査本部に所属する職員を指揮監督する」と定められている。つまり、捜査本部長は、捜査主任官でもあるというわけだが、実際には、そうはいかない。

捜査主任官は、実際の捜査に即した指示・命令を下さなければならないのだが、捜査本部長になるような人間は、事実上現場につきっきりにはなれないのだ。そこで、多くの場合は、捜査主任を別に立てることになる。今回は、渋谷署の刑事一課長がその任に当たるようだった。

捜査主任、つまり渋谷署の刑事課長が、捜査本部長、つまり、本庁刑事部長のとなりに着席し、よく徹る声で言った。

「捜査会議を始めます。進行は、私、茂森《しげもり》刑事一課長が務めさせていただきます」

24

捜査本部長と副本部長の紹介があり、すぐに捜査報告となった。事件が時系列的に報告される。神南署の金子課長が指名された。金子は、立ち上がり、言った。

「現場で直接指揮に当たった、強行犯担当係長の安積警部補が来ておりますので、そちらから報告したほうがいいでしょう」

司会役の茂森渋谷署刑事一課長は、安積を指名し、正面の机の発言者のための席に来るように言った。安積は、言われたとおりにした。

約六十名の捜査員を見渡し、安積は、時間を追って詳しく事件を説明した。

「……というわけで、当初は、乱闘の中の出来事であり、被害者を特定して狙った犯行であると断定する材料を欠いていたため、傷害致死と判断し、捜査を開始しました。以上です」

茂森課長は、うなずき、言った。

「質疑応答は、すべての報告が済んでからということにします。それでは、第二の事件について……。渋谷署の堀《ほり》強行犯係長……」

指名された刑事が、今まで安積の座っていた席に着いて説明を始めた。安積は、もとの席に戻るとき、松濤学園大学の現場に来ていた赤江という部長刑事を見つけた。眼が合うと、赤江は親しげな笑顔をちらりと浮かべ、目礼してきた。安積は曖昧にうなずいた。

堀と呼ばれた刑事が、松濤学園大学での事件の説明を始めた。安積は、じっと耳を傾けた。特に、安積が知らないような事実はなかった。

「……なお、被害者を犯行現場と思われる三号館七〇一号室に案内した、栗原純一という学生を発見できたのは、神南署の協力によるものだということを申し添えておきます」

堀係長は、淡々とそう言って、報告を締めくくった。金子課長が油断ない目つきで堀係長を見据えていた。堀係長が席に戻ると、金子課長は、安積に額を寄せて、そっと言った。

「野郎、どういうつもりかな……？」

「さあね……」

安積は、こたえを濁したが、わざわざ堀が神南署の名前を出した理由はだいたい想像がついた。堀の考えではなく、おそらく赤江の判断に違いない。赤江はあくまでもフェアな男のようだ。そして、彼は、神南署を敵に回したくはないのだ。

「さて、質問を受け付けます」

司会進行役の茂森課長が言うと、安積たちの左側の席から、さっと手が上がった。安積は
その刑事に見覚えがあった。本庁捜査一課の係長のひとりだ。階級は、安積と同じ警部補。

年齢は、安積よりも少しばかり若そうだった。

その係長は、「本庁捜査一課、大下《おおした》です」と名乗ってから言った。

「最初の事件を、傷害致死と判断した根拠をもう少し詳しく説明してもらいたい」

来たな、と安積は思った。安積は、金子の横顔を見た。その視線を感じ取った金子課長
は、安積のほうを見ずにうなずいた。

「安積係長」

司会進行役の茂森課長は、指名した。しかし、それを遮って、金子課長が発言した。

「判断の責任者は私です。神南署の金子刑事課長です。理由は、さきほど安積のほうから説
明したとおり、殺人と断定する材料はひとつもなかった」

「しかし、その後の捜査で、殺人の可能性を示すような要素が発見できたのではないです
か？」

「殺人と断定できるような材料は、ありませんでした」

「それは、捜査方法に問題があったということではないですか？　例えば、過失か傷害だと

いう誤った予断があったとか……」

「おっしゃるとおりかもしれません」

金子課長は平然と言った。「今後は、捜査本部長ならびに捜査本部主任の指示に従います」

狸だな、と安積は心の中で笑っていた。こうしたいさぎよい物言いは、警察社会では好感を持たれることが多い。金子は、押しつけがましい一面も確かにあるが、外に出たときは頼りになる上司であることは間違いなかった。敵に回したくないタイプのひとりだ。

大下係長は、さらに食い下がった。

「もし、第一の事件である古橋洋一くん殺害を、殺人と判断しており、捜査本部を設けるなり何なりの措置を取っていれば、阿部輝彦くんの殺害は避けられたのではないでしょうかね」

その口調は、質問というより、詰問に近かった。

「そうかもしれません……」

金子課長は、反論しなかった。そのほうが、今後の会議が円滑に進むことを知っているのだ。

「だが、そうでなかったかもしれない」

別の声がして、安積は、思わず振り返った。

本庁の大下係長も振り返っていた。彼は尋ねた。

「あんたは？」

「渋谷署の赤江です。予断はあったかもしれない。だがね、第一の犯行の段階では、連続殺人を予期することなどできなかったはずですよ。もし、傷害致死でなく殺人と断定して捜査本部を作ったとしても、第二の犯行を防げたかどうかは疑問ですね。犯人が連続殺人を計画していたとしたら、周到な用意をしていたと考えられます。第二の犯行を見ても、そんな気がしますよ。犯人は、充分に計画を練って実行したのです。冷静に……」

安積は、犯行に使われたバットがベランダに立てかけてあったという話を思い出した。赤江は、続けて言った。「犯人は、衝動的に殺したわけではない。今となっては、それははっきりしていると思います。ひょっとしたら、警察が第一の殺人を傷害致死と考えるところまで計算していたのかもしれない……。いや、それは、今の段階では何ともいえない。考えすぎかもしれないが、スピード逮捕できるような類の案件でなかったことだけは確かです」

大下係長は、やや憮然《ぶぜん》とした態度になったが、赤江に対しても金子課長に対しても、それ以上何も言わなかった。彼は、司会役の茂森課長に対して言った。

「今後、同じ過ちを繰り返してはならないと、私は考えます」

茂森課長は、形式的にうなずき、具体的な事柄の検討に入った。

安積は、赤江が必要以上に神南署を弁護したような気がしていた。赤江の真意がどこにあるのかわからなかった。単に同じ所轄署という立場だという理由からかもしれない。あるいは、他意があるのか……。

隣の速水が、安積の腕を肘でつついた。速水は笑いを浮かべている。安積には、不敵な笑いに見えた。

「何だ？」

安積は、速水にそっと尋ねた。

「おまえ、あの赤江という部長刑事にえらく気に入られたようだな……」

「俺が……？」

「あいつは、お前を味方につけたいんだ」

安積は、さきほど眼が合ったときの赤江の親しげな笑顔を思い出した。安積が何も言わずにいると、速水は、言った。

「おまえは相変わらず、上からは嫌われるが、下の者には慕われるな……」

ふたりの被害者の関係、あるいは、ふたりの被害者を巡るさまざまな人間の関係がホワイトボードに書き込まれていくにつれ、捜査会議は熱を帯びてきた。たしかに、ふたりを巡る人間関係は興味深かった。

ひとつは、古橋と阿部の中学校時代の関係。もうひとつは、有森恵美のイベントを巡る関係だ。

そのふたつを結ぶところに、峰岸裕一がいた。

「峰岸裕一は、今、どうなっている?」

本庁の捜査一課長が尋ねた。こたえたのは、安積だった。

「捜査員を張り付かせてあります」

阿部が死んだ土曜日以来、峰岸裕一を監視していた。刑事課の強行犯だけでは手が足りず、他の担当を駆り出して張り込みを付けている。今日は、朝から確か、知能犯係の刑事を張り込ませていた。

須田・黒木組が交代するはずだったが、そうもいかなくなった。村雨がうまく段取りを組んでくれているはずだと思った。

捜査一課長は、うなずいた。

「その張り込みを、当捜査本部で引き継ぐのが急務だな」

「現段階でも、峰岸裕一は充分に重要参考人と考えられます」

大下係長が言った。「しょっぴいてきて、叩いてみたらどうでしょう」

その口調には、親しみが感じられた。いつもいっしょに仕事をしている者同士の連帯感が表れていた。

「そうだな……」

副捜査本部長である捜査一課長は、思案顔でうなずいた。

捜査一課から来ているもうひとりの係長が言った。

「むしろ、逮捕状を取って逮捕勾留すべきじゃないでしょうかね？　逃亡や証拠湮滅《いんめつ》の恐れもある。逮捕状《オフダ》は下りるでしょう？」

警部以上の警察官であれば裁判所に対して逮捕状を請求でき、原則的には、請求があれば発付しなければならないことになっている。多少問題があって、一度却下されても、裁判官と面談し、口頭で説明をして請求すればたいていは発付される。

彼らはそれを知っているのだ。逃亡、証拠湮滅の恐れがある被疑者は逮捕勾留しなければならない。被疑者の逮捕は、厳密にいうと犯人の特定ではない。捜査上の手続きでしかない。

しかし、一般への印象は、ひどく悪い。逮捕されただけで、被疑者は犯罪者のように思われてしまう。マスコミの報道姿勢にも問題があるのだが、警察にも問題がないわけではないと安積は考えていた。

警察も、被疑者を逮捕したときから犯罪者扱いなのだ。被疑者に対して乱暴な言葉づかいで取り調べを行う捜査員は多い。ときには、暴力を振るうこともある。自白を取りたいからなのだ。強制された自白に証拠能力はないのだが、それは、弁護士が考えることだ。強制をしないかぎり、自白など取れないと一般の捜査員は考えている。

安積も、ある程度それはしかたのないことだと思っていた。かたくなに何かを隠そうとする被疑者から事実を聞き出すのが捜査員の役目なのだ。現場はきれいごとではすまない。一般に、裁判は証拠、捜査は自白と言われている。裁判では、物的証拠と自白は、同じ価値でしかないが、起訴に持ち込むには、自白がきわめて重要なのだ。極端な話、物的証拠が多少不備でも、自白が取れれば起訴に持ち込める。

副捜査本部長の捜査一課長が、金子のほうを見て尋ねた。

「いまだに、峰岸裕一の逮捕に踏み切らないのはなぜだね？」

金子は、複雑な表情を見せた。もともと金子課長は、強引な捜査をするタイプの刑事だったと聞いている。安積は、金子が現場にいたら、捜査一課の連中が言っているように峰岸裕一を引っ張りたがっただろうと思った。金子は、手元の資料に目を落としたまま、うなるように言った。

「時期尚早だと思ったからです」

金子は、ただ一言そう言った。

大下が金子に言った。

「私はそうは思わんがね……」

安積は、大下という警部補を観察していた。出で立ちはいたってすっきりとしている。髪はきっちりとセットされている。背広は、紺色で、ネクタイは、ブルーグレーの無地だった。無地のネクタイが流行っているという話をどこかで耳にしたことがある。おそらく、大下はそういう流行にも敏感な男なのだろう。

やる気に満ちているが、その分、人を押し退けようという態度が外に表れていた。彼は、手柄を欲しがっているのかもしれないと安積は思った。あるいは、捜査本部の実権は、本庁捜査一課が握らなければならないと、固く信じているのだ。

金子課長は、相変わらず手元の紙を見たまま、言った。

「詳しくは、安積のほうから説明します」

三人の幹部がほぼ同時に安積を見た。安積は、課長が話を振ってくるだろうと予期していたので、あわてることなく話しだした。

「峰岸裕一氏を被疑者ではなく、現時点で単なる参考人と考えたのは、まず第一に、殺人の動機と考えうる理由がなかったことが挙げられます」

「しかしね……」

大下係長は、口をはさんだ。「中学校で、峰岸裕一は、さんざん被害者たちに手を焼いたのだろう。恨みつらみはあったと考えていいんじゃないのか？」

「本人の弁によると、被害者たちが卒業し、本人が学校を辞めることで、彼は解放されたのです。状況から見て、その言葉は信じるに足ると思います。峰岸裕一氏が、わざわざ被害者たちを殺す理由がないのです」

「叩けば何か出てくるかもしれない」

「第二に、殺人が行われたと思われる時間に、峰岸裕一氏は、必ず別の人間と別の場所にいたことが確認されているのです」

「アリバイか……」

「以上の理由で、あくまでも、現時点では峰岸裕一さんを逮捕勾留するには当たらないと判断したのです。もちろん、今後、どういう展開になるかはわかりません。新たな疑いが生じれば、任意同行等の措置が取られてしかるべきだと考えています。そのため、監視をつけることにしたのです」

「アリバイのことは、報告のときにもっと強調していただきたかった。重要なことだぞ……」

大下は言った。これは、負け惜しみのようにも聞こえた。

発言を終えるつもりだった安積は、どうしてももうひとこと言いたくなった。

「今回の事件は、連続殺人というだけでなく、有森恵美というアイドルタレントのイベントが絡んでいます。マスコミの恰好のターゲットとなるでしょう。また、事件の参考人等として少年が関わっています。それだけに、慎重の上にも慎重を期す必要があると思います」

捜査本部長である警視庁刑事部長がうなずいた。彼は、言った。

「その点については、私のほうからもひとこと申し添えておきます。この捜査本部を設置する際、本来ならば、『アイドルイベント連続殺人事件特別捜査本部』等の看板を出すべきところ、『学園祭殺人事件捜査本部』という名称にいたしました。記者発表でも、連続殺人であること、アイドルイベントが絡んでいることは、あえて発表しませんでした。マスコミの過剰な反応を抑えたかったからです。アイドル絡みの連続殺人となると、社会部等の報道のみならず、芸能関係マスコミの報道合戦が予想されるからです。捜査員諸君は、日常の言動にくれぐれも気をつけていただきたい。ごく、近い将来、報道機関は、事件の特別な性格に気づくでしょう。いくら秘匿《ひとく》しても、いずれは、知られてしまうことは、私もよく存じております。できれば、マスコミが嗅ぎつける前に、犯人を特定して逮捕にこぎつけたい。そのように努力していただきたい」

捜査員たちは、それぞれにこの言葉を受け止めたようだった。安積は、刑事部長が、少年の扱いについて触れなかったことが気になった。今のひとことが、マスコミだけでなく、捜査員たちの眼までも、有森恵美のほうに集中させてしまわなければいいが、と思った。

司会進行役の茂森課長は、会議を進め、それぞれの分担を決めた。今後は、本庁刑事部長と捜査一課長は、あまり、捜査本部には顔を出さないだろう。副本部長の渋谷署署長も捜査本部に詰めているわけにはいかない。茂森が捜査の取りまとめをしていくのだ。実質上の責任者だ。

地取り捜査、敷鑑捜査、遺留品捜査、手口捜査などに捜査員を分担した。地取り捜査というのは、犯行現場周辺の聞き込みなどの捜査をいう。敷鑑捜査というのは、俗にいう鑑取り捜査で、被害者の交友関係等を洗うことをいう。遺留品捜査は、犯人が残したと思われる物品に関する捜査だ。例えば凶器の洗い出しなどを指す。

安積たちは、これまでの経過から敷鑑捜査を割り当てられた。赤江たちは、所轄署という利点を考えて、地取り捜査をやることになった。

本庁の大下は、安積と同じく敷鑑捜査の担当となった。彼は、捜査一課長からそれなりの信頼を得ているようだった。

会議は、一時間半ほどで終わった。捜査員たちが、それぞれの持ち場に散ろうとしたとき、安積は、思い切って発言した。

「事件の特殊性を鑑みて、応援を要請したらどうかと思うのですが……」

「応援？　どんな？」

茂森が尋ねた。

「例えば、生活安全部の少年課です」

「何のために？」

そう尋ねたのは、大下だった。どうも、彼は、安積にライバル意識を燃やしはじめたようだった。

「今回の事件には、少年の行動や風俗が色濃く反映しているように思えます。生活安全部の協力を得られれば、おおいに捜査の参考になると思うのですが……」

「そんな必要はないと思うがな。あくまでも殺人の捜査だ」

大下はそう言ったが、茂森は、関心を持ったようだった。

「誰か特定の心当たりがあるのかね？」

「本庁生活安全部に宇津木という警部補がいます。偶然にも、彼は、第一の事件の現場に居合わせたのです。最適だと思います」

茂森は、うなずいた。

「考慮します」

捜査員たちは、いっせいに立ち上がった。安積は、大下の視線を感じた。安積がそちらを見ると、彼は視線をそらした。

速水が、くすくすと笑った。

「どうした？」

安積が尋ねると、彼は言った。

「刑事がどうして老けて見えるのか、捜査会議に出てみて初めてわかったような気がする」

「どういう意味だ？」

「おまえたちが、いつも難しい顔をしているのは、単に犯人のことだけを考えているわけではないということに気づいたのさ」

25

宇津木と保科は、原宿のライブハウスでのイベント企画を手掛けた三輪義郎を会社に訪ねた。コンピュータソフトの開発会社だった。神保町《じんぼうちょう》の貸しビルの一室に居を構えている。

外から電話をすると、喫茶店を指定された。小さな喫茶店だが、落ち着いて話ができそうな雰囲気だった。カウンターの奥にちょっと孤立した感じの席があり、そこならば、もし他に客がいたとしても、話を聞かれずに済みそうだ。

直接、殺人の捜査をするわけではないので、別に他人に話を聞かれてもかまわないのだが、警察官というのは、極端に、会話が他に漏れるのを嫌うのだ。宇津木と保科は、その席に腰を降ろし、コーヒーを注文して三輪義郎を待った。

宇津木は、コーヒーをすすりながら、ふと懐かしさを感じた。学生時代のことを思い出したのだ。大学生のころは、訳もなく喫茶店に入り浸っていたものだ。当時、喫茶店というのは、デートの場でもあり、議論の場でもあった。喫茶店などに立ち入らなくなってずいぶんと経つ。

深夜放送といい喫茶店といい、有森恵美について調べはじめると奇妙になつかしい出来事に出会うような気がした。

三輪は、二十分ほどしてやってきた。宇津木が彼と会うのは二度目だが、三輪の風貌を忘れてはいなかった。

小太りで眼鏡を掛けている。原宿のライブハウスでは、ジャンパーを着ていたが、今日は、背広にネクタイという恰好だった。コンピュータソフト開発の会社だから、もっとラフな恰好かと思っていたが、そうではなかった。

「いや、どうも、すいません。出掛けにちょっとこみいった電話が入っちゃって……」

三輪は、そう言いながら席に近づいてきた。宇津木の向かい側にすわっていた保科が立ち上がり、席を空けた。保科は、宇津木の隣に移って、ノートを広げた。

三輪は、カウンターに向かってコーヒーを注文し、宇津木に向かって言った。

「さて、何を話せばいいんですか?」

彼は、恐れたり、気後れしたりした様子はまったくなかった。刑事や警察官の訪問を受けると、たいていの人間は萎縮する。身に覚えのないことでも質問されれば、落ち着かない気分になるものだ。だが、三輪はそういう態度を一切見せなかった。

「有森恵美について、いろいろ調べていまして……」

「ああ……。原宿の件ですね。僕は、何も知りませんよ。もともと企画を立てたのは、峰岸という男で、ほとんど彼の持ち込みみたいな企画でしたから……」

「いえ、例の殺人の件に関連していることは事実ですが、私は、その件の捜査をしているわけではありません。有森恵美そのものについて知りたいのです」

「殺人と言いましたか？　傷害致死だと思っていましたが……」

「その後、いろいろと展開がありまして、今では、殺人と考えています」

「ふうん……。それで、なぜ、有森恵美のことを……？」

「あくまでも、参考までに調べているのです」

「なるほどね……。有森恵美について何をお知りになりたいのですか？」

「何もかもです。どういったアイドルなのか……」

「うーん……。それをお話しするには、たぶん、現在のアイドル状況とか、アイドルファンの現状とかからお話ししなければなりませんね……」

「その点も、知りたいのです。是非、お願いします」

三輪は苦笑に近い笑いを浮かべた。「やれやれ」といった顔だ。彼は実は、そういうことを話すのがうれしいのだ。だが、素直にそのうれしさを表現できず、照れ隠しに迷惑そうな顔をしてみせただけだった。宇津木にはそれがわかった。

「どこからお話ししましょうかね……。まず、刑事さんにうかがいたいのですが、アイドルをどう考えておいでですか？」

三輪は、宇津木のことを刑事と呼んだ。正確にいうと、刑事というのは、刑事部あるいは刑事課の捜査員のことだ。宇津木は、生活安全部なので刑事ではない。しかし、一般に私服の警察官のことを刑事と呼ぶことを、警察でも受け入れている。一般人に対しては、生活安全部だろうが、公安部だろうが、すべて刑事で通しているのだ。

宇津木はしばらく考えてからこたえた。

「テレビに出て派手な衣装を着て、ヒットソングを歌うタレントだとずっと思っていましたよ」

「かつてはそうでした。そう……、だいたい、二十年くらいまえまでは、まだその考え方で正しかったかもしれませんね。TBSで『ザ・ベストテン』をやっており、日本テレビで『ザ・トップテン』を放映していた。CXでは、『夜のヒットスタジオ』にアイドルが数多く出演していました。でも、今は、そういう歌番組がないでしょう？　刑事さんが今言われたアイドル像は、テレビが作ったものです。テレビ時代のアイドルなんですよ。いい意味でも悪い意味でも、アイドルというのは、メディアで作られるのです。四、五十年前のことを考えてください。テレビがまだないラジオと映画の時代です。その時代のアイドルというのは、本来の意味でもアイドルです。つまり、崇拝される偶像です。美空ひばりに代表される国民的な歌手。あとは、雲の上の映画スターたちです。だが、テレビの出現で、アイドル像も変化してきた。それでも四十年から三十年くらいまえまでは、歌手や俳優はまだ雲の上の存在で、憧れの対象でした。テレビがまだ、それほど普及しておらず、テレビそのものが映画の延長のようなとらえ方をされていたからです。テレビは家族が集まる茶の間の上座に置かれ、観音開きのケースやレースのカバーなどが付いていた。アイドルが決定的に変質していくのは、テレビがパーソナル化されるまで普及してからです。高度成長時代を経て、所得は増え、それまで、六畳一間に家族四人ほどが住むのがあたりまえだったのが、子供たちに一部屋を与えられるようになった。そして、その子供部屋にもテレビが置かれるような時代になってくるのです」

「そうなると、必然的に番組内容も変化してくる……」

「そういうことです。何世帯かに一台しかテレビのない時代は、手さぐりで番組を作っていましたから、それまでにあったものの類推で番組を作ることになります。映画、演劇、コンサート……。そして、その時代は、スポーツ番組が大きな役割を演じました。力道山のプロレス中継に人だかりができたという話は有名です。野球中継の時間には、近所の人が集まってテレビを見たそうですね。そして、アメリカのテレビ番組を買って放映するのがせいぜいだったのです。刑事さんも、『ベン・ケーシー』や『コンバット』『奥さまは魔女』なんかをご覧になったでしょう。一家に一台の時代となっても、番組作りの姿勢は、家族向けです。そうした番組作りの姿勢が崩れてくるのは、やはり、高度成長期なのです。俗悪番組という言葉が流行《はや》りました。子供たちは、『ザ・ガードマン』や『37階の男』などのドラマのエッチなシーンを学校で話題にしました。日本テレビの『裏番組をぶっとばせ!』という番組で、毎週野球拳で女性タレントを脱がして、ついにクレームがついたのは、有名な話です。そういう番組が問題になる事自体、まだ、テレビがパーソナルメディアではなかったという証拠なのでしょうね。テレビコードがうるさく言われたのは、公共の電波を使っているという意識よりも、茶の間で、家族全員がテレビを見ているという意識のせいだと、僕は思います」

三輪は、きわめて饒舌《じょうぜつ》だった。話の内容もよくまとまっている。おそらく、同じ話を何度もしたことがあるのだろうと、宇津木は考えた。

あれこれ質問する手間がはぶけ、宇津木はじっと耳を傾けた。保科はしきりにメモを取っている。

「……で、そういう高度成長期の俗悪番組というのは、さまざまな要素がからみあって生まれてきたのです。第一に、スポンサーから少しでも多くの金を引き出そうと、テレビは視聴率の熾烈《しれつ》な競争に奔走するようになってきた。六〇年代のアメリカの公民権運動の影響で、既成のものをぶち壊すのがかっこいいという風潮のせいもありました。ようやく、テレビがテレビとしての表現方法を確立しはじめたという点も影響しているでしょう。その時代を経て、テレビの普及に拍車がかかり、やがて、テレビのパーソナル時代を迎えます。そうなると、お茶の間番組は隅っこに追いやられ、視聴者のコアを狙った番組作りが中心となります。視聴者のコアは、主婦と学生です。昼間は、主婦向けのワイドショウ、夜は、学生たちが喜びそうな番組が目白押しとなります。やがて、高度成長も終わり、テレビ業界そのものにも翳《かげ》りが出始めます。メディアの多様化です。テレビがパーソナルメディア化したのと時を同じくして、ほかのメディアが次々と生まれはじめるのです。既存のテレビ局に加え、衛星放送、ケーブルテレビが商業放送を開始します。ビデオデッキが普及し、街には、ビデオレンタルショップが次々と出来はじめる。既存のテレビ局は、制作費もままならなくなり、今までどおりの我が世の春を謳歌《おうか》できなくなっていくのです。そうして、現在のような状況になったのです。つまり、テレビも、よりパーソナルなターゲットでの番組作りをするようになる。若者にしかわからない番組が増えるのも当然です。視聴率を稼ぐためには、サラリーマンを相手にするわけにはいかない。サラリーマン相手で視聴率を稼げるのは、野球中継だけですからね」

「歌番組が消えていった理由は？」

「さまざまな理由が絡み合っていました。まず、制作費の問題。毎週、十人以上の歌手のギャラを賄《まかな》うには、膨大な経費がかかるのです。特に、『ザ・トップテン』のような公開番組の場合は、スタジオ以上にさまざまな経費がかかる。ベストテン番組というのは、その週でもっともヒットしている歌手を集めなければならないんです。売れている歌手ばかりですよ。事務所も強気になる。ギャラだけでもそうとうの負担になるんです。景気のいい時代は、視聴率を楯にスポンサーからどんどん制作費を搾《しぼ》り取れたけど、景気が悪くなるとそうもいかなくなった。そして、メディアが多様化する時代になって、視聴率もあまり稼げなくなってきたんです。家族で夢中になってヒットソングを聴いた時代は終わったんです。その一因となったのは、ニューミュージックの流行です。一部のニューミュージック系の歌手やグループは、ベストテン番組への出演を拒否していたのです。その時代にもっとも人気のある歌手が登場しないんです。ベストテン番組そのものの存在価値もなくなっていったんですね」

「アイドル歌手たちはどうなっていったんです？」

「バラエティー番組に出演するしかなくなって、バラドルという言葉が生まれました。ちょっと変なキャラクターのアイドルが受けはじめたんですね。でも、アイドルファンにしてみれば、そういうの興味ないんです。バラエティーに出演するようなアイドルは、大きな事務所がついていて、昔ながらのやりかたでアイドルを作ろうとします。テレビ番組にしがみついていること自体、すでに時代に取り残されていると、僕たちは考えます。テレビに限っていえば、そういう時代にアイドルファンが注目したのはCMです。今では、まったく興味ないですけど、宮沢《みやざわ》りえが出始めたときは、アイドルファンたちは、いっせいに注目しましたね。まだ、まったく無名のころです。子役でケンタッキーフライドチキンのCMに出ていたんです。三井のリハウスのCMで話題になったのは、そのずっと後のことです。宮沢りえが、たしか十四歳くらいのときのことですね。観月《みづき》ありさに、アイドルファンが注目したのも、まったく無名で、レナウンのCMに初めて登場したときでした。その後、メジャーになって、アイドルファンは相手にしなくなりましたがね……。そういうように、アイドルファンは、無名だけど何か気になる女の子を、CMのなかに見つけようとしていたのです」

宇津木は、真剣に聞いていた。彼は、これまで、若者の文化を見聞きして、とてもではないが理解できないと考えていた。だが、それは、いきなり目の前の現象を見てしまったせいだと気づきはじめた。すべての現象には原因と理由がある。そんなことを、三輪の説明を聞きながら考えていた。

三輪の説明はさらに続いた。

「いままでは、テレビのメディアとしての側面を中心にお話ししました。それじゃあ、テレビの番組がどうアイドルとアイドルファンを変えていったかというお話をしましょう。かつて、アイドルは、作られた完成品を提供されるだけでした。アイドルファンは、事務所とレコード会社の戦略を無条件で受け入れていたのです。それを変えたのが日本テレビの『スター誕生！』という番組でした。これは、オーディションそのものを番組にしてしまったのです。アイドルになりたい少年少女にそのチャンスを与えたという意味と同時に、一般の素人にアイドル作りのノウハウを公開してしまったという意味がありました。『スター誕生！』から育ったアイドルが一般人にたいへん身近なものになりました。この番組によって、アイドルが一般人にたいへん身近なものになりました。『スター誕生！』から育ったアイドルの代表は、山口百恵《やまぐちももえ》や岩崎宏美《いわさきひろみ》ですね。この番組によって、一般人は、まったくの素人の段階からスターになるまでの過程を認識できるようになったのです。アイドルファンに与えた影響も大きかった。それまでのアイドルファンは、完成品を与えられただけです。この番組以降、アイドルファンは、アイドルを批評することを覚えたのです。そして、今のアイドルとアイドルファンの状況を作る直接のきっかけになったのは、CXの『夕やけニャンニャン』です。ちょうど、高校生が帰宅するくらいの時間帯に放送されたこの番組は、まるで、高校のクラブ活動のような感覚がありました。その番組では、『おニャン子クラブ』というアイドルのシステムを持っていました」

「アイドルのシステム?」

保科が尋ねた。思わず質問してしまったという感じだった。「それは、どういうことですか?」

「『おニャン子クラブ』は、五十人を超える集団のアイドルです。後に、工藤静香《くどうしずか》とか国生《こくしょう》さゆりなどのアイドルを生み出していく母体ですが、当時は、『おニャン子クラブ』自体がアイドルでした。『セーラー服を脱がさないで』という大ヒット曲も持っていました。システムと言ったのは、『おニャン子クラブ』というのがブランドであり、それ自体がアイドルであると同時に、新たなメンバーを組み込んでいく仕組みを持っていたからです。番組のなかに『ザ・スカウト/アイドルを探せ』というコーナーがあって、そこでオーディションを行い、『おニャン子クラブ』のメンバーに加えていったのです。親衛隊独特の付点四分音符入りの四拍子の拍手やコールも、『おニャン子クラブ』の周辺から生まれました。そして、カメコが急速に増えていったのも、『おニャン子クラブ』の時期からです。その後、『東京パフォーマンスドール』や、CoCoやribbonの母体となった『乙女塾《おとめじゆく》』、『南青山少女歌劇団《みなみあおやましようじよかげきだん》』、『制服向上委員会《せいふくこうじようい いんかい》』といった集団《たば》アイドルが生まれましたが、すべて、『おニャン子』の影響だといっていいでしょう。『おニャン子』は、『スター誕生！』よりはるかにアイドルを身近にしました。アイドルごっこと言ってもいいくらいです。『スター誕生！』の手法を取り入れつつも、まったく質を変えてしまったのです。つまり、オーディションの母体そのものをアイドルとしてしまったのです」

「今、話を聞いていて、有森恵美と似ているような気がしましたね……。つまり、アイドルのシステムであるという点と、アイドルごっこであるという点……」

宇津木が言うと、三輪は、にやりと笑って見せた。

「僕が言いたいのも、まさにその点ですよ。なかなかわかりが早いじゃないですか」

宇津木は何もこたえなかった。

三輪は、宇津木が何も言わないことを気にした様子はなかった。彼の説明は佳境に入っているのだ。

「また、別の側面からアイドルを見てみましょう。長い間アイドルというのは、テレビの歌番組で歌を歌うものでした。しかし、その後、それだけではなくなってきたのです。つまり、ＣＭで人気が出たアイドルというのは、人気が出た時点では、レコードが出ていないのが一般的です。まったく無名の段階で話題になるのですからね……。そういうように、アイドルファンは、レコード歌手であるかどうかにこだわらなくなったのです。今、ディープなアイドルファンが注目しているのは、『制服向上委員会』というアイドルシステムですがね……。このグループは、テレビにほとんど出たことがないのです。イベントが活動の場です。篠原涼子《しのはらりょうこ》や市井由理《いちいゆり》などが出た『東京パフォーマンスドール』も、テレビにはほとんど出ません。つまり、アイドルの形が多様化したのです。アイドルはこういうものだという型が崩れたともいえるでしょうね」

「アイドルの形が多様化？」

「大手プロダクションが昔ながらの手法で作り出すアイドルもいます。いわばオールドタイプです。オールドタイプの中にも、アイドルファンが認めるアイドルがいます。オールドタイプから、『制服向上委員会』や『東京パフォーマンスドール』、そして、ＣＭに登場する名もない少女たちまで、すべてが、アイドルとして対象となるのです」

「パソコンアイドルというのもいるみたいですね」

「チバレイですね？　もともとパソコンやゲームが好きな子だったんです。ゲーム雑誌やパソコン関係のコラムなどを書いていたのですが、通常の芸能活動もしていたのです。ある時、カメコと揉めましてね。撮影するのしないので車を取り囲まれて……。それ以来、芸能活動を止めると言いだしたのです。まあ、そういう経緯《いきさつ》があるにせよ、パソコン少年たちに絶大の人気があるのは確かですから、パソコンアイドルといってもいいでしょう。そう。チバレイなんかも含めて、アイドルは、多様化したのです。ここに、有森恵美が登場する土壌があったわけです」

「有森恵美は、もともと、パソコン通信のなかのアイドルだったと聞きましたが……」

「そうです。パソコン通信というのは、面白い空間で、これまでも何人か、アイドルが生まれています。木原美智子というのがいて、この子もパソコン通信アイドルといえるでしょうね。あるネットに自分のボードを持っていて、頻繁に書き込みをしていました。パソコン通信のネット上で、恋が生まれたりもするのです」

「恋……？　会ったこともない相手と……？」

「そう。それが、パソコン通信の面白いところなんです。やってみるとわかりますよ。文通をもっとリアルにしたような感じですからね。感情が、増幅されるんです。喧嘩も多いですよ。論争を始めると、泥沼になる。だから、ネット上でアイドルが生まれたりもするのです。有森恵美は、そうしたネット上のアイドルのひとりだったのです。それが、あるとき、ラジオで取り上げて以来、一般に広まっていった。注目しはじめたのは、やはり、アイドルファンでした。新しい形のアイドルを見つけたと思ったのでしょうね。時代が要請したのかもしれません。つまり、有森恵美は、『おニャン子』以降のアイドル状況の全ての要素を持っているのです。アイドルシステムであり、ブランドであり、アイドルそのものなのです」

宇津木は、考え込んだ。わかるような気もするが、どうしてもいまひとつ納得できない。彼は、一番訊きたいことを質問することにした。

「有森恵美は、実在するのですか？」

三輪はにやりと笑った。意味ありげな笑いだった。

26

「もちろん、実在しますよ」

三輪のこたえは、自信に満ちている。宇津木は、自分が身を乗り出しているのに気づかなかった。

「あなたは、会ったことがありますか？」

「会ったこと？」

三輪は、苦笑に近い笑いを浮かべた。マニアが無知な相手に対して見せる表情だった。

「ありませんよ」

「ならば、どうして実在すると言い切れるのですか？」

「有森恵美は、ネット上に実在します」

「ネット上？　パソコン通信の？」

「そうです。そして、アイドルとしても実在するのです。全国に何千何万というファンがいる。それだけで、実在することになるのです」

　保科が尋ねた。

「でも、それは、例えばアニメの主人公にファンがいるのと同じことじゃないですか？　実在するとは言いがたい……」

「そう。アニメの主人公とありかたは似ているところもある。でも、明確に違うのは、有森恵美がメッセージを発信するということです。有森恵美は、判断するのです。あるアイドルが自分のシステムに合致するかどうか。それが、有森恵美公認のアイドルです」

「あの三人組のような……？」

　宇津木が確認するように言った。三輪はうなずいた。

「そうです。『アリモリ・ファミリー』を、有森恵美は、公認のアイドルとしています。そして、彼女は、『アリモリ・ファミリー』に歌詞を提供しているんです。ラジオの番組でも、有森恵美公認となると、格が違うんです。有森恵美を語る場は、有森恵美公認でなければ権威がないのです」

「権威……？」

「そう。アイドルファンは、既成の権威を認めず、自分たちの判断基準で新しい権威を作るのです。そのときにセンスが問われます。権威の基準は、金や権力ではなくセンスなんです。まあ、世間一般からいうと権威ごっこという感じですがね……」

まさに権威社会のパロディーだ、と宇津木は思った。政治、財界、マスコミといった世の中の本当の権威を嫌い、それから逸脱したような連中が権威ごっこをしている。その様子を想像した宇津木は、思わずぞっとした。ひどく不気味なものを思い描いたような気がしたのだ。宇津木はパロディーと感じたが、アイドルマニアたちは、パロディーとしてではなく、真剣にやっているのかもしれない。

「いや、そういうことではなくて……」

宇津木は言った。「有森恵美という人間は、この世にいるのかとうかがっているのです。『アリモリ・ファミリー』や、深夜放送の番組を公認し、作詞をする有森恵美という人物は実在するのか、と……」

「えらく興ざめな質問だなあ……。有森恵美ファンにとっては、その質問は禁句なんですよ」

「私は、有森恵美ファンではなく、警察官なのです。事実を知らなければなりません」

三輪は、白けた表情で肩をすぼめて見せた。それは、ポーズだと宇津木は思った。当然、三輪は、宇津木がその質問をすることを予期していたのだ。宇津木にはそれがわかった。

三輪は言った。

「もちろん、実在しますよ。ネットのＩＤは本物です。もっとも、ファンが作り上げた有森恵美像と本人とは、ずいぶんと違うと思いますがね……」

「例えば、有森恵美という人格をプロデュースしている集団とかではなく、個人なのですね？」

「刑事さんの言いたいことはわかります。かつて、ある深夜放送で芳賀ゆいという架空のアイドルを作り出したことがあります。これ、有森恵美に似たアイドルシステムなんですけど、完全に作りで、実在しないという点が違う。有森恵美は有森恵美です。集団なんかじゃない。いいですか？　アイドルファンというのは、集団の作為とかにはすごく敏感なんです。簡単に乗せられたりはしないんです。どうして有森恵美がブームになったかというと、それが実在の人間だという前提があるからです。敏感にそれを感じ取るのです」

「なんとも曖昧だな……」

「そもそも、有森恵美本人は、こんなに人気になるなんて思ってもいなかったでしょう。ネットの中でアイドルになりきって楽しんでいただけなのかもしれません。そう。出発点は、実に素朴な個人の遊びだったはずです。有森恵美ファンが、組織の作為に敏感だという例をお話ししましょう。有森恵美ブームに乗って、あるプロダクションとレコード会社が、有森恵美という名のアイドルをデビューさせようとしたのです。誰も本物の有森恵美を見たことがなかった。だから、本物を作ってしまえというわけです。大手のプロダクションでした。自信まんまんでしたよ。でも、有森恵美ファンは、見事に無視したんです。その作られた有森恵美は、代理店を嚙ませて、CMにまで登場しました。しかし、結果は惨憺《さんたん》たるありさまでした。ファンが、偽物だと騒ぎでもしたらそれなりに話題にもなったかもしれません。しかし、完全に黙殺してしまったのです。プロダクションやレコード会社の損害は莫大だったでしょうね」

「それは、何を物語っているのでしょうね……」

宇津木は、考えながら言った。

「有森恵美ファンは、ただ架空の人格を作りだして弄《もてあそ》んでいるわけではないということですよ。有森恵美が実在していることを、本能的に感じ取っているのです。そして、実在している有森恵美について、あれこれ想像をたくましくするのを楽しんでいる。有森恵美は、あらゆる楽しみを提供してくれるんです。イラストの得意な人は、自分好みの有森恵美のイラストを描く。写真の好きな人は、街中で見つけた自分好みの女の子を写し、有森恵美は、こういうタイプではないかと投稿雑誌に発表したり、仲間と写真を持ち寄ってあれこれ批評しあう」

「マスコミに名乗り出たりはしないのですか？」

「誰がですか？」

「本人がです。本人は、パソコン通信でアイドルごっこをしていたくらいだから、アイドルに憧れていたはずです。名乗り出れば人気者になれる」

「現時点で充分人気者ですよ」

「しかし、本人の名誉欲は満たされていないはずです」

「そこが有森恵美の有森恵美たる所以《ゆえん》ですね。名乗ったとたん、シンデレラの魔法が解けてしまうことを、本人は知っているのですよ」

「では、本人は、それほど魅力的な女性ではないと……」

三輪は醒めた顔で言った。

「『アリモリ・ファミリー』の三人のほうがずっとかわいいでしょうね。だから、こういう話はしたくなかったんだ。どんどん有森恵美の本質から離れていく……」

「有森恵美の本質というのは、そのたいして魅力的ではない女性ということなんじゃないのですか？」

「違いますね」

三輪はきっぱりと言った。「あくまでも、アイドルシステムであり、アイドルブランドであり、アイドルである有森恵美が本質なのです」

「私にとってはそうではないのです」

宇津木は力なく言った。

「有森恵美本人のことを調べたって、有森恵美ブームのことは何一つわかりはしませんよ。どこかの地味なＯＬかもしれない。主婦かもしれない。おばさんかもしれない。男かもしれないんです」

「男……」

「だから……」

三輪は、うんざりしたように言った。「それくらい興ざめだという話ですよ」

「男である可能性もあるんですか？」

「あくまでも可能性だけを考えれば、あり得ないことじゃありません。ネットオカマじゃないとは言い切れないんですからね」

「ネットオカマ……」

「そういうやつがいるんですよ。ネット上で女になりすましてチャットなんかに参加するやつが……。会議室やメールだと自動的にＩＤと登録名が記録されるし、プロフィールを公開している場合は、それをすぐに検索できるから、なかなか難しいんですけど、チャットの場合、リアルタイムで会話をするので、いちいちＩＤなんかは記録されないんです。それで……」

「その話は聞いたことがあります」

保科が言った。「自分の写真だといって女性の写真をネットで送信してくるやつもいるそうですね」

「しかし、有森恵美は、そのリアルタイムの会話をするわけじゃないんでしょう？」

宇津木は、三輪に言った。

「会議室やメールに顔を出す場合だってやりようはありますよ。一番単純なのは、『お兄さんのＩＤで出ています』というやつですね。手の込んだことをやるやつもいますよ。ＩＤをもらうときに、自分は女になりきるんだと決めれば手がないわけじゃない。ネットに登録する場合、たいていは、オンラインサインアップという方法を取ります。自分のパソコンからネットを呼び出してそのネット上で登録するのです。その際に、料金の引き落とし方法を選択するのですが、たいていはクレジットカードを使います。商業ネットでは、このクレジットカードで新規参加者の身元を確認するわけです。もし、架空名義のクレジットカードを取得できれば、商業ネット上では、完全に架空の人格を作りだすことができます。クレジットカードの名義が実在する人物かどうかまでは、商業ネットでは確認することができない。もちろん、クレジットカードを作るためには、銀行の口座がなければなりません。最近、銀行もうるさくなって架空の名前では口座を作ってもらえませんが、それでも手がないわけじゃない。例えば、作家とか芸能人は、ペンネームや芸名で口座を持つことが出来る。そういう裏の手をいくつか組み合わせれば、架空の人物名でもＩＤが取れてしまう」

宇津木は、考え込んだ。

三輪は慌てて言った。

「いや、でもね。有森恵美は間違いなく女性だと思いますよ。ネットオカマだなんて考えたくもない。そういう可能性もないわけじゃないという話です。まいったな……。有森恵美ファンにこんな話を聞かれたら、フクロにされちまう……」

宇津木は、奇妙な世界に迷い込んでしまったような気分だった。できれば笑い飛ばしてしまいたかった。かつての彼ならそうしていただろう。理解できないものは、無視して済ましていたのだ。

だが、やっかいなことに、三輪の話は、まったく理解できないわけではなかった。アイドルマニアや有森恵美ファンになれるとは思わなかった。しかし、その気持ちがまったくわからないわけではない。一部は理解できそうな気がした。

宇津木は、自分の若いころを思い出しつつあった。誰でもマニアになる要素は持っている。

宇津木が何も言わないので、保科が代わって三輪に質問した。

「アイドルマニアの中には、かなり過激な連中もいるという話でしたね。その点を詳しく説明してもらえますか？」

「アイドルマニアという言い方は、やめてほしいなあ。アイドルファンと言ってほしいね」

三輪は、笑いを浮かべながら言った。アイドルマニアやアイドルオタクというのは、彼らを揶揄《やゆ》した言い方なのだ。そういえば、三輪は、一貫してアイドルファンという言い方をしていた。「まあ、いいや。アイドルファンについてね……。まず、主な勢力としては、親衛隊ね。これ、『エータイ』などと呼ばれています。親衛隊は二十年ほど前からあったんですが、その当時は、アイドルの所属事務所とかなり密接な繋《つな》がりを持っていたんです。それが変化したのは、やっぱり『おニャン子』のころからでしょう」

「どういうふうな変化だったんです？」

保科が尋ねた。

「でたらめに発展したといおうか……。昔はね、アイドルが所属していた事務所は、親衛隊に媚《こ》びてなおかつ利用していたようなところがあったんです。でも、『おニャン子』の母体は、小さな事務所などではなく、フジテレビです。親衛隊に媚びる必要などなかったわけです。そこで、親衛隊は、勝手に行動を始めたわけです。現在、親衛隊は、『連合』という団体と、『同盟』という団体に分かれています」

「連合に同盟……」

まるで、労働組合だな、と宇津木は思った。

「そう。『連合』も『同盟』も全国組織です。『連合』には、東京、中部、関西、北海道、九州の各支部があります。組織は、アイドルの名前を頭につけた『隊』で構成されています。それぞれの隊には隊長がいて、隊員の序列は、入隊順になっています。隊長やベテラン隊員の命令は絶対で、まるで軍隊のような組織ですよ。コールの際に統制棒を使うのは隊長の特権です。たいてい、隊長クラスを経験した連中は、就職などを機に引退するようです。序列の下のほうで親衛隊を辞めると、バックレと言われて、その後、イベントなどに顔を出せなくなります」

若者たちが、軍隊のような厳しい序列の組織を作りたがるのを、宇津木は常々不思議に思っていた。暴走族もそうだ。街のツッパリたちもそうだ。

彼らは、私の世代が体を張って叩き壊した体制のようなものに憧れを感じているのだろうか？ 宇津木はそんなことを考えていた。三輪の説明が続いた。

「『同盟』のほうは、『おニャン子』の時代には、『連合』と並ぶ全国組織だったのですが、現在では、ほぼ壊滅状態ですね。一方、このところ話題になっている『愚連』というのは、カメラ小僧から派生した暴力集団です。カメコ、つまりカメラ小僧は、イベントの際に親衛隊やイベントスタッフと揉めることが多かったのです。なんせ、アイドルのパンチラ狙いが多いですからね。その結果、八つ当たり的にイベントそのものをぶち壊す集団が生まれてきたのです。見た目は、一時期流行った渋谷のチーマー風ですね」

宇津木は、原宿でのイベントを思い出していた。

「そのほかに、ディープなアイドルファンがいます。その中核は、二十代半ばから三十代前半にかけてです。この連中は、イベントの会場では、わりと後ろのほうに位置して、じっと腕組みしてステージを見つめていたりします。一見、スタッフや業界関係者のようにも見えます。こういう連中が、アイドル関係のミニコミ誌を作ったり、パソコン通信で情報を発信したりしているわけです。ミニコミ誌といってもばかにできなくて、中にはカラーグラビア誌もあるのです。かつて、『アミケット』というアイドルミニコミ誌のマーケットが開かれたのですが、この時集まったのは、高校生なんかより、二十代、三十代の連中が多かったのです」

つまり、三輪は、その中のひとりというわけだ。自分は決して特別な人間ではないと、強調しているようにも聞こえた。

確かに、マニアの中では、三輪はそれほど特殊な存在ではないのだろう。宇津木は思った。そんな特別な小集団でも、その中に入ってしまえば、その集団が常識的に見える。宗教がいい例だ。警察社会もそうかもしれないな。ふと、宇津木はそんなことを考えた。

「『愚連』と『エータイ』の対立の結果だと思っていたんだけどな……」

三輪が言った。

「古橋洋一くんが殺された件ですか？」

「ええ。でも、どうやら、そうじゃなさそうですね……。殺人と言ったでしょう？」

「詳しいことはわかっていません」

宇津木は言葉を濁した。彼は、最後の質問にするつもりで訊いた。「もし有森恵美が、殺人になんらかの関係があるとしたら、どんなことが考えられますか?」

三輪は、まったく虚《きょ》を衝《つ》かれたような感じだった。口を半開きにして宇津木の顔を見つめた。何を尋ねられたかわからないような様子だ。だが、やがて、三輪は、宇津木の質問の趣旨を理解したようだった。

「一般的に言うと、何か弱味を握られたとか……」

「例えば、どんな……?」

「正体を知られて、世間に発表するぞと言われたとか……」

「それで殺人が起きますかね……」

「有森恵美に関して、ある人々が大きな利益を手にしています。たとえば、『アリモリ・ファミリー』の所属事務所『プラムツリー』とか、レコード会社とか……。『アリモリ・ファミリー』自体もそうでしょう。有森恵美なしでは、今の人気は保てない。『アリモリ・ファミリー・サポート・バンド』もそうです。あのバンドは、もともとスタジオミュージシャンの寄せ集めなんです。有森恵美公認というブランドがなければ、また地味なスタジオミュージシャンに逆戻りです」

「考えられないことではありませんね……。有森恵美の正体を知った人間が、そういった連中の誰かに消される……。もし、そうだとしたら、殺された古橋くんや阿部くんは、有森恵美の正体を知っていたことになる……」

「そうですね……」

三輪のその口調には、熱がこもっていなかった。宇津木はその態度が気になった。

「どうも、そういう可能性はなさそうだという口調ですね……？」

「いや……。どういったらいいか……。有森恵美の正体を知ろうなんて、ファンが考えるかな……。僕だったら考えませんね。それは、タブーなんです。有森恵美は、アイドルシステムだといいました。アイドルシステムって、本来、どういうものだと思いますか？」

「本来の意味？」

「そう」

「宗教のようなものでしょう」

「そうです。だから、アイドルファンの間では、タブーというのは一般社会で考えるよりずっと意味が大きいのですよ。いわば、タブーは絶対なのです。有森恵美の正体を知ろうとする人間がいたとしたら、それはファンじゃない。有森恵美という存在そのものを楽しめない人間のはずですからね……」

宇津木は、三輪のその言葉に納得できる気がした。

27

警視庁に戻った宇津木は、また課長に呼ばれた。課長は、鹿爪《しかつめ》らしい表情で言った。

「学園祭殺人事件の捜査本部で、少年課の協力が欲しいといってきた。行ってくれ。渋谷署だ」

「学園祭殺人事件……?」

宇津木は、ぴんとこなかった。

「それは、表向きの看板で、裏の名前はアイドルイベント連続殺人事件捜査本部というそうだ。例の件だよ」

「捜査本部に……」

「そうだ。君を指名してきた。まあ、原宿の事件に偶然居合わせたからだろうが、ご指名とはな……」

宇津木は、誰が自分を指名したか見当がついた。捜査本部には、安積がいるに違いない。

「捜査本部に参加するという意味ですね」

宇津木は念を押した。どうせなら、そうしたい。捜査会議に一度だけ出席して参考意見を述べるだけというのはつまらない。

これまでの宇津木ならば、そのほうが楽だと考えただろう。捜査本部に参加するとなると、定時に帰宅することなどできなくなる。何日も泊り込むことになるかもしれない。警察官でありながら、そういう生活は煩わしいと思っていたのだ。だが、今はそうではなかった。有森恵美について調べはじめたことが、彼を変えつつあった。

課長はうなずいた。

「もちろんそうだ」

「保科を連れていっていいですね？」

「いいだろう」

宇津木は席に戻ると隣の保科に言った。

「おい、おまえ、本格的な殺人の捜査をしたことがあるか？」

「いいえ、外勤からここに来ましたから……」

保科は、優秀な警官なのだ。だが、それは、警察社会の中で優秀だということだ。優秀な捜査員かどうかは別問題だ。

「おまえの熱意を試すチャンスかもしれない」

「何です？」

「きょうから、連続殺人事件の捜査本部に行く」

保科は、ぱっと眼を輝かせた。

「有森恵美のイベント関連の？」

「そうだ。支度しろ」

単純なやつだと宇津木は思った。だが、その単純さが、今はほほえましく感じられる。保科に対する自分の口調が少々変わったのを、宇津木は意識していた。

(安積は、きっとこういう話し方で部下と接しているに違いない)

宇津木は、ふとそう思った。自分も保科に負けず劣らず単純だな——。彼は、心の中でそうつぶやいていた。


学園祭殺人事件捜査本部約五十名の捜査員による捜査は、神南署単独の捜査に比べ、格段の情報収集能力を見せはじめた。捜査本部が動きだした月曜日の午後には、第一の殺人の凶器を売った店を特定した。

渋谷の大型DIYショップだった。

DIYショップという言い方は、最近では流行らなくなっているが、この店は、そういうタイプのはしりだった。DIYというのは、Do It Yourself の略だ。ありとあらゆる手作り関連商品を扱っている大型店舗だ。この店は、常に混み合っている。殺人に使われたナイフは、この店のナイフコーナーで販売されたものだった。

しかし、店員は、どういう人物に売ったのかよく覚えていなかった。こうしたナイフは、比較的売れている。日に何本もというわけではないが、それなりに商品ははけるのだ。また、ナイフを買ったのは、それほど特徴のある人物ではなかったということだ。サバイバルナイフは業務用に種別されているので、銃刀法上も、誰に販売しても問題はない。

凶器の線から犯人像に迫るのは、期待薄だった。

第二の犯行に使用されたバットの出所もわかった。大学の軟式野球愛好会が、当日、模擬店で使用したものだった。軟式野球愛好会は、学園祭の模擬店として、ゲームショップを開いていた。

その中に簡易のバッティングセンターがあった。ネットを教室内に張りめぐらし、金属バットを何本か用意する。ピッチングマシンの代わりに愛好会の部員が球を投げるのだ。危険防止のために、軟式のテニスボールを投げていたということだった。

犯行に使われたバットは、そこから持ち出されたものだ。この軟式野球愛好会の模擬店は、犯行現場と同じ三号館にあった。三階だ。当日は、おびただしい人が学園内を出入りしていた。誰がどういう形でバットを持ち出しても、誰も気にしない状況だった。さらに、その簡易バッティングセンターはわりと暇で、部員が持ち場を離れている時間が多かったということだった。その間、数本のバットはあたりに放置されたままだったらしい。

安積たちは、被害者ふたりの交友関係を中心に聞き込みを続けた。安積と速水が組み、須田と黒木がいっしょに動いていた。

古橋洋一も阿部輝彦も、高校ではそれほど目立った存在ではなかった。学校をサボったり、煙草を吸ったり、酒を飲んだりというどちらかというと不真面目な生徒だったが、不良というほどではない。

高校では、あまり友人を作っていなかったような印象がある。クラスの中には、アイドルの追っ掛けをやっている彼らを小馬鹿にしているような連中もいた。

高校生くらいの世代でもアイドルファンは、無条件で受け入れられるものではないらしい。やはり、特殊な趣味に属するのかもしれないと、安積は思った。だが、その特殊な趣味の世界は、たしかに確立されているような気がした。

夕刻になり、安積は捜査本部に戻った。敷鑑捜査は、地味なものだ。一気に核心が見えてくることはまれなのだ。その日の安積たちの捜査は、あまり進展がなかった。

「安積くん……」

誰かが呼んだ。声のほうを見ると、宇津木が立っていた。安積は、うなずきかけた。

「君が呼んでくれたのか？」

宇津木は、言った。

「俺が捜査本部主任に進言した」

「おかげで、マイペースの生活ができなくなった」

宇津木はそう言ったが、その表情は晴れやかでいきいきとしていた。原宿のライブハウスで会ったときは、何もかもが面白くないような顔をしていた。家庭のことが影響しているのだろうと、安積は思っていた。今、目の前にいる宇津木は、あのときとは、まったく違った印象だった。

安積は思わず尋ねた。

「家族のほうはうまくいっているのか？」

「家族？　そっちは相変わらずだ」

まあ、いちどこじれてしまった家族の関係が、そう簡単にもとに戻るはずはないか……。

安積は、そう思った。ならば、彼が明るい印象になったのはなぜだろう……？

宇津木がとなりの若い刑事を指さして言った。

「あらためて紹介する。うちの保科だ。いい機会だからびしびし仕込んでやってくれ」

「それはあんたの役目だよ」

「いや、殺人の捜査本部となると、ちょっと場違いなんでな……」

こんな謙虚な物言いをする男だったろうか？　安積は、かつての宇津木を思い出そうとしていた。だが、彼は、はるか昔の宇津木しか知らない。若い巡査のころ、宇津木は、野心に燃えた男だった。だが、その時代は、俺自身もそうだったはずだ、と安積は思った。彼は、宇津木のそばの席に腰を降ろした。速水は、だまって宇津木と安積のやり取りを眺めている。

速水がとなりに座ると、安積は、そっと言った。

「何だ？　何か、言いたいことがあるのか？」

「別に……。おまえさんが、わざわざ名指しで呼んだのはどんな男かと思ってな……」

「かつて、目黒署管内で、彼とは箱番をやったことがある」

箱番というのは、外勤の交番勤務のことだ。

「服装その他は、出世欲の強そうな男に見えるが、おまえに対する態度は、信頼できそうだ。少なくとも、あの大下という班長よりはずっとましだな……。おまえの陣営に付きそうだ」

「俺の陣営？」

思わず、安積は言った。「何だ、そりゃ……」

「見てろよ。そのうち、この捜査本部は、あの大下を中心とする本庁派と、おまえを中心とする所轄派に分かれるぜ……」

「ばかなことを言うな。みんな、犯人を挙げたがっているんだ。つまらない派閥争いなどに興味はないさ」

「どうかな……？」

須田と黒木が戻ってきた。いつもとまったく同じ様子だった。黒木は、じっと床を見つめながら姿勢を正して歩いている。その黒木に、須田があれこれと話し掛けている。須田の表情は真剣だ。黒木は、ただ実直そうにうなずくだけだ。

ふたりは、安積のもとにやってきた。安積は、宇津木に須田と黒木を紹介した。

須田のおしゃべりが始まった。

「いやあ、驚きましたね……。いまどきのツッパリは、高校に入ってからじゃ遅いんですね。高校に入ってからぐれはじめるのを、『高校デビュー』とかいうんだそうです。中学からツッパリやっているような連中から見ると、てんで格が下なんですね……。非行の低年齢化という話は聞いていましたがね……。でね、チョウさん。中学校でツッパリやってたような女の子は、高校に入るとおとなしくなる例が多いそうです。男の子はそうでもないけど、やはりそういう例もあるらしい……。古橋くんや阿部くんはその類だったらしいですね……」

宇津木がうなずいた。

「少女の場合は、比較的大人になるのが早いのかもしれない」

「かもしれませんね。それに、男の子ってのは、ほら、暴走族とかチームとかに入るでしょう。なかなかその世界から抜けられなくなるらしいんですね……」

「一番面倒なタイプは、中学校でそうした組織と付き合いはじめて、高校三年間を過ごしてしまう連中だ」

宇津木は、言った。「それなりの立場になり、気がつくと自分にはその世界しかなくなっている。やり直そうとしても、もう引き返せないことを思い知らされる。そうして、暴走族やチームに触手を伸ばす暴力団と関係を持ってしまう。高校時代は何をしても許されるという錯覚を持っている。社会に甘えているのかもしれない。その甘えを受け入れてくれないと暴力を振るう」

「そうですね……」

須田は、悲しげにうなずいた。「かつては、大人の社会というものがもっと毅然としていて、いけないものはいけないと言いつづけたんです。無視されようが反発されようが、大人は子供を叱りつづけた……。でも、今じゃ……」

「不安定な少年の性向を助長するようなコミックが社会に溢れている。暴走族やツッパリを美化したマンガが、どのコミック誌にも必ず載っているんだ。これはね、少年たちのやるせない気持ちを代弁しているように言われているが、そんなことはない。かつてツッパリだった社会性のとぼしい原作者が、暴力性を煽《あお》っているだけなんだ。あるいは、その風俗を面白がって取り上げているだけだ。そこそこ売れるジャンルなのでどこの出版社も無反省に掲載する。現代の風俗を描いているだけだと出版社も原作者も言うが、私たちに言わせれば、暴力性や非行性を既成事実として認めさせているだけだ。性的表現よりよっぽど問題だよ」

保科は、この宇津木の口調に驚いた様子だった。安積は、それに気づいた。どうやら、こうした宇津木の発言は、これまで聞かれなかったもののようだ。

宇津木は、保科と安積の反応に気づいたらしく、少しばかり気恥ずかしそうな表情を見せた。彼は、引っ込みがつかなくなったように、やや声を落として言った。

「主人公が、残虐な乱闘シーンを演じたり、一般公道でバイクのバトルをやったりという場面を見るたびに、心底怒りを感じるよ……」

「犯罪性のある人間を社会的なヒーローにしてはいけないというのは、俺にもわかる……」

安積は、とりなすような態度で応じた。彼は、考えていた。保科の反応を見ても、宇津木が変わったということがわかる。でも、それは、悪いことではないはずだ……。

「アイドルマニアの間でも、何か暴力的な連中がいるそうだ……」

宇津木は、あらためて、思い出したように言った。「おまえは、そういう話を聞きたくて私をここに呼んだのだろう？　有森恵美についていろいろ仕込んできた。そいつを説明しよう」

「いや、会議がもうじき始まる。その席で……」

安積がそう言うのを遮って、速水が言った。

「話してくれ。会議の前に聞いておく必要がある」

安積は、速水を見た。

速水は、安積に向かって不敵な笑いを見せると言った。

「会議の席では、どんなちゃちゃが入るかわからんだろう？　頭の柔らかい連中ばかりじゃないようだからな……」

宇津木は、四枚のCDを買ったところから始まり、深夜放送の有森恵美コーナーの話、そして、三輪から仕入れてきた情報をすべて伝えた。

説明を聞いた神南署の四人は、それぞれに何かを考えているようだった。

最初に口を開いたのは、須田だった。

「パソコン通信のネット上でのアイドルね……。そういう話、聞いたことありますよ。有名な例では、『彩姫《あやひめ》』の伝説……」

「ああ……。それ、僕も誰かから聞いた覚えがあります」

保科が言った。

「何だ、それは……？」

安積が尋ねる。

「ニフティーサーブという商業ネットで一時期話題になった女性のハンドルネームです。いや、実際には女性だったかどうかもわかりません……。さかんにCBシミュレータに出ていたそうなんですがね……」

「CBシミュレータ？」

「ああ、チャットというやつです。リアルタイムで文字の会話をやるんですがね……。ネットオカマというのは、主にここで活動しているようです。……でね、この『彩姫』というのは、たいへんな人気だったらしいんですよ。ネットで知り合った人達が外で実際に会うことをオフというんですが、この『彩姫』は、一度もオフに顔を出さなかったそうです。何人もの人が『彩姫』を本気で好きになったんです。実害はなかったのですが、誰も正体を知らなかった……。ネットでは、こういうことが頻繁に起こるんです」

安積は言った。

「有森恵美がネットでアイドルになったというのは、それほど珍しいことではないということか？」

「ひとりのアイドルが生まれるというのは、珍しいことですよ。でも、あり得ないことじゃない。有森恵美が特別なのは、その後の展開です」

「ラジオで取り上げられて話題になり、やがて、実際のアイドルやレコード会社まで巻き込んでブームになっていった……。この経過が特別だというんだな？」

「ええ。容姿や年齢は別として、有森恵美本人には、アイドルになる資質がそなわっていたのでしょうね。教祖になる資質というべきか……」

安積は、深く考え込んだ。誰も何も言わなかった。やがて、安積は、一同を見回し、言った。

「阿部輝彦くんの死を知らせにいったとき、相川渡は、俺にこう言った。ふたりを殺したのは、有森恵美かもしれない……」

やはり、一同は無言だった。

安積は、言った。

「俺は、相川渡が言ったこの一言がやけに気になるんだ……」

28

夕刻の捜査会議に出席した人数は、朝の三分の二ほどだった。張り込みを担当している者もいれば、まだ聞き込みその他の捜査に走り回っている者もいる。

捜査本部長である本庁刑事部長も副本部長である刑事部捜査一課長も顔を出さなかった。もうひとりの副捜査本部長、渋谷署署長は出席しているが、実際に会議を取り仕切るのは、渋谷署刑事課長の茂森だった。

速水が、また薄笑いを浮かべているのに気づいて安積が尋ねた。

「何がおかしい……?」

「本庁の部長と課長がいない。班長の大下は、ますます張り切るだろう。自分が本庁を代表していると考えるだろうからな……」

茂森は、次々と捜査状況について報告させた。まず、凶器についての報告があり、その後、現場付近の聞き込みの報告があった。凶器については、本庁の刑事たちが担当しており、現場の聞き込みは、渋谷署の担当だった。

続いて、安積と須田が報告した。安積は、進展のない由《よし》を伝えた。須田の報告の要領は決していいとは言えなかった。大勢の前で何かを発表するのには向いていないのだ。

安積は、思わず大下のほうを見そうになった。大下の須田に対する反応が気になったのだ。だが、安積はすんでのところで思い止まった。

速水のせいだ。安積は思った。速水が妙なことを吹き込むから余計なことが気になってしまう。

茂森は、宇津木を指名し、一同に紹介した。

「えー、宇津木さんは、偶然にも、第一の犯行現場に居合わせたそうです。また、今回は、少年が関わっている事件でもあり、少年課という立場からも、ご意見をお聞かせください」

茂森に言われ、宇津木は、立ち上がった。茂森は、言った。

「どうぞ、着席したままで……」

宇津木は、腰を降ろし、話しはじめた。

「ご存じのとおり、今回の事件は、少年二名が殺害されるという点、そして、それがいずれも、有森恵美というアイドルのイベントが開かれている最中の出来事ということで、かなり特殊な要素を含んでいると思います。事件解明のためには、若者たちとアイドルの関わりを把握しておかねばならないと思います。昨今、アイドルというものも様変わりをし、かつてのとらえかたでは、理解しきれない問題を多く含んでおります。また、今回は、有森恵美というアイドルのイベントが関係しているわけですが、このアイドルは、パソコン通信から生まれたアイドルということで、パソコン通信についての理解も必要かと思われます。では、順次説明していきたいと思います……」

「宇津木さん……」

正面に向かって左側のほうから声がした。安積は、その声が誰のものかもうわかっていた。本庁の大下だ。

宇津木がそちらを向いた。当然、ふたりは顔見知りのようだった。

「何か？」

「それは、どうしても必要な説明なのかい？」

「どういう意味です？」

「私たちは、殺人事件の捜査をしているんだよ。刑事事件だ。殺人の捜査に関係のない話なら時間の無駄だということだ」

「必要な情報だと思いますが……」

「少年課にあまり口出ししてほしくないな……。少年が犯人だったら、全送致主義を振りかざして三日の勾留期間のうちに家庭裁判所に送りつける腹だろう。取り調べもろくにしないで、送っちまうんだ。だから、少年犯罪は、不処置が多いんだ。警察で充分な取り調べをしないうちに家裁に送るもんだから、証拠不十分になっちまう。刑事事件には、正直、あまり口を出してほしくないんだ。少年、少年といったって、高校生くらいになればいっぱしの悪党なんだよ」

「その点については、こちらにも言い分はあります。ですが、今は、そういう議論をしているときではない。それこそ時間の無駄です。違いますか？　私は、アイドルファンの実態を知ることが、今回の捜査では不可欠だと考えているのです」

進行役の茂森が言った。

「意見を聞くためにお呼びしたのです。私も、参考意見としてうかがっておきたい」

大下は、面白くない表情で言った。

「では、簡潔に頼む」

宇津木は、説明を始めた。安積たちは、一度説明を聞いているので理解しやすかった。だが、他の刑事たちがどの程度理解できたかは疑問だった。それは、刑事たちの表情を見てもわかる。彼らの顔つきはさまざまだったが、困惑している点は共通していた。

　刑事というのは、皆現実主義だ。現実離れした話には、興味よりも拒否反応のほうが強いはずだ。犯罪には、人間のどろどろとした感情のもつれが必ずつきまとう。だから、刑事たちは、どんな怨恨の話を聞かされようが平気だ。考えられないような男女間の出来事を受け入れる。

　だが、非現実的な話にはそっぽを向いてしまう傾向がある。取り調べの際に、容疑者が理解できないような話を始めると、大抵の刑事は逆上する。なめられていると感じるのだ。

「てめえ、薬でもやってるのか」の一言でけりをつけてしまう。警察というのは、法律で縛られている世界だ。そして、法律というのは、きわめて現実的なものなのだ。

　宇津木の話は、刑事たちを戸惑わせるのに充分の内容だった。話の内容を正確に理解して捜査に役立てることのできる刑事がいったい何人いるだろう。安積は、ふとそう考えていた。

　そういう意味では、須田は頼りになった。彼の発想は刑事的ではない。須田は好奇心旺盛だし、新しい文化を柔軟に受け止める。

　安積は、大下を見た。大下は、戸惑っている刑事たちよりさらに問題だった。宇津木の話をまともに聞こうとしていないように見える。別な資料を読み、周囲の刑事と何やら打合せをしている。宇津木の説明を聞く気などないのだ。彼は、ある意味で刑事の代表だ。現実主義の固まりだ。村雨に似たタイプかもしれないと安積は思った。

宇津木の説明が終わった。大下の席の周囲が、わずかにざわついている。彼らは、捜査手順についての打合せをやっているようだ。進行役の茂森課長が言った。

「何か質問はありますか？」

誰も質問をしようとしない。多くの捜査員は、面食らってしまって何を質問していいかわからないのだ。大下とその周辺にいる数人の捜査員は、まともに話を聞いていなかった。

「今の話に関連して、補足したいことがあります」

安積が言った。大下がさっと反応するのがわかった。

「どうぞ」

「参考人のひとり、相川渡。被害者の友人ですが、彼は、私にこう言いました。ふたり、つまり、古橋洋一くんと阿部輝彦くんを殺したのは、有森恵美かもしれないと……」

会議室は静まり返った。誰もが安積に注目していた。安積は今の発言が充分に効果的であったことを確認すると、続けて言った。「参考人、相川渡の性格を考えると、これは彼一流の冗談かもしれません。しかし、印象としては、冗談を言っているという感じではなかった。単なる相川渡の推量だとしても、何かの事実を含んでる可能性は無視できないと思います」

「ならば……」

大下が言った。「その有森恵美をひっぱってきて、尋問すればいい。なぜ、話を聞かない？　たしかに芸能人に対する扱いは注意しなけりゃならん。マスコミが注目しているし、社会的な影響が大きいからな。だが、これは、殺人の捜査だ」

「どうやって？」

安積は、言った。「どうやって有森恵美に会うつもりです？　宇津木の話を聞いていなかったのですか？」

大下は、安積の質問にはこたえず、言った。

「われわれが話を聞きにいこう。その有森恵美とかいう芸能人の件は、私たちの班が担当しよう。君たちは、続けて敷鑑捜査をやってくれ」

まるで、捜査本部主任のような口ぶりだった。

速水の言ったとおりだと安積は思った。大下は、刑事部長と捜査一課長がいない今、自分が捜査の中心人物でなければならないと考えている。

安積は、本当の捜査本部主任である茂森課長を見た。茂森はうなずいて言った。

「いいでしょう。有森恵美については、大下班に調べてもらいましょう。なお、関係者の写真が入手できました。これから配付します」

写真の配付で捜査会議を終えた。

ふたりの被害者と峰岸、そして、相川渡の写真があった。三人の少年の写真は、いずれも中学校時代のアルバムから取ったもののようだ。あまり鮮明ではなかったし、今とは髪形も違っているが、人相はわかった。

写真を受け取ると、大下たちが捜査本部を出ていった。これからまた捜査に向かうのだ。たしかに大下は張り切っている。それは悪いことではないのだが……。

安積は、茂森に近づいて言った。

「私たちも独自に有森恵美にアプローチしたいんですが……」

茂森はうなずいた。

「いいでしょう。やってください。捜査のルートは、多いほうがいい」

安積はうなずき、その場を離れようとした。その安積を茂森が呼び止めた。安積が振り向くと、茂森は言った。

「……で、参考人の発言……。ふたりを殺したのは、有森恵美かもしれないという言葉を、どう思います？」

安積は慎重に考えていった。

「相川渡は、本当にそう考えているのかもしれません」

「そのときの相川の様子は？」

安積は、思い出そうとした。

「きわめて感情が読みにくい相手なんですよ。だが、相川渡は、何かに怒っているように感じられましたね」

「だとしたら、相川渡が何か行動を起こす可能性もありますね」

「三人のうちふたりが殺された……。そういうことを言いたいのですか？」

「そう。犯人がさらなる殺人を計画しているとしたら、次に狙われるのは、相川渡かもしれない……」

「その可能性はあります。だが、もうひとつ別な考え方も成り立つと思います」

「どんな……？」

「相川渡が古橋と阿部を殺した……」

「何のために？」

「さあ……。だが、可能性としては、相川渡が有森恵美であってもおかしくはない。宇津木の説明によれば、パソコン通信のネット上では、男が女になりすますのは、それほど難しいことではない……」

「では、ふたりを殺したのは有森恵美かもしれないという相川渡の発言は……？」

「警察に対する挑戦とも考えられますね。そういうことを楽しんでやるタイプにも思えます」

茂森はじっと安積を見たまま何事か考えていた。やがて、茂森は言った。

「私の経験では、どんなに複雑に見える殺人事件でも、たいていは、実に単純な怨恨に根ざしているものだ。今回の事件は、そういう考え方は当てはまらないのかね？」

「いや。捜査員の経験が役に立たない事件などありえませんよ」

「そう言われるとほっとするな……。私は、この捜査本部をまとめるために、筋を立てなきゃならない。それも早急に……。だが、今回は、筋を読むのがむずかしい……」

「私が本部主任でなくてよかった」

「いずれは、あなたにもお鉢が回ってきますよ。相川渡に張り込みを付ける必要があると思いますか？」

「付けたほうがいいでしょうね」

「では、小金井署に協力を要請しましょう。あなたたちは、敷鑑捜査と有森恵美の独自の捜査をやってください」

「いずれにしろ、被害者の中学校時代に何か鍵がありそうです。中学校に対する捜査令状はとれませんか？」

茂森課長は、ふと考え込んだ。

「やってみましょう。それで、有森恵美に対しては、どういうアプローチを……？」

「パソコン通信のほうから攻めてみようと思います。通信を管理している会社なり団体なりが、有森恵美の住所その他をきっと押さえているはずです。まず、それを聞き出します」

茂森課長はうなずいた。

「わかりました。やってください」

安積は、もとの席に戻った。

速水が言った。

「おまえさん、意外と根回しがうまいんだな……」

「根回し……？」

「会議の場でなく、会議が終わってから主任のところに行き、やりたいように捜査を進める……」

「そんなんじゃない。必要なことだから相談しておこうと思ったんだ」

「だが、捜査本部主任は、自分を立ててくれたと思う。心証はよくなったはずだ。やりやすくなるかもしれない」

「どうしておまえは、そういうところばかり見ているんだ？」

「刑事の生態が面白くてな……」

安積は、わずかに顔をしかめた。

須田が言った。

「あの、チョウさん……。ここのコンピュータ、使えないでしょうかね……」

「コンピュータ？」

「ええ……。俺、『アリモリ・マニア』のフォーラムがあるネットのＩＤ持ってるんです。一度、みんなに見てもらうのもいいかと思って……」

安積は宇津木を見た。宇津木はうなずいて言った。

「そいつはいいな。ある程度のことは、ネット上でもわかるはずだしな……」

「おまえ、ネットオカマ、やってんじゃないだろうな？」

速水が須田に言った。

「やだな。やってませんよ、そんなこと……」

須田は、本気で否定した。

「モデムはつながってる……。俺の持ってきた通信ソフトを入れて、と……。立ち上げにちょっと時間がかかりますよ……」

須田が、ぶつぶつとつぶやきながら、手順を進める。

「通信ソフトなんぞを、いつも持ち歩いているのか？」

速水が尋ねた。

「いつか役に立つんじゃないかと、ポケットに入れておいたんです。これ持ってると便利なんですよ。通信の設定はすましてあるし、オートログインできますから……」

安積は、須田が何を言っているのか理解できなかった。だが、このソフトさえあれば、ネットにつながるのだということはわかった。

しばらくして、画面に初期メニューが出た。須田は、マウスを使って、次々と窓を開いていく。

須田は、言った。

「これ、アイコンメニューっていうんですけどね……。ほら、次々と窓を開けていく感じでしょう？　アイコンって、イコンから来ているらしいんですよ」

「イコン……？」

安積が訊き返した。

「ええ。東方正教会で使われる宗教画ですよ。ロシアなんかのね……。ロシア正教では、十字架よりイコンのほうを重視するとまで言われています。なぜだかわかります？」

「いや……」

「イコンは、現世と神の世界をつなぐ窓だと考えられているんです。ロシア正教の教会では、このイコン、つまり神の世界への窓を通じて神と出会うわけです」

「へえ……」

速水は言った。「おまえ、見かけによらず、学があるんだな……」

須田は、速水を無視した。

速水は明らかに、須田に新たな関心を持ちはじめたようだ。速水がからかうような口をきくのは気に入った証拠なのだ。

須田の魅力は、付き合ってみなければわからない。特に、警察社会では疎まれるタイプの人間だ。速水と須田の間に新しい関係が生まれつつあるのを安積は感じていた。

須田が言った。

「ね、チョウさん。アイコンは、イコンのことです。つまり、現実と非現実を結ぶ窓です。何か象徴的じゃありませんか？」

「どういうことだ？」

「アイドルって、もともと偶像という意味でしょう？　神じゃないけど、神を具象したものです。つまり、イコンを開いてアイドルに会おうとする人々がいる……」

「なるほどな……。昔、教会にあったイコンが、今はコンピュータにある。アイコンの向こうにはアイドル、つまり神がいるわけか……。そういうことを言いたいんだな」

「コンピュータに神が宿っているわけじゃない……」

そう言ったのは、保科だった。「でも、ネットには、多くの意思が詰まっている。その中から神や教祖が生まれてもおかしくはないですね……。宗教的なものは、人の意思と感情が濃密に詰まったところから生まれる。そうか……。だから、カルトとコンピュータネットが結びつきやすいんだ……」

「なんでもいいや」

速水が言った。「その、神の領域とやらを覗きに行こうぜ」

須田は言った。

「自動ログインが完了しました。さて、コマンドで、アイドルフォーラムまでジャンプします」

須田がキーを打ち込むと、画面にリストが並んだ。その中に、『アリモリ・マニア』という項目があった。

須田は、その数字を選んで、リターンキーを叩いた。

29

〈有森恵美のイベントが呪われているという噂。なんか、悪意を感じるな……。誰だ、そんな噂流してるの？　モーリ〉

〈〉誰だ、そんな噂流してるの？

こんな噂、話題に取り上げるほうが悪い。無視無視(ꈍ)　サスケ〉

〈〉〉誰だ、そんな噂流してるの？

あんたじゃないの？

一休〉

〈初めて書きます。『アリモリ・ファミリー』についていろいろ教えてください。イベントでいろいろあったそうですけど、『アリモリ・ファミリー』の三人は大丈夫なんですか？

アリチャン〉

〈〉『アリモリ・ファミリー』についていろいろ教えてください。

いろいろといっても、何からお教えすればよいのやら(^。^)
まず、三人の名前から、いつもブルーのコスチュームを着ているのが結城あおいチャン、赤いコスチュームが暮内晶ちゃん、黄色のコスチュームが山吹美緒ちゃん。結城あおいちゃんが十九歳で、あとのふたりは十八歳です。ファンレターの宛て先は、この『アリモリ・マニア』か、事務所の『プラムツリー』まで。今後とも、応援、よろしくm(_ _)m
マロマロ〉

〈結城あおいは、またの名を石丸純子《いしまるじゅんこ》といいます。オーディションマニアの間では、かつてちょっと話題になったコです。暮内晶は、子役用の某劇団出身。山吹美緒は、かつて井上愛子《いのうえあいこ》という名でデビューしましたが、ぱっとしませんでした。この三人が人気者になれたのも、ひとえに有森恵美のおかげです。

モーリ〉

〈『アリモリ・ファミリー・サポート・バンド』もよろしく。　バイナリ〉

〈わかりました(^◇^)　アリチャン〉

〈有森恵美本人もよろしく(^◇^)　一休〉


「これ、最新のメッセージです」

須田が説明した。「俺、念のため、この会議室を全部ダウンロードして見ましたから……。既に読んだ分は表示されないんです」

安積は、次々と表れるメッセージを読んでいった。

「何のことかよくわからんな……」

「慣れないとちょっとね……。この、表現が重複している部分は、それに対するコメントを書くぞ、という意味なんです」

「なるほど……」

「今、過去に遡《さかのぼ》って見ます。阿部くんのメッセージがあったはずです」

須田に、軽快にキーを叩いた。

何度か、それを繰り返し、須田は、目的のメッセージを見つけた。

〈世の中、やっぱり捨てたモンじゃない。そして、有森恵美はやっぱり最高だ。俺のメッセージを読んで、有森恵美がメールをくれた。もしかしたら、本人に会えるかもしれない。俺は、有森恵美に救われた気分だ。

テル〉

「これは、会員全部が読めるわけだな？」

安積が尋ねた。

「ええ。でも、このメッセージに対するコメントはありません。無視された形ですね。みんな悔しいんです」

宇津木が言った。

「本人に会えるかもしれないと書いてある……」

須田がうなずいた。

「そうですね。そういうメールが届いたんでしょう」

「そのメールは読めないのかね？」

「無理ですね。メールは私信です」

安積が尋ねた。

「これを読むかぎり、ペンネームしかわからないな……」

「ハンドルネームというんです。フォーラムでは、登録したハンドルネームしか表示されません。でも、こうすれば……」

須田は、MEMBERと打ち込んで、リターンキーを叩いた。

そこに、阿部輝彦のプロフィールが打ち出された。

「ほら、会員情報を公開にしている人は、これで本名がわかってしまいます。いや、正確に言うと本名ではなく、ネットに登録している名前ですがね……」

「有森恵美のも見ることはできるか？」

安積が尋ねる。

「できるはずですよ。会員情報を公開していればね……」

須田は、キーを叩いた。彼は、名前で検索した。ややあって、画面に「この会員情報は公開されていません」というメッセージが出た。

「こりゃ、シスオペに直接訊くしかなさそうですね？」

「シスオペって、何だ？」

「システムオペレーターの略です。ネットを管理している人間です。たいていは、会議室ごとにいて管理しています。その上に、またフォーラムのシスオペがいます」

「そのシスオペなら有森恵美の会員情報を知っているわけだな？」

「登録されているかぎりのことはわかるはずですよ」

「もし……」

保科が言った。「有森恵美がシスオペをやっていたら、どういうことになるだろう……？」

「有森恵美がシスオペ……？」

須田が思わず訊き返した。

「その可能性はあるだろう？　有森恵美の会議室なんだから……。その場合、しらを切られたら何もわからない可能性がある……」

「どういうことだ？」

宇津木が保科に尋ねた。

「つまりですね。『アリモリ・マニア』のシスオペが有森恵美になりすましている場合ですね……」

「そういうことか……」

須田が言った。

「そのときは、その上のシスオペに訊けばいいさ」

安積と宇津木は、思わず顔を見合わせていた。須田と保科は充分に理解しているようだ。

だが、安積は、彼らが何を話し合っているのかよくわからなかった。

安積は言った。

「とにかく、手はあるということだな？　じゃあ、有森恵美については、宇津木と保科に任せる。俺たちは、被害者の交友関係の捜査を続ける。いいな」

翌朝、大下は、タレント名鑑を片手に捜査本部に現れた。何人かの刑事がその大下を中心に集まって、あれこれ話し合っている。

安積は、その様子を眺めていた。

昨夜は、深夜に帰宅した。捜査本部に泊り込んだ捜査員も何人かいたようだ。すでに、須田と黒木は外に出掛けていた。宇津木と保科は、パソコン通信の商業ネットを当たっているはずだ。

「タレント名鑑に載ってないな……」

大下はうめくように言った。

ほかの刑事が言った。

「デビューしたばかりなのかもしれませんね……」

また、ほかの刑事が言った。

「昨日、宇津木さんが、ラジオの番組をやっていると言ってました……」

「よし、そのラジオ局に電話してみろ」

大下に言われ、若い刑事があれこれ調べて電話をした。電話はつながったが、どうも要領を得ないようだった。

「いや、だから、有森恵美の番組を担当している人を出してほしいんだ。……なに、そんな番組はない……？　いや、そんなはずはない」

安積はひやひやした。捜査本部長が、マスコミ対策についてはくれぐれも注意をしろと釘を刺したばかりなのだ。

安積は、離れた場所から大下に声を掛けた。

「有森恵美が番組をやっているわけじゃない。有森恵美のことを番組でとりあげているだけだ。土曜の深夜放送だと、宇津木は言っていた」

大下は、安積のほうを見た。しばらく怪しむように見据えていたが、やがて言った。

「土曜の深夜放送だな……？」

大下は、電話している若い刑事に眼で合図した。若い刑事は電話の相手にその旨を伝えた。ややあって電話の相手が代わったようだった。だが、やはり話は通じない。

安積は、かすかにかぶりを振った。速水がその様子を見て、またほくそえんでいた。

ついに、若い刑事は電話を切った。

「番組に有森恵美が直接タッチしているわけではないということです。逆に、どうして警察が有森恵美に興味を持つのか、と訊かれましたよ……」

若い刑事は余計なことはしゃべらなかった。安積は、その点だけはほっとしていた。彼は、中学校に対する捜査令状が下りるかどうかの返事を待っていた。

すでに、相川渡には、所轄署の捜査員が張り付いているはずだ。

大下は、安積のほうを気にしながら、打合せを続けている。そこへ、大下班の刑事が一組戻ってきた。

そのひとりが首を横に振りながら報告した。

「だめですね、班長。レコード会社を当たってみましたが、有森恵美に直接会ったという人間はひとりもいません。有森恵美は、作詞をしているのですが、いつも、パソコン通信で詞を送ってくるそうです。電話で話した人間すらいないんです」

「そんなんで仕事ができるのか……」

「やっているらしいですね……。有森恵美の詞に曲を付けるのは、ええと……」

その捜査員はノートを開いた。「『アリモリ・ファミリー・サポート・バンド』というバンドのリーダーなんですが、レコード会社のディレクターは、そいつとは日常的に会っているそうです」

「そのリーダーは、有森恵美と会ったことはないのか？」

「ないそうです。電話で確認を取りました。一方、その曲を歌うのは、『アリモリ・ファミリー』という三人組なんですが、その事務所の『プラムツリー』でも、有森恵美の連絡先を知らないそうです」

安積は、苛立った。見当外れな捜査に割く人員などないのだ。

「大下さん」

安積は言った。「宇津木が説明したでしょう？　有森恵美というのは、パソコン通信のネット上のアイドルだったんです」

「どこかにはいるはずだろう？」

大下は言った。

「そうかもしれない……」

「なら見つけられないはずはない。あんたが言ったんだ。ふたりを殺したのは有森恵美かもしれないと言った参考人がいたんだろう？」

「そうだが……」

「どんなに巧妙に隠れていたって、警察の捜査から逃れられるはずはないんだ。そうだろう？」

安積は、こたえなかった。

そこへ、また別の捜査員から大下あてに電話が入った。

「なに、有森恵美という女の居場所がわかった？　うん、『レインボー・ドール』？　渋谷？　わかった。すぐに行く」

大下は、安積を見ながら電話を切った。

「有森恵美が見つかったそうだ。あんたも来るかい？」

安積は困惑した。

有森恵美が見つかった……？

どういうことだろう？

速水が安積の肩を叩いて立ち上がった。

「行ってみようじゃないか」

大下は、若い刑事を連れて出掛けた。安積と速水が同行した。行き先は、渋谷の道玄坂《どうげんざか》だった。二人組の刑事が待っていた。雑居ビルのエレベーターに乗り、四階に行くと、黒いドアがあった。小さな看板が貼りつけてあり、そこに『レインボー・ドール』と書いてあった。

「何だここは？」

大下が、先発隊のふたりに尋ねた。

「イメクラです……」

ひとりが、言った。

「イメクラ……？」

刑事たちが入っていくと、店の従業員は、顔色を変えた。待合室にいた客が茫然とした。

「ヤバイことは、やっちゃいませんよ」

ふたりいる従業員のひとりが言った。太り気味の従業員だ。

大下は言った。

「ここに有森恵美という女がいるな？」

「ええ……」

「今、いるか？」

「出勤してます」

「話を聞きたい」

太った従業員は、もうひとりの従業員に何事か尋ねた。もうひとりの若い従業員は、時計を見た。太ったほうが大下に告げた。

「今、客の相手をしています。しばらく待ってください」

「今すぐここに連れて来るんだ」

「そんな……。あと十分ほどですから、待ってくださいよ……」

速水は、安積の腕を肘でつついた。安積はうなずいた。どういうことなのか、すでにわかりはじめていた。結局、十分ほど待たされた後、有森恵美が現れた。

どう見ても十代だった。長い髪の一部を赤く染めている。目が大きい愛くるしい顔をしている。有森恵美は、警戒心を露わにした。大下が尋ねた。

「有森恵美だな？」

「そうですけど……」

「なぜそう名乗っている？」

すでに、大下も気づいている。彼は、待つあいだ、壁に張り出されているポラロイド写真を眺めていたのだ。コンパニオンたちの顔写真が並んでおり、その下に、アイドルたちの名前が書かれていた。

「店で付けてくれたんです」

大下は、ため息をついた。

「この店では、女の子にアイドルの名前をつけているんだな？」

「ええ……」

「あんたは、アイドルの有森恵美とは別人ということだな……？」

「やだ、あたりまえじゃないですか」

「あんたは、古橋洋一という名前に心当たりはあるか？」

「誰？　お客さん？　お客の名前はいちいち訊かないわよ」

「阿部輝彦という名前も知らない？」

「知らないわ」

大下はもう一度ため息をついた。

先発隊の刑事たちは、ばつが悪そうな顔をしている。そのひとりが言った。

「いや、班長……。聞き込みをやっているうちに、そういう名前の女の子がいる店があると聞いて……」

「確認もせずに、捜査本部に電話を掛けたということか？」

「どんな情報も洩らさず知らせるべきだと思って……。すいません……」

大下は、腹立たしげに踵《きびす》を返して出口に向かった。


「おまえは、武士の情けを知っている」

『レインボー・ドール』を出て車に乗ると、速水が安積に言った。

「また、訳のわからないことを言う……」

「味噌をつけた大下に何も言わなかった」

「何も言う必要などない。捜査というのは、こんなものだ」

「あいつは、手柄を立てたがっている。おまえに負けたくないんだ」

「そうだとしても、俺には関係ない。俺は、犯人を挙げたい。ただ、それだけだ」

「たてまえを言うやつは多いが、おまえのようにたてまえどおりに生きているやつは少ない」

安積は、何も言わなかった。相手をするのがばからしくなったのだ。

捜査本部に戻ると、茂森課長が捜査令状を手に安積を待っていた。すぐに、古橋と阿部が卒業した中学校へ出掛けようとした。そこへ、宇津木から電話が入った。

「ネットワークの連中は、個人情報を警察には教えたくないらしい」

「どういうわけだ？」

「プライバシーを守るためだと言っている。電気通信事業法だ。彼らは、契約者のプライバシーを守る義務があるそうだ」

「殺人の捜査だと言ったのか？」

「それは言っていない。何せ、捜査対象が有森恵美だからな……。ネットワークの連中は、警察が有森恵美のことを調べにきたというだけで、ぴりぴりしているんだ」

賢明かもしれないと、安積は思った。だが、場合によっては、強引に攻めなければならないのだ。

「捜査令状があれば、たいていのことは聞き出せる。必要なら手配するが……」

「そうだな……。それがいいと思う」

「わかった。主任に話しておく。いったんこちらへ戻ってくれ。俺は、これから中学校へ行く」

「了解だ」

安積は電話を切ると、茂森に、商業ネットに対する捜査令状を取ってくれるように頼んだ。茂森は、難しい顔をした。

「先方と充分話し合ったほうがいい。電気通信事業法はやっかいだぞ。個人のプライバシーは、憲法で保障されている。通信事業にたずさわる者は、信用を大切にするからな……」

「わかっています。無茶なことはやりません。ある程度の強制力が欲しいだけです」

茂森は、考えていた。事実関係より、安積の人柄を量っていたのかもしれない。安積は、そんな気がした。やがて、茂森課長は言った。

「いいだろう。申請してみる」

「頼みます」

安積は、そう言い置くと、速水とともに、中学校へ向かった。

30

「同じクラスだった生徒さんが、ふたり続けて殺されたことになります」

安積は、応接セットのテーブルを挟んで向かい側にすわった教頭と校長に言った。須田たちは、応接室に通されたが、安積と速水は校長室に案内されていた。

今度は、教頭までで止めておくことができなかったのだ。校長は、楠田良造《くすだりょうぞう》と名乗った。

森田教頭は、細身の神経質そうな男だ。権謀術数に長《た》けたタイプだ。校長は、白い髪をオールバックにした温厚そうな男だった。

「存じております」

森田教頭は、言った。それ以上は何も言おうとしない。余計なことはしゃべるまいと決めているようだった。

「捜査の結果、ふたりの殺害に峰岸裕一さんが、何らかの形で関係している疑いも出てきました」

「峰岸先生が……」

森田教頭は、不安げに言った。校長は何も言わない。

「古橋洋一くん、阿部輝彦くん、そして、相川渡くん。この三人が、グループを組んでいろいろ悪さをしていたことはすでにわかっています。彼らは、峰岸さんのクラスにいたのですね。そのクラスから自殺者が出た。それに関連して、葉山由里子さんが長期の入院をされることになった……」

安積は、森田教頭と楠田校長の反応を探りながら話していた。ふたりは、同様に無表情だった。須田が言ったとおりだ。表情を隠しているようにも見える。

「……このあたりのいきさつについて、詳しくお教え願えませんか？」

「お教えしたいのですが……」

森田教頭が言った。「私どもが知っている事実も、今、刑事さんがおっしゃった程度のことでしかありません。付け加えることはありません」

「自殺された江木正和くんは、いじめにあっていたのですか？」

「はっきりといじめの確証をつかんでいたわけではない。前にいらした刑事さんにも、そうご説明申し上げたのですが……」

「相川くんは、江木くんのことをムシと呼びました。彼らはそう呼んでいたということです」

「いじめはあったかもしれませんね……。だが、私たちの力不足で、その実態を把握することができなかったのです」

「葉山由里子さんは、江木正和くんのことが好きだったそうです」

「そうですか……」

森田教頭と楠田校長の冷やかな態度は、それでも揺るがなかった。

「しかたがない……」

安積は、懐から捜査令状を広げた。「学校の中を調べさせてもらいますよ」

教頭の顔色が初めて変わった。だが、それはうろたえたためではなく、怒りのためだった。

「ここは教育の現場です。あなたたちが嗅ぎ回ることで、生徒にどういう影響があるか考えていただきたい」

「江木くんの自殺の件や葉山由里子さんの長期療養が今回の連続殺人に関係があるかもしれないのです」

安積は言った。「犯人の動機がそこにあるかもしれない」

森田教頭の怒りはつのっていくようだった。彼がなぜこれほど怒っているか、安積は考えた。

おそらく、苦労して目をつむり忘れようとしていた事実を警察がほじくり返そうとしているからではないか。安積はそう思った。

「いったい何を探ろうとしているのか知りませんが」

森田教頭が必死に怒りを抑える口調で言った。「必要以上に、少年や少女を傷つける必要がどこにあるのです?」

「傷つける?」

「そうです」

「それは、どういう意味です?」

「言ったとおりの意味です」

「私たちが何かを探ると、傷つく誰かがいるのですか？」

「自殺というのはデリケートな問題なのです。警察にとっては、ひとつの変死体に過ぎないのでしょうが、学校は残された生徒たちの面倒を見なければならないのですよ」

「傷つくのは、生徒ではなく、あなたたちのキャリアじゃないのですか？」

これは挑発だ。相手の感情を刺激するのが尋問のテクニックだ。

「刑事さん……」

楠田校長が言った。「私たちは協力したい。だが、これ以上はできないのだと申し上げている。その自殺の件に関しては、あまり多くの事実を把握していない。教頭が申したとおりです。怠慢と思ってくださってけっこう。だが、学校は、いじめの証拠も自殺のはっきりした理由もつかんではいなかったのです」

「葉山由里子さんの療養についての記録はありますか？」

「学校にはありません。葉山由里子についてお知りになりたいのでしたら、彼女を診察した医者に尋ねてみればいいでしょう。もっとも、医者には守秘義務がありますから、どの程度まで話してくれるかわかりませんがね……」

「その医者はご存じですか？」

「知っています」

校長は、教頭のほうを向いてうなずいて見せた。教頭が言った。

「中目黒の原島《はらしま》クリニックという神経科です」

「中目黒……？　地元の病院じゃなかったのですか？」

「地元じゃ何かと具合が悪いことがあるんですよ……」

「神経科なんだね？」

速水が念を押すように尋ねた。

「そうです」

「産婦人科などではなく……？」

「刑事さん。あなたが想像されているようなことで医者にかかったわけじゃありません。もし、妊娠とかそういうことで医者にかかったのなら、学校を長期にわたって休んだりしないものです。その日のうちに病院から帰ってきて、無理してでも学校に出てくるもんなんです」

「むきになりなさんな。確認したかっただけだ」

校長は、安積がテーブルに置いた捜査令状をちらりと眺めて言った。

「ご期待にそえるような資料があるとは思えませんが、家宅捜索をご希望ならどうぞ……」

「こちらも、事を荒立てるつもりはありません。当時の会議録とか、何かの記録、その他関連する書類をすべてお見せ願えるのなら、学校のなかをうろついたりはしないと、お約束します」

校長は、再び教頭にうなずきかけた。

教頭が言った。

「職員室にご案内します。好きなものを見ていってください」

安積と速水は、それから三時間ほどかかって書類を検証した。江木正和の遺書らしい書きつけのコピーも見たが、具体的な名前や出来事はまったく書かれていなかった。江木はひどく冷静に死を見つめていたような印象があり、安積は一瞬、やるせなさを感じた。

校長や教頭が言ったとおり、目ぼしいものは何も見つからなかった。決定的なものがあったとしても、すでに処分されているのかもしれない。あるいは、彼らの言うとおり、学校は、何も詳しいことを把握できなかったのかもしれない。

だが、彼らは何かを知っている。記録に残っていなくても、記憶には残っているのだ。安積はそれを聞き出したかった。しかし、教頭や校長は、ものすごく頑丈な壁を張りめぐらしている。

安積は、須田が言ったことを思い出した。事件と関わりがないのなら、そっとしておいてやりたい。たしか、須田はそんなことを言った。それでは刑事は勤まるまい……。

複雑な思いで学校を後にした。中目黒の原島クリニックを訪ねてみたかった。

車に乗ると、安積は、無線で原島クリニックについて問い合わせた。覆面車マークIIの無線は、神南署の署活系から捜査本部に割り当てられたチャンネルに変えてあった。

捜査本部の連絡係が、原島クリニックの住所を調べて教えてくれた。安積は、その住所を聞いただけで速水に言った。

「かなり、玉川通り寄りだ。中目黒というよりほとんど大橋《おおはし》と言ってもいい」

「詳しいな……」

「俺は目黒PSで外勤をやっていたんだ」

「もう二十年も前のことだろう？」

「若い頃覚えたことはなかなか忘れないものだ」

「俺は今でも若い気でいるのだが、物事は片っ端から忘れていくぞ」

「まあ、ある意味でうらやましい人生だな……」

原島クリニックはマンションの一室で開業していた。山手通りから一本裏手に入った路地に面したマンションだった。

ドアを開けるとすぐに待合室になっている。待合室には、三人の患者がいた。受付は、待合室の奥にあった。狭い待合室だ。安積は、患者たちを刺激しないように、体で隠すように手帳を受付嬢に見せ、先生に会いたいと言った。

「お待ちください……」

受付嬢は、席を立ち、診察室のほうへ行った。戻ってくると、受付嬢は言った。「お呼びしますので、こちらでお待ちください」

やがて、診察室から患者が出てきて、受付嬢が、安積を見て「どうぞ、中へ」と言った。

安積と速水は診察室に入った。

原島院長は、小柄で優しい眼をしていた。穏やかな物腰だが、多忙のせいかストレスに苛まれているように見えた。医者の不養生という言葉が安積の頭をよぎった。

「どんなご用件でしょう？」

原島院長は、安積と速水に椅子を勧めると言った。

「実は、二年ほど前、こちらで診察を受けた患者さんについてうかがいたいのですが……」

「患者について……」

「葉山由里子さん。当時、中学三年生でした」

「どんなことを知りたいのです？」

「どういう病状だったのでしょう？」

「刑事さん」

原島院長は、穏やかな表情のまま言った。「ご存じでしょう。医者には、守秘義務があります。患者についてはお話しできないのです」

「二件の殺人に関係があるかもしれないのです」

「何に関係していようと同じことです。もし、裁判所の命令があれば、患者の弁護士と充分相談した上で、お話しできることもあるでしょう。ですが、こういう形ではお話しできません。申し訳ありませんが……」

「私がしゃべったことはご内密に、などと言って、いろいろなことを教えてくれる医者もいる」

速水が言った。原島院長は、速水を見た。その眼は相変わらず静かだった。

「特に、私のような神経科の医者は注意深くなるものです。私は、アメリカで学位を取りましたからなおさらそういう点にはうるさいのかもしれません」

「なるほど……」

安積は、うなずいた。「では、葉山由里子という患者を覚えておいでですか？　こういう質問ならさしつかえないでしょう」

「覚えています。ですが、詳しくは知らない……」

「なぜです？」

「この病院のシステムです。私は、患者を総合的に診察します。特に体の不調を訴える患者さんに対しては、内科的な処置もします。薬を処方するのです。そうしておいて、心理カウンセラーにカウンセリングを頼むのです。そう。病状については、カルテを見ればすぐに詳しく思い出すでしょう。だが、何が原因だったかとか、どういう経過で症状が出たかといったことは、心理カウンセラーのほうが詳しく聞くことになっているのです」

「葉山由里子さんも、心理カウンセリングを受けたのでしょうね？」

原島院長は、迷った様子を見せたが、やがて言った。

「その程度ならおこたえしてもいいでしょう。ええ。受けていたはずです。たいてい、そうしますから……」

「その心理カウンセラーの方にお話をうかがえますか？」

「無理でしょうね」

「カウンセラーの方にも守秘義務がおありなのは充分に承知しています。お話し願える範囲内でけっこうなのです」

「捜査に協力したくないわけではありません。どうか、われわれの立場もご理解ください」

「その心理カウンセラーの方に会わせていただけませんか？」

「今、この医院にはいません」

「その方のお名前とご住所は？」

原島院長は、安積をじっと見据えた。やがて、根負けしたようにため息をついた。

「名前は、有森恵美」

安積は、絶句した。思わず声を上げそうになっていた。

速水も、何もいわなかった。驚きのあまり言葉が浮かんでこない様子だった。

「有森恵美……」

　安積は、ようやくそう繰り返した。

　原島院長は、笑いを洩らした。

「そのような反応を見せたのは、あなた方だけじゃありません。何でも、同姓同名のアイドルがいるそうですね？」

　単に同姓同名とは思えなかった。安積は、停滞してしまった思考を再び回転させようとした。いったい、これはどういうことなのか……。

　原島院長の声が聞こえてきた。

「住所は、受付に訊かなければ……」

　院長は、席を立って受付嬢のところへ行った。受付嬢が、なにやら書類を引っ張り出していた。院長は、メモ書きを手に戻ってきた。「これが住所です。さ、私が協力できるのは、ここまでです」

　安積はメモを受け取った。住所は、世田谷区若林《わかばやし》だった。

「ありがとうございます。ご協力感謝します」

「そこに行っても、有森先生には会えませんよ」

「なぜです？」

「そこには、ご両親が住んでらっしゃるだけです」

「ご本人は？」

「一年前から学位を取るために留学されてます。ペンシルバニア州立大学に……。アメリカまで訪ねて行かれますか？」

「医者というのは、どうしてああ持って回った言い方をするのかな？」

ハンドルを操りながら、速水が言った。

「アイドルの有森恵美は、カウンセラーの有森恵美なんだろうか……」

安積は、困惑を隠しきれなかった。彼らは、カウンセラーの有森恵美の自宅に向かっていた。

有森恵美のアメリカでの連絡先は、医院ではわからないと原島院長は言った。自宅に帰れば彼女から来た手紙があるはずだと言った。安積は、有森恵美の自宅を訪ねてアメリカの連絡先を訊くことにした。

速水と安積は、派出所を見つけてそこで、有森恵美の自宅の位置を詳しく調べた。

たどりついたときには、すでに日が暮れかかっていた。住宅街の一角にあり、近くを東急世田谷線が通っている。小さな庭があり、草花が豊富に植えられている。玄関先には藤棚があった。

路上に車を止め、降りようとした安積は、速水に肩をつかまれた。速水は、じっと玄関先を見つめている。安積もそちらを見た。

玄関から、宇津木と保科が出てくるところだった。

「なんとまあ……」

速水が言った。「先を越されたようだな……」

安積は車を降りて、宇津木に声を掛けた。宇津木は、目を丸くした。

「安積くん……」

「どうやら、あんたも、ここにたどり着いたようだな……」

「ああ……。何とかネットワークから、有森恵美の住所やクレジットカードの番号を聞き出した。そっちは……？」

「葉山由里子がかかった医者のところで聞いた。有森恵美は、葉山由里子を担当したカウンセラーだそうだ」

「葉山由里子を……？」

宇津木は、保科と顔を見合わせた。

安積は言った。

「葉山由里子と有森恵美が結びついたわけだが……。慎重に考えないと、判断を誤るな……」

「商業ネットに登録されている有森恵美は、間違いなくこの有森恵美だ。登録されている住所は、ここだし、銀行口座の住所もここだ。クレジットカードの名義も間違いなく有森恵美だ」

「彼女がパソコン通信をやっていたことも、ほぼ確認できました」

保科が説明した。「彼女の部屋にパソコンが置いてあって、ご両親の承諾を得て調べたんです。確かに通信ソフトが入っていましたし、そのソフトには、『アリモリ・マニア』が入っているネットの設定がしてありました。モデムもつながってましたし……」

「だが、彼女はアメリカにいる。聞いただろう？」

安積が保科に言った。

「ええ。でも、アメリカからアクセスすることだって不可能じゃありません」

「イコンの向こう側は、時空を超えているというわけか？」

速水が言った。

安積は、宇津木に確認した。

「アメリカの連絡先は聞いたか？」

「もちろんだ」

「とにかく……」

安積は、大きく息をついてから言った。「有森恵美を発見した。それだけは間違いない。あれこれ考えるのは、本部に戻ってからだ」

31

安積たちが捜査本部に戻ったのは七時過ぎだった。茂森に有森恵美を見つけたという報告をした。有森恵美の詳しい身元については、宇津木が聞き出していた。

年齢は、三十一歳。慶応大学で臨床心理学を学んだ。修士課程を終えて臨床経験を積んだのち、原島クリニックと契約した。二十七歳のときだった。丸三年、原島クリニックで働き、昨年の七月にペンシルバニア州立大に留学するため渡米した。学位を取るのが目的だった。独身。結婚歴なし。宇津木は、両親から写真を拝借していた。取り立てて美人とはいえない。だが、潑剌《はつらつ》とした魅力が写真からも感じられた。髪をショートカットにしており、やや細面《ほそおもて》だった。

宇津木が言った。

「本物の有森恵美を見つけたらがっかりするかもしれないというようなことを、三輪が言っていた」

「がっかり……?」

速水が言う。「このキャリアを見ろ。小娘なんかよりずっと魅力的じゃないか。見かけだって悪くない」

「だが、アイドルとは言いがたい。有森恵美ファンは、アイドルの有森恵美を思い描いているんだ」

茂森課長は、考え込んだ。

「アメリカにいる人間が、どうやって殺人に関与できるんだ？」

茂森にそう言われて、安積は、明確な返事をできなかった。安積は、慎重に言った。

「アメリカからもネットに参加することは出来るそうですがね……」

保科がうなずいた。

「電話線がつながっている限り、ネットにはアクセスできます」

茂森が言った。

「とにかく、本人と連絡を取ってみてくれ。まあ、これで有森恵美は、実行犯ではありえないということになったな」

では、阿部が会いに行った相手はいったい誰なのだろう？　安積は思った。

有森恵美が日本国内にいる誰かから連絡をもらう。有森恵美がメールをアメリカから送る。誰かが待ち伏せして阿部を殺す……。

あるいは、すべてを有森恵美が取り仕切っている場合もある。自らメールを送り、誰かに指示して殺させることも可能だ。

しかし、それは、あくまでも有森恵美が殺人に関与しているという仮定の上での話だ。有森恵美は、事件にどう関わっているのか？　有森恵美という名のアイドルのイベントで殺人が起きたことは事実なのだが……。

本人に電話をかけてみれば何かわかるかもしれない。言葉以外の雰囲気からわかることも多い。

安積は、さっそく国際電話をかけることにした。直通でかけようか迷ったが、確実を期するため、〇〇五一を回し、ＫＤＤのオペレーターに指名通話を申し込んだ。

「先方はお出になりませんが……」

オペレーターは言った。時差がどのくらいあるのか咄嗟《とっさ》にはわからなかった。また、後で掛けてみようと思い、電話を切った。

その時、別の電話が鳴り、茂森課長が出た。彼は電話を切るとすぐに安積に言った。

「相川渡が峰岸裕一を訪ねた」

「相川渡が……？」

「峰岸裕一宅の張り込みをやっている捜査員と、相川渡に張り付いている捜査員が互いに確認しあった。間違いない」

速水がすばやく立ち上がった。

「行ってみよう」

安積は、宇津木に言った。

「有森恵美への連絡を頼む。葉山由里子についてできるだけ食い下がってみてくれ」

「わかった。任せてくれ」


速水は、覆面車のルーフにマグネット装着式の回転灯を取り付け、サイレンを鳴らしてすさまじい勢いで飛ばした。安積は、またしても寿命が縮まる気分を味わった。

峰岸裕一宅のそばまでくると、サイレンを止めた。一台の車が路上駐車している。注意してみると、その車の中に人影が見えた。速水は、離れたところに車を停めた。

路上駐車していた車の中には、四人いた。峰岸の張り込みと、相川の張り込みが両方乗っているのだ。安積は、運転席に近づいて、窓をノックした。

「どんな具合だ？」

窓から顔を出したのは、渋谷署の赤江だった。

「安積さんか……。相川は入っていったきりだ。かれこれ、二十分ほどになるかな？」

「しばらく様子を見るしかないか……。相川が出てきたところでつかまえて話を聞いてみるか……」

「おい……」

速水が、部屋のドアを見上げて安積の肩を叩いた。峰岸の部屋から言い争う声が聞こえてきた。

安積は、考えるより早く体が動くのを感じた。彼は、階段を駆け上っていた。そのすぐ後に速水が続き、四人の捜査員たちが慌てて車を降りた。

安積はドアを叩いた。

「峰岸さん。警察です。開けてください」

すぐにドアが開いた。峰岸の眼は赤く血走っていた。興奮のためであることがすぐにわかった。怒りの形相だった。

以前会ったときの理性的な印象とはまったく違っていた。峰岸は、安積の顔を見て、それから、安積の背後を見た。一瞬、たじろいだ表情を見せた。安積の後ろに五人もの刑事が立っているのだ。

「何事ですか、いったい……」

峰岸は言った。安積がこたえた。

「争う声が聞こえたものですから」

「言い争いをすると、刑事が六人もやってくるのですか？」

峰岸は皮肉な口調で言った。「警察がこれほど迅速に行動するとは思わなかった」

安積は、平然と言った。

「今回は特別です。あなたがたは監視されていました」

「なぜ？」

「連続殺人事件の参考人としてです」

「今、あなたがたと言いましたね……？」

安積がうなずいた。

「こちらに、相川渡くんがいらしてますね？」

「相川も監視されていたということですか？」

「そうです」

「入ったらどうです、刑事さん」

相川が部屋の中から声を掛けた。「そんなところで立ち話をしていたら、近所の眼がうるさい。そうだろう？　峰岸？」

相川は、峰岸を呼び捨てにした。おそらく、中学生のときからそうなのだろうと安積は思った。

赤江が後ろから声を掛けた。

「安積さん。私ら、下で待ってようか？」

「いや……」

安積は言った。「赤江さん。あんたはいっしょに話を聞いてください」

安積、速水、赤江の三人が部屋に上がり、残りの捜査員は車に戻った。

ふたりの様子から、峰岸が一方的に怒鳴っていたことがわかった。峰岸は興奮の名残を見せているが、相川は、いつもと変わらず、人を見下したようなかすかな笑いを浮かべている。

「警察は僕をガードしてくれていたというわけですか……？」

相川が言った。「ふたりの仲間が殺されたのだから、当然の配慮だな……。だが、峰岸の監視の目的は違うでしょう？ 峰岸は、重要参考人、あるいは、容疑者のひとりだ」

安積は、きっぱりと言った。

「容疑者でも重要参考人でもありません。ただの参考人です」

「ただの参考人だというのに、ちょっと声を張り上げただけで、飛んできた……」

相川渡は面白がっているようだった。安積は、相川に調子を合わせるつもりはなかった。

「何のために、ここへいらしたのですか？ まさか、思い出話をするためじゃないでしょう？」

安積は、相川に尋ねた。

「久しぶりに峰岸の名前を聞いたのでなつかしくなった……。こういう説明じゃ納得していただけないでしょうね？」

「納得しません」

「峰岸が有森恵美のイベントの企画を担当したと聞いて興味が湧いたんですよ。僕は、有森恵美ファンですからね」

「なぜ言い争いになったのです？」

この質問は、相川と峰岸双方に対するものだった。それを示すために、安積は、ふたりの顔を交互に眺めた。

峰岸は何も言おうとしなかった。彼は、興奮して取り乱したことを悔いているように見えた。

あるいは、もっと別の何かを悔いているのだろうか？　安積は、ふとそう思った。峰岸の眼は、焦点を失い、視線はぼんやりとテーブル代わりの炬燵の上をさまよっている。興奮が去ったあと、彼は、ひどく落ち込みはじめた。

相川が、安積の質問にこたえた。

「古橋と阿部を殺したのはおまえだろうと、僕が言ったからです」

「ほう……」

「峰岸は僕らを怨んでいましたからね」

「ご本人は、そうではないと言っていましたよ。君たち三人と離れられたことで安心した。関わりを持ちたくないだけだ、と……。そうですね？　峰岸さん」

峰岸は何も言わない。安積の問いにも、相川の言葉にも反応しなくなっていた。

「そうじゃありませんよ、刑事さん……」

相川は、冷たい薄笑いを浮かべている。安積はまたしても落ち着かなさを感じはじめた。相川の眼に何の感情も見て取れなかったのだ。その笑いさえも感情を含んでいない。「峰岸はね、学校を辞めなければならなくなったのは、僕たちのせいだと考えているのですよ。彼は、中学校の先生をやっていたかった。なぜだかわかりますか？　ロリコンだからですよ。仕事が好きなわけじゃない。女子中学生の側にいるのがたまらなく好きだったんです」

安積は、相川をひどく嫌悪した。それは、人が人を憎むという感じではない。蛇を忌み嫌う気持ちに似ていた。

「江木は、弱いから死んだ。淘汰《とうた》されたんです。それだけのことです。なのに、峰岸は僕たちを逆恨みした……」

「僕は、そうは言っていませんよ。日常のやり取りのなかで、江木が勝手に傷つき、勝手に死んだんです」

突然、峰岸が顔を上げた。その顔は再び怒りで赤く染まっていた。興奮が、一気によみがえったのだ。峰岸は、怒りを押し殺すように低い声で言った。その声は、激しい怒りのためにかすれていた。

「あんなにひどいことをやっておいて、よくもそんなことが言えるな……」

相川は、冷淡な薄笑いを浮かべたまま、峰岸を眺めた。

「あんなひどいこと……？」

安積が尋ねた。「それは、何だったんです？」

峰岸は、再び口を閉ざしてしまった。安積は、さらに言った。

「話してください。黙っていると、あなたの立場は苦しいものになりますよ」

「持ってまわった言い方だな……」

相川が言う。「逮捕すると言ったほうがいいですよ、刑事さん。阿部と古橋を殺したのは、峰岸だ。そして、おそらく、僕も狙われていたでしょう……」

安積は、相川を見た。

「峰岸さんには、どちらの事件にもアリバイがある」

「自分で手を下したとは限らない。考えてください。有森恵美のイベントを一番利用しやすいのは誰です？」

「あなたは、古橋くんと阿部くんを殺したのは、有森恵美かもしれないと言っていましたね……？」

「だから……」

相川はますます楽しむような口調で言った。「峰岸が有森恵美に違いない。僕は、そう結論を出したのです」

「峰岸さんが有森恵美……？」

「峰岸が学校を辞めた時期と、有森恵美が話題になりはじめた時期は一致している。それに、峰岸は、有森恵美のイベントを企画している。考えられることでしょう？　こいつはロリコンだ。理想の女の子を作り上げたんです。それが、有森恵美ですよ。アイドルファンだから有森恵美のイベントを手掛けるようになったわけじゃない。自分が有森恵美だったんです」

「有森恵美は、実在します」

「実在する？　どういうことです？」

「有森恵美という女性は本当にいるのです。架空の人物などではなかった。現在三十一歳の臨床心理カウンセラーです。葉山由里子さんが長期療養のため学校を休んだことがあるでしょう？　そのとき葉山由里子さんを担当したのが有森恵美というカウンセラーだったのです。だから、峰岸さんが有森恵美ではあり得ません」

安積は、相川、峰岸、ふたりの表情を観察した。峰岸は、驚いた表情でまっすぐ安積を見ている。相川は、いっそう狡猾《こうかつ》そうな印象になった。それが何を意味しているか、安積にはわからなかった。

「葉山を担当……？」

峰岸はつぶやいた。その口調には傷ついたような響きがあった。

「まあ、僕は、有森恵美ファンだから、有森恵美の正体が峰岸であるよりも、その三十一歳の臨床心理カウンセラーであったほうがまだましだという気がしますがね……」

相川が冷やかに言った。「その有森恵美が僕たちの知っている有森恵美だとは限りませんよ」

「しかし、ネットに登録されている有森恵美はたしかにその人物でした。住所もクレジットカード番号も、臨床心理カウンセラーの有森恵美のものだったんです」

「やっぱり、刑事さんは、パソコン通信のことをよく理解されてませんね……。いや、ネット上の有森恵美のことをよく理解していないというべきか……」

「どういうことですか？」

「カウンセラーの有森恵美のパスワードさえ知っていたら、誰だって有森恵美になれるというわけです。ネット上では、本当の有森恵美が知らないところで、別の有森恵美が活動できるのですよ」

安積は、めまぐるしく頭を回転させた。有森恵美という女性を発見した。それで、ネット上の有森恵美もその有森恵美だと思い込んでしまった。これが、一般の常識だ。だが、ネット上の常識は少しばかり違っているようだった。

相川はさらに言った。

「有森恵美という女性が、ネットに会員登録をした。事実はそれだけなのです。名前、I

D、パスワード。この三つがそろえば、だれでも有森恵美になれる。その三つのうち、名前とID番号は、常にネット上に表示されています。だから、みな、パスワードを絶対に他人に知られないようにするのです。峰岸が何かの機会に有森恵美のパスワードを知ったとしたら……。峰岸が有森恵美だという疑いが晴れたわけじゃありませんね……」

「ならば……」

安積は言った。「私は、あなたが有森恵美であっても不思議ではないと考えますね」

「僕が……?」

相川が一瞬にして安積に対する興味をなくしてしまったように、安積には見えた。話をするに値しないと感じたのかもしれない。「あまりにばかばかしい推理ですね。僕は、単なる有森恵美のファンですよ。有森恵美という遊びを楽しんでいるだけです」

安積は、疲労感を覚えた。なぜだか、おそろしく無駄な努力をしているような気がしてきた。相川の態度のせいかもしれなかった。相川渡は、自分の優位さを常に信じているようだ。実体がひどく遠くにあるような気がした。どんなに手を伸ばしても、相川の実体には届かないような感じなのだ。相川渡は、はるか高いところから人々を見下しているのかもしれない。その点が、実は、有森恵美と共通しているように、安積には感じられたのだ。

「さて、邪魔が入ったので峰岸とも話が出来なくなってしまった。僕は帰らせてもらいますよ」

相川が言った。安積は止めなかった。

相川渡は、安積の脇をすり抜けるようにして出口へ向かおうとした。

いきなり、速水が手を伸ばした。速水は、相川渡の腕をつかんだ。相川は、冷やかに速水を見ていた。

安積は、速水の突然の行動に驚いていた。なぜだか、触れてはいけないものに手を出したように感じられたのだ。

相川渡は、平然と速水を見返していた。速水は、無言で、相川の体を片手で叩いていく。身体検査をしているのだ。やがて、速水は、相川のズボンのポケットから、バタフライナイフを取り出した。

それを掲げると、速水は言った。

「殺される前に殺す。そう考えていたのか？」

相川は、かすかに笑った。

「僕は、何もしていませんよ」

速水は、突き放すように、腕をつかんでいた手を離した。

「何でも、自分の思いどおりになると思うな」

速水は言った。「こんなものを持ち歩いていると、銃刀法違反でしょっぴかれても文句は言えないんだぞ」

「逮捕しますか？」

相川はおもしろがっているように言った。安積は、目頭を親指と人差し指でこすりながら言った。

「行きなさい。ナイフは、預かります」

相川は、冷たい笑いを残して戸口から出ていった。

速水は、てのひらでバタフライナイフをもてあそんでいる。

安積は、今の出来事に茫然としている峰岸に言った。

「ゆっくりとお話をうかがいたいのですがね……。よろしければ、捜査本部のほうにご足労ねがいたいのですが……」

「今からですか？」

「今からです」

峰岸は、何か言おうとした。訴えるような目つきだった。だが、彼は諦めたように眼を伏せた。

「わかりました。ごいっしょします」

32

宇津木は、繰り返し電話をかけた。有森恵美が出たのは、五回目にかけたときだった。

「ハロー」

「有森恵美さんですか？」

「そうですが……」

「こちらは、警視庁です。わたしは、宇津木といいます」

「警視庁……？」

海外通話独特のタイムラグがあり、宇津木は少々苛立った。

「そうです。殺人事件について捜査しています。ちょっとうかがいたいことがあるんですが、今、よろしいですか？」

「ええ……」

宇津木は、手順にしたがって、アメリカの現住所と日本の住所、年齢、職業を確認した。

「いったい、どういうことなんですの？」

有森恵美の声は、不安そうだった。

かすかに鼻にかかる甘い声だった。耳に心地よかった。

「ふたりの少年があいついで殺害されました。ふたりとも、有森恵美というアイドルのイベントの最中に殺されたのです」

「アイドル……？　いやだ。同姓同名というだけで、わざわざアメリカまで電話をかけていらしたんですか？」

「それが、どうも同姓同名ということじゃないらしいのです。有森恵美というアイドルは、パソコン通信のネット上で生まれたのです。ネット上だけのアイドルだったのです。調べてみると、そのアイドルのＩＤはあなたのものだった……」

「ちょっと待ってください。どういうことなんですか？」

「それをこれからうかがいたいのです。あなたは、いつごろからパソコン通信をやってらっしゃいますか？」

「会員の登録をしたのは、たしか四年ほど前だったと思います。いろいろなデータバンクが使えるというので……」

「アメリカにいらしてからも利用されていますか？」

「こちらでは、インターネットを使ってますわ。大学のパソコンを利用して……」

「日本で加入された商業ネットは使用されておられないのですね？」

「その必要がありませんから……」

宇津木は、その言葉の真偽を判断しなければならなかった。電話では、相手が嘘をついているかどうかはわかりにくい。相手の顔を見ていればたいていのことはわかる。警察官は、相手の嘘を見抜くように訓練されているのだ。

「しかし、あなたがアメリカに行かれた後も、かなりの頻度で、あなたの名前がネット上に現れている。ＩＤもあなたのものです。これは確認しました」

「おかしいですね……。誰かが私のＩＤとパスワードを使っているとしか思えないわ……」

「使用料が自動引き落としされているはずです。気づきませんでしたか？」

「それが……。父の口座を使っていましたから……」

「お父さんの？」

「ええ。大学生のときに、父が家族会員のクレジットカードを作ってくれました。そのクレジットカードでネットの会員登録をしましたから……」

「そのクレジットカードは？」

「まだ持っていますが、ほとんど使ってはいません。この年で父の口座を使うのも気が引けますから……」

「ネットの使用料が自動引き落としされていても、お父さんは、あなたが使ったのだと思っておいでだったと……？」

「そうかもしれません。でも、気づいていなかったかもしれませんわ。父は、そういうことには、ずぼらなほうなんです。ネットの使用料なんてよほど利用しないかぎりたいした金額じゃありませんから……」

「ネット上で、何か遊びをしたことがありますか？」

「遊び……？」

「例えば、違う人格になりすますとか」

「いいえ。さっきも言いましたけど、データバンクの利用を考えて会員になりましたから……」

「会員情報は、公開にしていましたか？」

「非公開にしました。当時、パソコン通信をやっている友人にアドバイスされたのです。若い女性は、そのほうがいいって……」

「誰かが、あなたのIDとパスワードを使用しているとして、その人物に心当たりはありませんか？」

「さあ、ありませんね……」

宇津木は、落胆した。有森恵美を見つけたと思ったが、どうやらそうではないようだった。やはり、三輪が言ったとおり、有森恵美の本質というのは、有森恵美本人ではないようだった。三輪が言ったことはあらゆる意味で正しかったのだ。

宇津木は、次の質問に移ることにした。

「あなたは、葉山由里子というかたをご存じですか？」

一瞬の間があった。

「はい」

「どういう関係ですか？」

「私は、原島クリニックという開業医でカウンセラーをしていました。そのときの患者のひとりです」

「どういう症状でカウンセリングを受けられたのでしょうね？」

「刑事さん。私たちには、守秘義務があるのです。患者のことは話せませんわ」

「わかっています。では、こういう質問ではどうでしょう？　どの程度の頻度でカウンセリングをしていましたか？」

「週に一度というのが、原島クリニックのシステムです。でも……」

有森恵美は、話すべきかどうか迷ったように間を取った。やがて、彼女は言った。「葉山さんの場合は、もっと頻繁に会う必要があると、私は思ったのです。それで、週に三回ほど話を聞くようにしていました。私のほうから彼女の家を訪ねたこともありました」

「なぜです？」

「え……？」

「なぜ、頻繁に会う必要があると思われたのです？」

「大きなショックを受けていました。彼女の一生にたいへんな影響を与えかねないショックでした」

「それは、どんな原因によって……？」

「これ以上は申し上げられませんわ」

「あなたは、どういう対処をなさるのです？　一般的な治療法というお話でもけっこうですが……」

「まず、相手の話を聞きます。口を閉ざしている場合でも患者は、話したがっているものなのです。トラウマがはっきりしていない場合は、それを私と患者のふたりで発見するように努力します。トラウマが明らかだと思われる場合には、それに対処する方法をやはりふたりで探していきます。解決不能のことなら、それをどういうふうに飼い馴らすかを考えます」

トラウマというのは、精神的外傷のことだ。心の傷だ。

「飼い馴らす？」

「トラウマは、病原菌ではありません。誰の心にもあり、それによって人格の一部が形成されていることが多いのです。問題は、トラウマとどう付き合うかなのです。例えば、手ひどい失恋をしたことによって、人間不信になる人もいれば、それをバネにより豊かな人格を築いていく人もいるのです」

「葉山由里子さんの場合、特別なことはなさいましたか？」

「だから、そういう話は……」

そこまで言って、有森恵美は、何かを思い出したように言葉を飲み込んだ。

「どうしました？」

「そういえば、私、葉山さんに、ＩＤとパスワードを教えたことがあるわ……」

「え……」

「彼女は、極端に内向していました。外との関わりを絶とうとしていたのです。私は、パソコン通信が彼女のために役立つのではないかと考え、原島クリニックにあるパソコンで通信をやらせてみたことがあるのです。パソコン通信は、匿名のままいろいろな人といろいろな話題について話し合うことができますから……」

「そのときに、あなたのＩＤとパスワードを教えたのですね？」

「ええ。とりあえず、私のＩＤでネットに参加させました。とにかく体験してもらおうと思ったのです。その後、興味を持って、彼女は自分のＩＤを取得したのですが……」

「他の人に同じことを試したことは？」

「ありません。私がパソコン通信を試させたのは……、つまり、ＩＤとパスワードを教えたのは、葉山さんだけです」

安積たちが峰岸を伴って戻ってきたのは、それから十分ほどたってからだった。宇津木は、取調室に向かった安積をつかまえた。

「葉山由里子は、有森恵美のIDとパスワードを知っていた」

「どういうことだ？」

宇津木は、安積に有森恵美から聞いた話の内容を伝えた。

「その話は、茂森主任には？」

「すでに話してある」

宇津木がこたえると、安積は、考え込んだ。彼は、辛そうな表情で言った。

「葉山由里子がアイドルの有森恵美だということか……」

「そういうことだと考えていいと思う」

「相川渡は、そのことに気づいたかもしれない」

「相川が……？」

今度は、安積が峰岸のアパートでの出来事を宇津木に話した。

「わかった」

宇津木が言った。「茂森さんに伝えておこう」

安積は取調室に向かった。夜の十時を過ぎて、捜査本部は熱気を帯びてきた。すでに、多くの捜査員が戻ってきていた。

安積は、廊下の途中で大下に会った。大下は、安積に言った。

「有森恵美を見つけたそうだな。運がいい……」

安積は、大下の見当外れのこだわりに腹が立った。他にもっと頭を使うべきことがあるはずだ。

「正しい努力をしている者に、運は味方する」

安積は言った。「俺はそう信じている」

安積は、大下の顔を見ずに取調室に入った。

峰岸は無言でうなだれていた。赤江が記録係を買って出た。速水は、腕組みして壁にもたれている。

安積は、よけいな時間を費やす気はなかった。

「あんなひどいことをやっておいて──あなたは、相川渡くんにそう言った。あんなひどいこととは、どういうことです？」

峰岸は、何も言わない。

「峰岸さん」

安積は、言った。「あなたは、ここへ話をするためにいらした。そうじゃありませんか？」

「相川渡は、中学校時代、自殺した江木くんに何をしたのです？」

峰岸はまだ顔を上げようとしない。無言でうつむいたままだった。取り調べの担当者とゲームを楽しむ容疑者もいる。だが、峰岸の場合はそうではないことが明らかだった。彼は、迷っているのだ。話すべきかどうか。

「峰岸さん……」安積は語りかけるように言った。「相川が中学時代にやったことは、葉山由里子さんにも関係あるのですね」

峰岸は、まだ黙っている。

「アメリカにいる有森恵美さんと連絡が取れました。葉山由里子さんのカウンセリングを担当したかたです。有森恵美さんは、パソコン通信のIDを持っていました。葉山由里子さんは、そのIDとパスワードを知っていたそうです。つまり、葉山由里子さんは、有森恵美さんの名義でネットに参加できるのです。これがどういうことかわかりますね?」

突然、峰岸は顔を上げた。

「私がやったのです」

安積は、峰岸の眼を見つめていた。峰岸の眼は、意思の力に満ちている。落ちた容疑者の眼ではない。

「あなたがやった……?」

「私がやりました。原宿で古橋を殺したのも、松濤学園大学で阿部を殺したのも私です」

「どうやって……？」

「原宿では、サバイバルナイフを用意し、わざと騒ぎを起こしました。最初に客席にトイレットペーパーを投げたのは私です。そうすれば、騒ぎが起きることがわかっていました。最近のイベントは一触即発の雰囲気でしたから……」

安積は、速水か赤江の顔を見たかった。だが、こらえて、峰岸の眼を見つめつづけていた。こういうプレッシャーが必要なのだ。

峰岸は、まだあきらめてはいない。何かを隠そうとしている。だが、安積には、じきに彼が追い詰められていくことがわかっていた。しゃべりはじめた人間は弱い。たとえ、嘘をつきつづけようと考えていても長くもちはしないのだ。

「サバイバルナイフはどこで手に入れましたか？」

「渋谷の……」

彼は、大型ＤＩＹ専門店の名を言った。捜査本部で突き止めた店と一致した。

「どうやって古橋くんに近づいたのですか？」

「乱闘の中でしたので簡単でした。照明も暗かったですし……」

「松濤学園大学のときは？」

「特別の控室を用意させたのも私です。阿部をそこに行かせて、あとからその部屋に行きました」

「その部屋を覚えてますか？」

「三号館の七〇一号室です」

「どうやって殺害したのです？」

「ベランダにおびき寄せて、突き落としました」

「阿部くんは抵抗しませんでしたか？」

「抵抗はその……」

峰岸は一瞬、言いよどんだ。「不意を衝きましたので……」

「不意を衝いて突き落とした。それに間違いありませんね？」

「はい」

「なぜ殺したのです？」

「彼らが憎かったのです」

「あなたは、以前違うことを言われた。彼らと関係が切れてほっとした。あなたはそう言ったはずです」

「そんな単純なものではありません。彼らは、私のプライドをずたずたにした。私は、彼らをただ恐れていたわけではないのです。憎んでいたのですよ。チャンスがあれば、復讐したいと考えていたのです」

「阿部くんは有森恵美にパソコン通信で呼び出されたのだと言っています。あなたがそれをやったのだとしたら、どういうふうにやったのです？」

　峰岸は黙っていた。しきりに考えているようだった。

「有森恵美にってのある人を通じてそうしてくれるように頼んだのです」

「有森恵美にってのある人というのは、どなたです？」

「それは、言えません」

「阿部くんや、古橋くんが有森恵美ファンだということは、どうやって知ったのですか？」

「パソコン通信の『アリモリ・マニア』で知りました」

「彼らは、ハンドルネームで出ていたはずです。『アリモリ・マニア』の会員の中からどうやって見つけ出したのです？」

「偶然に……。あるとき、会員情報を眺めていたのです。有森恵美のイベントを打つのに何かの参考になるのではないかと思って……」

　峰岸はなんとか辻褄を合わせようとしている。しかし、咄嗟《とっさ》につく嘘は必ず破綻《はたん》する。質問を続ければ続けるほど破綻は大きくなっていく。

「有森恵美は、葉山由里子さんだった。そうですね？」

「知りません」

　峰岸は言った。「古橋と阿部を殺したのは私です」

「警察の捜査を甘く見てはいけません。あなたには、アリバイがあった。殺人の起きた瞬間、あなたは、必ず誰かといっしょにいた。あなたは、自分に容疑がかからないようにその点に注意していたはずです。なのに、ここでは自分がやったと言い張る。これが何を意味しているかは明白だ。誰かをかばっているとしか思えない。いいですか？　アイドルの有森恵美は、葉山由里子だった。私たちはそう考えています。ならば、あなたがかばっているのは葉山由里子さんでしかあり得ない……」

峰岸の眼光が再び力を失った。

「何があったのか、本当のことを話してください」

峰岸は、またしてもうなだれてしまった。安積の眼を見ようとしない。峰岸は、そのままの恰好で力なく言った。

「ふたりを殺したのは私です……」

戸をノックする音が聞こえた。速水が出入口に向かった。ノックしたのは茂森だった。速水が場所を開けると、茂森は取調室に入り、安積に耳打ちした。

安積は、言った。

「峰岸さん。相川がバイクで自宅を出ました。尾行の刑事を振り切ってどこかへ向かったようです」

峰岸がゆっくりと顔を上げた。

「現在、緊急配備を敷いて行方を追っています。これが、何を意味するかわかりますか？」

峰岸は、安積を見つめていた。

速水が慌ただしく取調室を出ていった。彼は、自分のやるべきことを自覚している。

峰岸の眼が落ち着きをなくしていた。

「相川が殺されるかもしれない。あるいは、逆に相川が誰かを殺すかもしれない。相川は、有森恵美が葉山由里子さんである可能性に気づいたのです」

33

峰岸が大きく息を吐き出した。その音が長く取調室の中に響いた。

同時に、峰岸は、どっと汗をかきはじめた。眼がみるみる赤くなり、鼻水を流しはじめた。

これが、自白の瞬間であることを安積は知っていた。容疑者が落ちるときはたいてい鼻水を流す。捜査員なら誰でもが知っている。張り詰めていた緊張がぷっつりととぎれてしまうのだろう。

峰岸は、鼻水をすすりあげると言った。

「相川渡が悪いんだ。すべてあいつらが……」

「相川は何をしたのです?」

「江木からすべてを奪ったのです。ありとあらゆるものを取り上げてしまった。おそらく、一番大切なものまでも……」

「具体的に話してください」

「相川たちはたしかに江木をいじめていました。だが、それだけなら、江木も自殺などしなかったでしょう。私は、いじめに気づいていましたから、江木を何とか守ろうとしました。だが、相川は……」

峰岸は、まくし立てるように話しはじめた。まるで、心の中にあるものを一刻も早く吐き出してしまおうとしているようだった。「葉山由里子は、江木と仲がよかった。最初はどうして葉山のような子が江木を好きになったのかわかりませんでした。でも、彼らがお互いに好きであることは間違いありませんでした。江木も、葉山由里子が生き甲斐のように感じていたようです。相川はそれが許せなかった。相川は古橋や阿部といっしょに、葉山由里子を強姦してしまったのです。それも、江木の見ている前で……。江木は、最も大切なものを奪われたと感じたのでしょう。自殺の直接の原因は、その事件だったのです。だが、学校はその事実を隠そうとしました。とんでもない不祥事ですからね……。葉山由里子のためでもあると学校側は言いました。事件が明るみに出ると、葉山由里子の将来にもマイナスになる。

事件が発覚すると、葉山由里子はすべてを事細かに証言しなければなりません。そっとしておいたほうがいい。そう言われて私は、反論できませんでした……」

安積は、じっと峰岸を見つめつづけていた。彼は、ここに須田がいなくてよかったと思った。須田の悲しむ顔は、今は見たくなかった。

「あなたは、アイドルの有森恵美が葉山由里子であることを知っていましたね？」

「薄々は勘づいていました。いろいろな点を考えて彼女しかいないと思っていました。だが、決定的にそうだと知ったのは、ついさきほどですよ。刑事さんがアパートにいらしたときです。有森恵美という名のカウンセラーが葉山由里子を担当していたと聞いた瞬間ですよ」

「彼女とはどういうやりとりを？」

「いろいろなことをメールで話し合いました。有森恵美は、いじめについてすごく熱心でした。私たちはすっかり意気投合してしまいました。だから、有森恵美が殺したい相手がいると言ったとき、それほど不自然には感じなかった……。私も相川たち三人を憎んでいましたから……。私は、中学校を辞めたくなかった。それが本当の気持ちです。相川が言ったような理由じゃありません。それは信じてください。私は、中学校の仕事に生き甲斐を感じていたのです」

安積はうなずいた。

「わかっています」

この一言が、峰岸をずいぶんと救ったようだった。

「私は責任を取る形で中学校を辞めました。事実上、辞めさせられたのです。相川はその後、何事もなく卒業して高校に進みました。私は、彼らが本当に許せなかった。相川たちは、江木の生き甲斐を奪い、葉山の生き甲斐を奪い、そして私の生き甲斐を奪ったのです」

「有森恵美とはどういう形で知り合ったのですか？」

「あるとき、メールが届きました。私は、『アリモリ・マニア』に興味を持っていました。有森恵美が葉山由里子だなんて夢にも思っていませんでしたから、私は有頂天でしたよ。有森恵美からのメールには返信をしないというのが暗黙の約束です。でも、そのメールには、返信を待っているとはっきり書いてあったのです。何度かメールの交換をするうちに、次第にいじめを話題にするようになっていったのですが、今思えば、有森恵美がそう仕向けていたのでしょうね……」

「実際には、どうやって犯行を？　有森恵美があなたに何かの指示を与えたということですか？」

「メールのやりとりをして、計画を練りました。私には、有森恵美の気持ちが痛いほどわかりました」

「説得して辞めさせようとは思わなかったのですか？」

「思いませんでしたね」

峰岸ははっきりと言った。「最初は、本当に殺人が起きるとは思いませんでした。私は、メールで、こう指示されました。ナイフをステージの下に隠しておいて、乱闘を起こさせるように、と……」

「その通りにしたわけですね？」

「そうです」

「そして、実際に殺人が起こった」

「私は、本当に驚きました。殺人が実際に起こったことに対しても、その被害者が古橋だったことにも……。偶然にしては、出来すぎている。有森恵美が憎んでいる相手と、私が憎んでいる相手が同じだったなんて……。そのときから、有森恵美は葉山由里子ではないかと思いはじめました」

パソコン通信は、匿名性がひとつの特徴だ。親しくメールの交換や会話を楽しんでいても、相手の顔はわからない。もし、パソコン通信上で打合せをしたのでなければ、峰岸も思い止まったかもしれない。

峰岸は、実感が湧かなかったのだ。相手が誰を殺すのかもわからなかった。知らない人間が知らない人間を殺す。当初は、それだけのことだったに違いない。安積はそう思った。その点に不気味さを感じていた。

「あなたは葉山由里子さんをかばおうとしたわけですね？」

「私が殺したということでかまわないと思いました。私だって、相川たち三人を殺したいほど憎んでいましたから……」

「だが、実際に殺したわけじゃない。その点ははっきりしていましたよ。あなたは、アリバイを確保されていた。それに、阿部くんの殺害については、供述と状況が一致していない。阿部くんは、まずバットで殴られて抵抗できない状態にされた。それから突き落とされたのです」

「刑事さん。私がパソコン通信で打合せをした相手は、あくまで有森恵美です。葉山由里子じゃない」

安積はうなずいた。

「その点は、公式に記録しておきます。あなたは、葉山由里子の犯罪を供述した訳ではないという点を……」

安積は、記録を担当していた赤江のほうを見た。赤江もうなずいた。

赤江は、安積に話しかける機会を待っていたようだった。安積が自分のほうを見たのを機に、赤江は言った。

「安積さん。行ったほうがいい。あとは、俺がやっておく」

「他の誰かに任せればいい。そのための捜査本部なんです」

「いや。あんたが行くべきだ。なぜだかそんな気がする」

実のところ、安積は、気が気ではなかった。相川の動きが気になってしかたがなかったのだ。彼は、赤江の申し出に従うことにした。

「あんたの言うとおりにしよう。あとのことは任せる」

安積は立ち上がった。

捜査本部のある会議室に行くと、すぐに須田が安積に声をかけた。

「チョウさん。速水さんが覆面車で待ってます」

「わかった。すぐ行く。おまえたちもいっしょに来てくれ」

安積は、須田と黒木に言った。須田は、なぜだかうれしそうな顔をして、黒木は無表情のまま、機敏に動いた。

捜査本部の中はがらんとしていた。相川が動いたという知らせで出動した者もいる。茂森の指示で、葉山由里子の自宅に向かった捜査員もいる。

安積は、一気に事態が動きはじめたのを実感していた。

捜査というのは、詰めになるといつもそうだと安積は思った。遅々として進まない捜査でも、あるときを境にすべてが回転しはじめる。

速水は、覆面のマークIIの運転席で、じっと無線に耳を傾けていた。緊急配備《キンパイ》の動きを追っているのだ。

「どうだ？」

安積は速水に尋ねた。

「まだ、見つかってないな……。バイクというのは意外にやっかいなんだ。加速は、車よりずっといいし、細い路地も渋滞もおかまいなしだ」

安積が助手席に乗り込み、須田と黒木が後部座席におさまった。速水は、ギアをローにたたき込み、ハンドブレーキを外すと同時にクラッチをぽんとつないだ。

重いマークⅡが飛び跳ねるように駐車場を飛び出した。速水は車を小金井《こがねい》方面に向けた。

パトカーのように流しながら無線で情報を得るつもりであることがわかる。

安積は言った。

「葉山由里子の自宅に向かってくれ」

「相川はどうする？」

「ふたりが接触する可能性が高い。どちらかが呼び出したのかもしれない。どちらが呼び出したにしても、互いに殺意を持っているはずだ。葉山由里子の身柄を押さえられなくても、手掛かりがあるかもしれない」

「捕りものを他の班に任せてもいいということか？」

「刑事の仕事というのは、犯人の検挙だけじゃないんだ」

「やっぱり趣味じゃねえな……」

「チョウさん……」

後部座席から須田が声を掛けてきた。「どういうことなんです？」

安積は、振り向かずに言った。

「有森恵美は、おそらく葉山由里子だ。その話は聞いたか？」

「茂森さんから説明を受けましたよ。有森恵美というのは、葉山由里子さんのカウンセラーだったそうですね」

「有森恵美は、峰岸に指示を与えて、殺人の段取りをさせた。実行したのは、おそらく有森恵美だ」

「つまり、葉山由里子なんですか……？」

「峰岸は、葉山由里子だとは言っていない。あくまで有森恵美だと言っている」

「峰岸がどう言おうと、事実は変わりませんよ、チョウさん」

悲しげな声だった。

「中学校時代、江木くんが葉山由里子と付き合っていたのを知っているな？」

「葉山由里子が江木くんを好きだったと言いました」

「江木くんも葉山由里子が好きだったに違いない。江木くんは、やはり相川たちにいじめにあっていた。相川は、江木が葉山由里子と付き合っているのが面白くなかったのだろう。江木から葉山由里子を取り上げることにした」

「どうやって……？」

「相川、古橋、阿部の三人は、江木くんの見ている前で、葉山由里子をレイプしたんだそうだ」

須田は、絶句した。

どんな表情をしているか想像がついた。安積は、須田の顔を見ることができなかった。正面を向いたまま、安積は、言った。

「葉山由里子は、三人に対して殺意を持っていた。峰岸も三人を怨んでいた。ふたりがネット上で出会わなければ……」

「葉山由里子は、相川たちを殺すために、有森恵美になったんでしょうかね……？」

「どうやらそういうことではないらしい。葉山由里子はやはり、アイドルごっこをしていたにすぎないのだろう。ネット上で、峰岸や相川たちを見つけなければ、この犯罪は起きなかったのかもしれないな……。峰岸や相川たちが『アリモリ・マニア』に参加してさえいなければ……。彼らが、『アリモリ・マニア』の会員だったというのは、偶然なんだから……」

「いや、チョウさん。偶然じゃありませんよ」

「なんだって……？」

「それがアイドルの力なんです。ブームを起こす力……。有森恵美は画期的なアイドルでした。峰岸や相川が引きつけられたのは、偶然ではなく、ごく当たり前のことだったんです。

ねえ、チョウさん。俺、葉山由里子に会ったときに感じたんです。彼女、まるで、女王さまか何かみたいだって……。あれ、アイドルの風格だったのかもしれませんね」

「アイドルの力。人気の力ということか……」

「多少なりともアイドルに興味を持っている人間なら、みんな有森恵美に興味を持ったはずです。生身の人間なら、好き嫌いがあります。でも、有森恵美はそうじゃなかった。何かこう……、精神的な存在だった」

安積は、須田の言葉を聞きながらじっと考え込んでいた。

「どうするべきだと思う?」

「何がですか?」

「葉山由里子は、殺人の容疑者だ。逮捕しなければならない。情状酌《しゃくりょう》量の余地は充分にあるが、殺人の罪は罪だ」

「そうですね……。あとは、公判に委《ゆだ》ねるしかありません……」

「そうなると、有森恵美はどうなる?」

須田はしばらく何も言わなかった。おそらく、例の仏像のような顔つきでしきりに考えているのだろうと安積は思った。安積は、さらに尋ねた。

「有森恵美が葉山由里子だと発表しなければならないのか? 有森恵美が殺人の容疑で逮捕されたと公表すべきなのだろうか?」

「いや……」

須田は言った。「すでに有森恵美と葉山由里子は別人だと考えるわけにはいきませんかね?」

「有森恵美を誰かが引き継ぐことはできる。世の中のファンに知られずに、有森恵美が存続することはできるはずだ」

「そうですね……。でも、それもやめたほうがいいと思います。有森恵美は、このまま消えたほうがいい……。伝説として語り継がれるほうが、ずっといいと思いますね」

「このブームはどうなる?」

「アイドルというのは、ブームのうちに姿を消したほうが、伝説が残るんです」

「そうか……。おまえがそう言うのなら、それが一番なんだろうな……。なんとかそうなるように働きかけてみよう……」

「おい……」

速水が言った。「そういう話は、葉山由里子を逮捕してからにしたほうがいいんじゃないのか? へたをすると、最悪の事態になるぞ……」

「最悪の……?」

「葉山由里子は、今、復讐のことしか考えていないはずだ。相川を殺したら、その後はどうなる?」

「自分のやったことを自覚しているはずだ。三人もの人間を殺したら、人生は終わりだと考えるだろうな。つまり、葉山由里子は、相川を殺したら、自分も死ぬつもりかもしれない……」

「なんとしてもとっつかまえて、尻を引っぱたいてやらなけりゃならん。生きていりゃ、やり直すチャンスだってある。簡単に死にたがる若いやつらに、歯を食いしばって生きることを教えるのが、大人のつとめだ。そうじゃないか？」

「おまえのような大人が少なくなった」

「みんな、考え過ぎなんだよ」

無線から、相川のバイクを発見したという知らせが流れて、一同は耳を澄ました。バイクは、新宿に近い青梅街道沿いに乗り捨てられていたという。

「やっかいだな……」

速水がつぶやいた。「都市の雑踏に紛れたら、捜し出すのが難しい……」

安積は、無線で捜査本部を呼び出した。相川の自宅にも捜査員が行っているはずだ。どこへ向かったかの手掛かりがないかどうか問い合わせたのだ。

今のところ、手掛かりはないということだった。

「この角です」

黒木が言った。

速水は、ダブルクラッチでギアを落とし、すさまじい勢いでハンドルを切った。タイヤが悲鳴を上げる。

「ここです」

黒木が一戸建ての家を指さした。家の前に二台の車が駐車しており、その回りに四人の男が立っている。捜査員であることが、一目でわかった。

四人の捜査員は、派手な音を立てて急停車した安積たちの車のほうを驚いたように見た。

安積は、車から降りると、捜査員たちに尋ねた。

「葉山由里子は?」

「でかけています」

こたえたのは、本庁の若い刑事だった。「帰りを待って話を聞くつもりなんですが……」

「その余裕はないかもしれない」

「相川と接触したのですか?」

「まだだが、接触する可能性が強い。ふたりが顔を合わせると面倒なことになりそうだ……」

「母親の話だと、電話を受けてすぐにでかけたそうですが……」

「電話……?」

「そいつは相川からの電話じゃないか?」

安積の後ろから速水が言った。

「かもしれない。もう一度、家の者に話を聞いてみよう」

本庁の連中は、不満に思うかもしれない。ふと、安積はそう思った。すでに、彼らは、母親から話を聞いているのだ。しかし、杞憂《きゆう》だった。彼らは、安積に従った。一刻を争う事態であることが、彼らにもわかっているのだ。

34

葉山由里子の母親は、再び刑事たちがやってきたことに目を丸くしていた。顔色を失っている。娘の身に何かが起こったことを知って動転しているようだ。

「娘さんは、電話のあと、すぐにでかけたのですね？」

安積は尋ねた。

「電話があって、一度、部屋に戻りました……。しばらくしてでかけたのですが……」

「電話には、娘さんが直接出られたのですか？」

「私が出て、取次ぎました……」

「相手は名乗らなかったのですか？」

「名乗りませんでした……」

「声に聞き覚えは……？」

「若い男の声でしたが……。誰の声かはわかりませんでした……」

母親は、ひどくうろたえた様子で、訴えかけるように何か言おうとした。

「あの……」

「何でしょう？」

「包丁がひとつなくなっているようなんですが……」

「たしかですか？」

「ええ……」

「娘さんがどこへでかけたか、心当たりはありませんか？」

「わからないんです」

母親は、パニックを起こしかけている。

「娘さんの部屋を拝見してよろしいですか？」

安積の口調は、了承を得るという感じではなく、かなり強制的だった。母親はうなずいた。

刑事全員が、六畳ほどの部屋に入り、物色を始めた。

「遺書があるかもしれない」

安積が、刑事たちにそっと言った。「彼女は、おそらく死ぬつもりだ」

本庁の若い刑事が、メモ用紙の束を見つけた。上端に糊がついており、付けたり剥がしたりが容易なメモだった。それを明かりに掲げて眺めていた。

別の刑事が、鉛筆を捜し出し、軽く擦るようにして、白紙のメモの表面を黒く塗りつぶしはじめた。

安積には、彼らの目的がわかっていた。そうすることで、前の紙に書いた跡が白く浮き上がることがある。なかなかいいところに眼をつけたと安積は思った。

だが、結果はうまくいかなかった。葉山由里子は筆圧が弱いのか、メモの跡が残っていなかったのだ。封筒や便箋の類も残されていなかった。日記帳の類も見当たらない。

遺書は目につくところに置くものだ。探しても発見できない遺書など意味がない。

葉山由里子は遺書も残さずにでかけたのだろうか？

安積がそう思いかけたとき、須田が、机の上にあったパソコンに手を掛けた。ノート型のパソコンだった。パソコンから、電話線のようなコードが延び、壁際の何かの機械につながっている。モデムとかいう機械だろうと安積は思った。以前、須田が説明してくれたことがあった。電話回線の通信データをパソコンの文字データに変換する装置だ。

須田は、パソコンの電源スイッチを入れた。黒木が、黙ってその様子に注目している。他の刑事は、まだ部屋の中を探しつづけている。

須田は、慣れた手つきで通信ソフトを立ち上げた。

「どうするんだ？」

安積は、須田に尋ねた。

「『アリモリ・マニア』に何か書き込みがあるかもしれないと思いましてね……」

「『アリモリ・マニア』に……？」

「俺は、どこかに遺書はあるはずだと思うんです。自分が復讐を果たしたことを、世に知らしめなければ、死ぬ意味がありませんからね。この部屋になければ、ネットの中にある可能性が高い……」

「IDやパスワードは？」

「俺のを使います」

やがて、『アリモリ・マニア』の画面が現れた。須田は、キーを叩いて、最新のメッセージを呼び出した。

いつしか、すべての刑事がその画面を覗き込んでいた。

「あった、やっぱり……」

須田が小さな声で言った。「これです。チョウさん」

〈今夜、渋谷の『リンダ』で起こることは、永遠に記憶されねばなりません。これは、ある少女の復讐であり、世の中に対する抗議なのです。復讐を果たした少女は、自らの死をもって罪を償うでしょう。みなさんは、この出来事を永く語り継がねばなりません。

有森恵美〉

「渋谷の『リンダ』……？」

安積は言った。「何だこれは？」

そのとき、いち早く、速水が階段を駆け降りていた。彼は、無線で捜査本部に問い合わせるつもりだ。安積はそれを悟った。捜査本部は、渋谷署にあるのだ。

安積も急いで階段を降りた。覆面のマークⅡにたどりついたときには、すでに速水は、連絡を終えていた。

「ホテルだ」

速水は運転席に乗り込みながら言った。

「何だって？」

安積は尋ねた。

「円山町のラブホテルだそうだよ、『リンダ』ってのは」

安積は、本庁の若い刑事に言った。

「母親が心配だ。すまんが、誰か残ってくれないか？」

「私と同僚が残ります」

若い刑事が言った。「あとはご心配なく。さあ、急いでください」

安積は、うなずいて助手席に乗り込んだ。すでに黒木は、後部座席にすわっている。ようやく玄関を出てきた須田がよたよたと走ってきて車に乗り込んだ。

速水は、須田がドアを閉めた瞬間に車を急発進させた。

「シートベルトをしっかりと締めてくれ」

速水が言った。「ちょっと飛ばすぞ」

安積は、車を出す前の本庁の刑事の態度にひそかに感動していた。捜査が佳境に入り、縄張り意識にこだわっていられなくなったのかもしれない。だが、ただ、それだけだとは思いたくなかった。

どこにでも素晴らしい若者はいるのだ。安積は、そう思った。


速水の運転は、予告以上だった。

サイレンを鳴らし、回転灯を光らせて、縫うように車を追い抜いていく。赤信号も、猛スピードで突っ切った。交差点に入ってきた車の鼻先をすれすれですり抜けていく。

安積の体は、右に左にと大きく揺すぶられた。生きている心地がしなかったが、速水の表情を見て、さらに驚いた。速水は、リラックスしきっている。鼻唄でも歌いだしそうな表情だった。

渋谷の町まではあっという間に思えた。深夜になり道がすいているのも幸いした。渋谷に近づくと、速水は、サイレンを切った。

道玄坂に入り、さらに路地を曲がる。

「本部の話だとこのあたりなんだが……」

速水が言った。

「あそこだ。パトカーがいる」

安積が指さす。

ホテル街の一角に、パトカーや、覆面車が駐車している。速水は、そっと近づき、車を停めた。

本部主任の茂森や、宇津木の姿が見える。茂森はトランシーバーを手にしている。

安積たちが降りていくと、茂森は、言った。

「速水さんから連絡をもらって駆けつけた。今、どこの部屋にいるかの確認を取っている」

「片っ端からドアを蹴破っちまえばいいんだ」

速水が言った。茂森がにやりと笑って言った。

「似たようなことをやっているよ。総動員で片っ端からドアを叩き、返事のないドアは、マスターキーで開けている」

トランシーバーから声が聞こえた。

「本部。こちらD班。マル対の部屋確認。三階、『マーガレットの間』」

いち早く駆けだしたのは、黒木だった。その次が速水だ。安積もなんとか、彼らに遅れまいと、走った。

開け放ったドアの前で、ふたりの捜査員が立ち尽くしていた。

安積は、彼らの肩ごしに部屋の中を覗き込んだ。捜査員が立ち尽くしている理由がすぐにわかった。

相川渡と葉山由里子が、対峙《たいじ》して睨み合っている。ふたりとも刃物を持っている。相川は、さきほど速水が取り上げたのと同じようなバタフライナイフを手にしている。持っていたのは、一挺だけではなかったのだ。葉山由里子は、包丁を持っている。どちらかが一歩出れば確実に刃先が届く。

相川は、左の肩口から、葉山由里子は、右の二の腕からそれぞれ出血している。すでに、互いに一度、切りつけあったようだ。

ドアを開けた捜査員たちは、刃物を捨てるように説得しているのだった。

安積は、無言で注意深く歩み出た。

「相川……」

安積は呼びかけた。

相川は、この期《ご》に及んでも人を哀れんでいるような表情を浮かべている。

「刑事さん……」

相川は、葉山由里子を見つめたまま言った。「言っておくけど、先に刃物を出したのはこの女だよ」

「峰岸が、すべてしゃべってくれた。あんたが、江木や、その葉山由里子に対して何をやったかまでな……」

「昔のことだよ。刑事さん」

葉山由里子は、じっと相川を見つめている。相川も葉山由里子を見つめている。ふたりの表情は、驚くほど穏やかだった。安積には、そのことが信じられなかった。

職業上、これまでさまざまな修羅場を見てきている。刃物を手に対峙した場合、大の大人でも眼をぎらぎらと光らせ、歯ぎしりするほど興奮するものだ。怒りと恐怖を剥き出しにするのが普通なのだ。だが、このふたりはまったく違っていた。安積は、ぞっとする思いだった。

「ふたりとも、刃物を床に捨てるんだ」

安積は言った。うかつに近づけないことは一目見てわかった。誰かが近づけば、ふたりは同時に飛び出すだろう。そして、互いに刺し違えるに違いなかった。一触即発の雰囲気なのだ。

飛び出すのがふたり同時でない場合でも、片方は、致命的な大怪我をするはずだ。

「このホテルはね、刑事さん」

相川が言った。「僕と由里子の思い出のホテルなんだよ」

「どういうことだ？」

「僕は、由里子を、ここで何度もかわいがった。由里子も楽しんでいたんだ。江木がいなくなってからもね」

安積は何も言わなかった。

「江木は僕に負けた。それだけさ。彼女は、僕と何度もここで寝た……。誰にも知られず、こっそりとね」

「勝ち負けの問題ではない。俺はそう思うが……？」

「僕が何をやったか、峰岸に聞いたと言ったね、刑事さん。おそらく峰岸だって本当のことは知らない。江木の目の前で、由里子を回した。それは事実だ。だけど、それだけじゃ、あいつだって自殺なんかしないさ。その後も由里子は僕と寝た。江木はそれを知って自殺したんだ。負け犬だったんだよ。僕たちはね、江木にもチャンスをやったんだ。ゲーセンで勝負したんだ。江木の得意な脱衣マージャンゲームでね」

「脱衣マージャン？」

「勝つごとに女の子の服を脱がしていくゲームさ。キャラの代わりに本物を使ったんだ。やつはゲームに負けた。それで、僕たちは彼女を手に入れたんだ」

ふたりの間の緊張が高まりつつあった。どちらかがわずかでも動けば、互いに飛び出す状態にあった。

「江木くんを自殺に追いやっただけなら、あたしも三人を殺そうとは思わなかったかもしれない……」

葉山由里子が言った。その声は、驚くほど静かだった。「レイプされただけなら忘れようもあった……。だけど、あなたは、あたしをゲームのキャラクター代わりにした……。そして、その後もあたしにつきまとった……。あたしとしてるところの写真を投稿雑誌に送ったりしたこともあったわね。いやらしい文章を付けて……」

レイプされたあとに、また相川と寝たというのは、本当だろうか？　安積は思った。本当だとしたら、それはなぜなのだろう？　一種の自暴自棄だろうか？

その無言の問いにこたえるように、葉山由里子は言った。

「襲われたことが悔しかった。そして、その後、あたしを避けるようにしていた江木くんにも腹が立った。あたしは、どうしようもない気分になったわ……。自分自身が分裂したみたいだった。あたしは、さらに相川を憎むために抱かれ、一方で、いっそ相川を好きになれたら楽だと思い、抱かれた……。頼るものが何もなかった。求められるのを断るのが煩わしかつたわ……。断る努力をするくらいなら、一時耐えるほうがいい。そう思った。そのうち、求められることが救いに思えてきた……。不思議な思いだわ。あたしの自我はたぶんばらばらにされていたんだわ。ものをちゃんと考えることができなかった……」

葉山由里子の口調は、相変わらず淡々としていた。その口調の静かさとは裏腹に、彼女の緊張はさらに高まっていくように見えた。まずい、と安積は思った。

「肉体と精神もばらばら……。あたしの肉体は、感じるようになってきたの……。今では信じられない。でも、当時、あたしは、そういう状態だったの。プライドも常識もばらばらにされたのよ。人格がばらばらに……。あたしは、もうひとりのあたしを作りだすことでようやく救われた……」

「有森恵美か……？」

「そう……。有森恵美を作りだすことで、あたしは、相川を拒否できるようになった……」

安積は、ふたりの動きに全神経を集中していた。若いふたりの動きに対応できるかどうか自信がなかった。

相川が言った。

「有森恵美のことを教えてくれたのは、おまえだったな？」

おもしろがっているような口調だ。

「そう。あなたをあたしの分身のしもべにしてやりたかったの……。でも、そのうち、もっといい方法があることに気づいた……。というより、あたし自身、本当にやりたいのは何なのか気づいたのよ。あなたを殺してやりたいと本気で考えるようになった。まず、仲間のふたりを殺すことで、充分に恐怖を与えておいて……」

そういうことだったのか、と安積は思った。相川たちが『アリモリ・マニア』に興味を持つきっかけは葉山由里子が作ったのだ。

突然、安積の後ろで声がした。

「いい加減にしろ。おまえら」

速水の声だった。速水が一歩踏み出そうとするのがわかった。

安積は、はっとした。

その瞬間、葉山由里子の体がゆらりと前方に揺れた。

同時に相川が踏み出した。

安積は、飛び出そうとした。しかし、自分の動きがスローモーションのように感じられた。意識のスピードに体がついていかない。速水が、安積のすぐ脇で何か叫んだ。

安積は、凍りつくような思いだった。どちらかが死ぬかもしれない。あるいは両方が……。

何かが、飛び出していた。安積は、自分のすぐ脇をすり抜けていったのが何だったのかまったくわからずにいた。

誰かが猛然とダッシュしたのだ。

それは、葉山由里子と相川が動いた瞬間の出来事だった。まったく躊躇《ちゅうちょ》なく飛び出していた。

黒木だった。

黒木は、相川に体当たりした。相川と黒木は、折り重なるようにして床に倒れた。葉山由里子の包丁がすれすれでかすめた。

次の瞬間、捜査員たちがどっと部屋になだれ込んだ。そのなかに速水の姿もあった。安積は、戸口で立ち尽くしていた。

葉山由里子と相川は、それぞれ四人の捜査員によって取り押さえられた。葉山由里子は、あきらめたようにぐったりしている。すでにふたりの刃物は取り上げられていた。

相川は、床に押さえつけられたまま言った。

「放してよ。僕は、命を狙われたほうなんだ……」

そのときの相川は、ひどく非力に見えた。

「ばかを言うな」

安積は言った。「おまえは、殺人未遂の現行犯で、緊急逮捕されたんだ」

相川は、何を言われたかわからない様子だった。ぽかんと安積の顔を見ている。生まれて初めて現実に直面したような顔だな。安積はそう思った。

「無茶をしないでくれ」

　ホテルの外へ出ると安積は、速水に言った。

「おまえさんのやりかたじゃ、いつまでたっても埒《らち》があかないよ」

「あやうく、ふたりは大怪我をするところだった。へたをすれば両方を殺していたかもしれない……」

「だが、そうはならなかった」

「結果的にはな……」

「結果がすべてだろう。おまえはいい兵隊を持っている」

　速水は、黒木を見ていた。

「兵隊……？」

　安積は、速水の視線を追った。須田と黒木が見えた。「兵隊じゃない。同僚だ」

　速水が笑った。

「そういうやつだよ。おまえは」

35

捜査本部で酒盛りが始まった。湯飲み茶碗に日本酒を注いで乾杯する。庶務担当が二十四時間営業のコンビニエンスストアからつまみを買ってきていた。

すでに、深夜の二時を過ぎている。だが、捜査員たちは、自宅に引き上げようとはしない。一種独特の解放感と達成感が、彼らを躁状態にしている。

安積、速水、宇津木、須田、黒木、保科の六人は、ひとかたまりになって茶碗酒を飲んでいた。

「容疑者を検挙したあとの酒が、こんなにうまいとは知らなかった」

速水が安積に言った。

「刑事もすてたもんじゃないだろう？　刑事部屋《デカベヤ》に移ってくるか？」

「いや、やっぱりごめんだね」

本庁の大下が近づいてきた。

「神南署はお手柄だったな……」

「神南署の手柄じゃない。この捜査本部の手柄だ」

大下は、言いづらそうにためらった後に、言った。

「また組んで仕事がしたいもんだ」

大下は、安積のもとを離れていった。速水が言った。

「結局、おまえさんは、同僚に好かれちまうんだな」

安積は、速水の言葉を無視して宇津木に言った。

「今回は世話になった。おまえの協力なしには、とても検挙にこぎつけられなかっただろう」

「こちらこそ、いい勉強になった」

宇津木は言った。「あらゆる意味でね」


翌日、安積たちは神南署に戻った。速水は、一階の交通課でとぐろを巻いている。安積は、神南署の刑事部屋にやってくると、心からほっとする思いだった。わが家に帰って来たような気分になる。

「村雨、留守中ご苦労だった」

「たいへんでしたよ。私は、とても班長の代役は勤まりそうにありません」

「おまえが泣き言を言うなんて珍しいな」

「課長はやいのやいの言ってくる。捜査員の手は足りない。事件は次々起こる……。今度は、いっしょに連れていってほしいですね……」

「おい、須田に留守を任せられると思うか？」

須田が顔を上げて安積のほうを見た。須田は、何やら意味不明の笑いを浮かべている。村雨は言った。

「それは、まあ……」

安積は、言うなら今しかないと思った。

「おまえしかいないんだよ。俺の留守を任せられるのはな」

「はあ……」

村雨ははっきりしない返事をしただけだった。だが、まんざらではない気分であることが、安積にはわかった。

昨夜、自宅に帰りついたのは、午前三時半ころで、疲れているはずなのだが、宇津木は妙に活力を感じていた。捜査本部の興奮がまだ残っているのだ。

いつものように、ひとりで朝食を食べているところへ、息子の章がやってきた。ぶっきらぼうにテーブルに着くと、彼も朝食を食べはじめた。

宇津木は驚いた。息子だ、いっしょに朝食を食べるのはいつ以来だろうか？　同じ食卓に着いていた日々は、思い出せないくらい遠い昔のような気がした。

たまたま、時間の都合があったのかもしれないと宇津木は思った。

「まだ、有森恵美のこと調べてるのか？」

章が言った。

「え……？」

「有森恵美だよ」

「ああ……。いや、もう終わった」

有森恵美の正体が、葉山由里子という高校生だったことや、その葉山由里子が逮捕されたことは、章には話せない。捜査本部では、その事実を秘匿《ひとく》する方針を立てた。社会に対する影響を考慮してのことだった。

葉山由里子、相川渡の扱いについて、引き続き宇津木が担当することになった。彼らが未成年であることを考慮しての措置だ。宇津木は仕事が増えたことに対して不満はまったくなかった。むしろ、高揚感を覚えていた。少年課という職に自信と誇りを感じはじめたような気がしていた。

「俺、パソコンが欲しいんだけどな……」

ぽつりと章が言った。宇津木は、息子が何に興味を持っているのかまったく知らずにいることに気づいた。章が、何かを欲しがるのは小学校以来のことのような気がした。

「パソコン……？」

「知ってるだろう？　パソコン通信、やってみたいんだ」

「有森恵美の会議室に参加したいのか？」

「それもあるけどさ……。それだけじゃなくてさ……。いろいろやってみたいんだよ」

「父さんの給料じゃ、よしわかった買ってやる、というわけにはいかない」

「わかってるさ。だから、バイトがしたいんだ……」

「バイトか……」

「母さんはだめだって言うんだ……」

「学校では禁止じゃないのか？」

「やってるやつはいっぱいいるよ」

宇津木は、しばらく考えた。息子の気持ちを考えるなど久しぶりのことだ。やがて、宇津木は言った。

「いいだろう。母さんには、私が話しておく」

章は、うなずいた。もくもくと朝食を頬張りはじめる。様子をうかがうように、妹の直美も二階から降りてきた。直美も同じテーブルに着いた。

宇津木は、声をかけるべきか迷った。勇気を出して話しかけることにした。たしかに勇気が必要だった。

「CDは買ったのか？」

「うん」

直美は、恥ずかしそうに下を向いたままこたえた。「ドリカム……」

「そうか……」

それだけの会話だった。顔を上げると、妻が宇津木を見ていた。宇津木は、妙に照れくさくて、ただうなずいて見せた。

家庭の雰囲気が、わずかだが変わった気がした。宇津木は、いつか妻が言ったことをあらためて考えていた。


「チョウさん……。俺の予想、外れましたよ」

事件からしばらくたったある日、須田が安積に言った。

「何のことだ？」

「有森恵美です。葉山由里子が逮捕されたことで、実体がなくなった有森恵美は、消えていくだろうと思っていたんですが……」

「どうなったんだ？」

「まったく変わらないんです。『アリモリ・マニア』も健在だし、会員が増えつつあるような気もします」

「葉山由里子の最後の書き込みは、どういう影響を及ぼしているんだ？」

「どういうか、こう……。有森恵美の社会意識のあらわれというか、いい方向で解釈されているみたいですね。少なくとも、『アリモリ・マニア』のなかでは、妙な邪推をする人間はいないようです。ねえ、チョウさん。有森恵美は、葉山由里子という実体を失って、本来の姿になったのかもしれません」

「言っている意味がわからんな……」

「つまりね、有森恵美は、本当にシンボルとしてのアイドルになったんです。実体がないのに、ますますそのイメージが増殖している。この勢いは、当分、止まりそうにありませんね……」

「何といったかな？　神の世界に通じる窓。コンピュータ用語にもあるという……」

「イコンですか？　コンピュータではアイコンといいますが……」

「そのイコンの向こう側のことは、俺にはやはりよくわからん」

須田は、にやにやと笑った。

「チョウさんはね、それでいいんだと思いますよ」

安積、速水、そして宇津木という同じ年齢同じ階級の三人が、久しぶりに飲もうということになった。

彼らは、平河町《ひらかわちょう》にある大衆酒場に入った。この酒場は、警視庁の刑事がよく飲みにくることで知られている。何の変哲もない飲み屋だが、夜が更けると、刑事と記者たちの静かな戦いがほうぼうで始まる。記者たちが『夜回り』と称する活動で、なんとか刑事から非公式の情報を聞き出そうとするのだ。

安積は、そういう雰囲気が嫌いではなかった。同僚が大勢いるという安心感がある。事件のことなどあれこれ話し合い、適度に酒が入ってきたころ、安積が宇津木に尋ねた。

「それで、家庭のほうはどうなんだ？」

「うん……」

宇津木は、杯の酒を干した。「何というか、不思議な気分だ……」

「不思議な気分？　うまくいってないのか？」

「少しずつ変わってきたような気がする。息子とも娘とも、一言二言だが、毎日会話するようになってきた」

「いい傾向だ」

「ああ……。私はようやく気づいたよ。臆病だったんだと……。ほんの一歩、踏み出せばいいのに、その手前であきらめていたんだ。家族のこともそうだ。部下のこともそうだ……」

「たしかにおまえは変わったような気がする」

「そう。大切なのは、家庭の雰囲気を変えようとすることじゃない。自分が変わることだと気づいた。部下に対してもそうだ。ほんの少しでいいから、自分の若いころのことを思い出せばいいんだ。無理に大きく変わる必要はない。ほんの少しでいい。それがようやくわかってきた。安積、おまえのおかげなんだよ」

安積は宇津木の顔を見た。宇津木は、戸惑ったように言った。

「何だ？　私は妙なことを言ったか？」

「おまえ、ようやく、俺のことを安積と呼び捨てにしてくれたな」

宇津木は曖昧に肩をすぼめた。

「人と付き合うのに、余分な力が抜けたのかもしれない……」

「ああ。刑事ってのは面倒くさい連中だ」

速水が言った。「どうしてもっとやりたいように生きようとしないんだ？」

「私は刑事じゃない」

宇津木が言う。

「生活安全部なんて似たようなもんだ。なあ、安積よ。宇津木の話はもういい。今度は、おまえさんだ」

「何だ……？」

「おまえさんも宇津木を見習って、少しは素直になるべきだ」

「俺が素直じゃない？」

「そうだ。縒《よ》りを戻せ」

「またその話か……」

「涼子ちゃんに会いたいだろう？」

「わからない……」

「おまえは、どうして自分のことになるとそう煮え切らないんだ？」

「一度離婚した身だ」

「時間がたった」

速水は、言った。「お互い、いろいろなことを考えただろう？　もう一度話し合うべきだ」

「おまえにはわからんよ」

「おまえよりはわかっていると思う」

「話ができるなら、してみて損はないはずだ」

宇津木が言った。

「宇津木、おまえまで、そんなことを言うのか？」

「ああ。私だけ幸せになるのは心苦しいからな」

安積は、苦い顔でかぶりを振った。

だが、実は、その表情ほど不機嫌ではなかった。彼は、娘の涼子のことを思い出していた。今年二十歳になるはずだった。そして、かつての妻のことを……。

たしかにこだわりの時期は過ぎているような気がした。

近いうちに電話でもしてみようか……。

安積は、何やら真剣に、自分のことについて話し合っている宇津木と速水を眺めながら、そう考えていた。

〔参考文献〕

『はじめてのパソコン通信』　杉浦洋一著　ナツメ社
『夢のかなえかた』　穴井夕子著　近代映画社
『おたくの本』　別冊宝島　ＪＩＣＣ出版局
『裏パソコン通信の本』　三才ムック　三才ブックス
『フーゾクの本』　三才ムック　三才ブックス
『うわさの本』　別冊宝島　ＪＩＣＣ出版局
『殺人捜査の実際と指揮』　綱川政雄著　東京法令
『刑事長マル暴日記』　本間新市著　ＫＫベストブック
『目黒署　10人の刑事』　佐々淳行著　文藝春秋

解説

関口苑生
（文芸評論家）

今野敏がアイドル好きだったという話は、わたしも文庫解説などで何度か書いていて、ファンの間ではかなり知られている〝事実〟である。

中学生のときにピンキーとキラーズのピンキー（今陽子《こんようこ》）に胸をときめかせ、アイドルへの思いが芽生《めば》えたのが最初だったという。高校一年生のときには南沙織《みなみさおり》の「十七才」を聴いて痺《しび》れまくり、三年生になるとアグネス・チャンに憧《あこが》れて、彼女が在学していた上智大学を第一志望校に決めたというエピソードもある。その後もアイドルへの熱い思いは衰えることなく、作家となってからも（しかも三十歳を過ぎていたというのに）、あるアイドルのファンクラブに入会し、芦ノ湖《あしのこ》への日帰りツアーに参加したほど一途な人であった。ちなみに、そのときの記念集合写真は今でも仕事場の片隅に飾られている。

また大学卒業後は大手レコード会社に就職し、ディレクターとして何枚もレコードを作っている。言わば業界の人でもあったのだ。そんな作者だけに、アイドルについては一家言どころではない、まるまる一晩使っても足りないくらい語ることが可能なほど精通しているのだった。

それは当然作品にも反映されており、これまでにもアイドルが主役だったり、アイドル性を持った女の子が中心となる小説はいくつも書かれている。その中で彼は、当時自分がイメージするアイドル像をかなり明確に示していた。

まず最初に、何はともあれ清楚《せいそ》で可憐《かれん》であること。これは誰もが認める最低限の要素だろう。そこに加えて――ちょっと矛盾するようだが、ほのかな妖艶《ようえん》さ、かすかに漂う色気も必要だという。すると、アイドルで最も大切な「神秘性」がじわりと滲《にじ》み出てくるというのである。

触れたら、たちまち壊れてしまいそうな存在なのに、それでいて何者も侵すことのできない神聖さを持っている少女。危うさの中に聖なる強さを感じさせる美女。今野敏が描くアイドルはそんな共通点を持っていた。

たとえば『デビュー』の高梨美和子《たかなしみわこ》、『時空《とき》の巫女』のチアキ・シェス、『夢見るスーパーヒーロー』の芳川和美《よしかわかずみ》、『遠い国のアリス』の菊池有栖《きくちありす》、シリーズ作で言えば《特殊防諜班》の芳賀恵理《はがえり》、《秘拳水滸伝《ひけんすいこでん》》の長尾久遠《ながおくおん》などがこの枠組みに入るだろうか。そして本書に登場する、ある少女もそのひとりだ。どちらかと言えば、伝統的なタイプのアイドルと称していいかと思う。

一方で、これとはまたいささか傾向が違った形で、年齢と成熟度はやや高くなるが、周囲の男性を魅了し、忘れがたい存在として強く記憶に残るのが《潜入捜査》の白石景子《しらいしけいこ》、《東京湾臨海署安積班《とうきょうわんりんかいしょあづみはん》》の水野真帆《みずのまほ》、《ST警視庁科学特捜班》の結城翠《ゆうきみどり》、《警視庁捜査一課・碓氷弘一《うすいこういち》》の『エチュード』『マインド』に登場する藤森紗英《ふじもりさえ》、『隠蔽捜査3　疑心』の畠山美奈子《はたけやまみなこ》……等々がいる。こちらは神秘性というよりも、もっともっと人間性が強く描かれた——どう言ったらいいか、その女性を見ているだけでリビドー係数が上がっていくような気持ちになる存在だ。性格は良く、愛嬌《あいきょう》があって、頭脳も明晰《めいせき》。おまけに美人でスタイルは抜群、セクシーさも申し分なしという多様な魅力を兼ね備えた女性たちである。

ただまあ、こちらのほうは純正アイドルと称するには若干無理があるかもしれないが、いずれにせよ、どちらのタイプも今野敏の小説には欠かせないヒロイン像の典型と言えよう。いや、誤解を恐れずに言ってしまえば、彼が描くヒロインは、そのすべてがアイドルであるのかもしれない。

というのもアイドルの考え方、捉え方は、人によって時代によってどんどんと変化してきているからだ。今野敏はそうした移り変わりもしっかりと吸収しながら、作品上に取り入れているような気がするのだ。そんな歴史水脈の一端が本書『イコン』には滔々《とうとう》と述べられている。

おそらくこれは日本に限ったことではないだろうが、かつてアイドルと言えば銀幕スターが主流であった。それも遠くから見るだけの、憧れの人である。ところがテレビの出現で様相が一変する。ブラウン管を通して、お茶の間でアイドルと接することができるようになったのだ。これが最初の一歩だった。中でもとりわけ、歌番組で派手な衣装を着てヒットソングを歌う歌手たちが、男女を問わず新たなスター、アイドルとして席巻《せっけん》するようになってきてから、われわれ視聴者側の意識にも微妙な変化が訪れる。彼らはそれまでのスター・アイドルと違って、わたしたちと同じようにごく普通に話し、笑い、雑談にも興じる人間であったのだ。そのことが画面の中で如実に映し出されていた。憧れの人ではあるけれども、決して近寄りがたい存在ではなく、もしかして自分にも手が届きそうな……と思わせる身近なものになってきたのである。

このあたりから、アイドルの爆発的増殖が始まっていく。その形態も独りだけのものとは限らず、グループや大人数の集団（束《たば》ものというらしい）もあり、また歌手だけではなくバラエティ番組からはバラドルが生まれ、セクシー系のグラビア・アイドルも登場と、次から次へと憧れの対象が増えていったのである。いや憧れだけではなく、流行《はや》り言葉としてまだ確立していなかった〈癒《いや》し〉や〈萌《も》え〉といった要素もそこにはあった。そういった事情の経過を、今野敏は本書の中で実に丁寧に、数ページにわたって展開していくのだった。しかもそれらについてひとつひとつ具体的な例を挙げ、緻密に分析し、そののちわかりやすく提示している。さらには実在する人物だけとは限らず、マンガやアニメなどの二次元アイドルやネットなどのバーチャルな存在についても言及する。これはもう完全なる「アイドル論」といって差し支えない研究論文になっているのだった。

普通、こんな小論文を小説の間に挟んだりしていくと、物語とのバランスが相当に悪くなるものだが、今野敏に限っては不思議とそんなことは感じない。今野ファンならわかっていただけるだろうが、彼の小説にはこの種の「語り」が付きもので、むしろそれを愉《たの》しみにしている読者も多いからだ。

たとえば《警視庁強行犯係・樋口顕《ひぐちあきら》》のシリーズでは、すべてをぶち壊していきながら後始末を何もせず、さあ今度は就職だ、みんなでいい会社に入ろうぜとばかり、自分の都合しか考えなかった全共闘世代への批判がえんえんと語られていた。あるいは《東京湾臨海署安積班》では、自然発生ではなく人工的に作られた街に対する、ややシニカルな見方も披露している。また《潜入捜査》では、産業廃棄物の不法投棄や森林の違法伐採など、環境犯罪についての怒りが炸裂《さくれつ》する。驚くのは、このシリーズを書いた当時は、まだ環境犯罪なる言葉はどこでも使われていなかったのだった。もしかすると今野敏が生み出した言葉であったのかもしれない。

このような例はまだまだあるが、そこでまた驚いてしまうのは、ジャンルというか、語られる対象の幅広さである。超古代の文明について、少年犯罪について、官僚のあり方について、メディアの報道姿勢について、ジャズについて、そしてもちろん武道（空手）の歴史と心構えについて……まったくこの人の頭の中は一体どうなっているのかと思うくらい、さまざまな分野に精通しているのだった。それも、言ってはナンだが、決して付け焼き刃的なものではない、しっかりと地に足がついた取材と知識に裏打ちされた、自分の考えを述べていくのである。極論するなら、あらゆる方面において問題意識を持つ正義と信念の人と言ってもよい。

これらの問題についての「語り」が、ストーリーの展開を邪魔することなく見事に融和して、逆に絶妙なスパイスとなって読者を愉しませてくれるのだ。

本書にしても同様だ。

物語は、人気アイドル有森恵美《ありもりえみ》のライブコンサートを調査活動の一環で訪れていた、警視庁生活安全部少年課の警部補・宇津木真《うつぎまこと》の目の前で少年が刺殺されたことで始まる。ライブに興奮した若者たちの間で小競り合いが始まり、乱闘が収まったあと、ナイフで刺された少年が倒れていたのである。

しかしそれにしても奇妙なコンサートだった。有森恵美が主役であるにもかかわらず、本人は一切ステージには登場せず、アリモリ・ファミリーと称する派手なコスチュームの三人娘が歌うだけなのだ。それでも観客の若者たちは異様な興奮状態となっている。四十五歳の宇津木にとっては、およそ理解できない謎のようなコンサートであった。

事件は所轄の神南署が捜査をすることになり、安積剛志警部補とその部下たちが事件現場に到着する。宇津木と安積は同じ階級、同じ年齢で、かつて目黒署管内でともに交番勤務をやったことがあった。だがふたりは——というより安積は旧交を温めることもなく、軽く言葉を交わしただけで淡々とおのれの仕事をまっとうしていくのだった。

宇津木はそんな安積の様子を見て、離婚を経験し、出世コースからも外れているにもかかわらず、絶大な自信を持って生きているように感じ、嫉妬に近い感情を覚えていく。家庭でも職場でも人知れず深い悩みを抱えていた宇津木は、安積がどうしてあんなに自信を持って行動していられるのか、不思議でならなかったのだ。

やがて再び事件が起きる。

かくして物語は、少年連続殺人事件の捜査を中心に、複数のサブテーマも同時に展開していく。アイドルが不在なのに若者たちが熱狂する事態の謎。若者と大人の乖離《かいり》。さらには現実社会に対応しきれず、懊悩する中年男のありさまが切ないほどに描かれる。しかしこうしたサイドストーリーが、先にも記したように本筋の物語の内容と見事にリンクして、全体的に厚みを増す効果を生んでいるのだった。単なる、などというよくありがちで無分別な言い方はあまりしたくはないが、ここには本当に、単なる警察小説にはない奥深さと面白さが感じられる。

これもあちこちで書いてきたので、詳しくは繰り返さないが、警察小説というのは力点の置き方によって、その相貌をいかようにも変えて見せることができる、柔軟な小説形態である。謎解きのミステリーから始まって、活劇小説、悪漢小説、風俗小説、人情小説、恋愛小説、成長小説、組織小説、家族小説……と自在に姿を変えることができるのだ。力点の置き方とは、たとえば時代の流行や世相、人々の暮らしぶりなどをつぶさに描写していくと、伝統的な捕物帳を踏襲した良質の風俗小説にもなりうるということだ。また事件関係者との交流を細やかに描けば、時代ものにも負けない人情小説となる可能性もあるし、新人警官が事件の捜査や先輩たちの教えを通して得た経験を自分のものにして、人間としての幅が出てくる過程を描けば立派な成長小説となる。この場合、何よりの強みは刑事や警察官はそれらの物語の中に、さほどの違和感がなく自然と溶け込んでいけることだ。設定として無理がないのである。と同時に事件や犯罪を挟んで、人間関係の裏表が否応なく炙《あぶ》り出されていき、それをまたさまざまに——直球勝負だろうが、とことんひねった形だろうが、自在に描写できる幅広さもある。さらには部署によって仕事の内容がこれほど違ってくる職種もちょっと珍しく、階級による上下関係の差も著しく大きい。要するに、こんなにも面白みがあり、可能性が広がっている小説のジャンルもそうはないだろう。しかも警察官という、言ってみれば社会の中では特別な組織に属する人間たちの実情も、ちらりと垣間《かいま》見えてくるのだった。

　本書を例にとると、物語の核に据《す》えられるのは神南署安積班による少年連続殺人事件の捜査である。聞き込み、鑑取り、容疑者の割り出し、殺人の手口、動機など一連の捜査手順が過不足なく描かれ、やがて最後で驚くべき真相が明らかになる、ごく真っ当な警察捜査活動小説だ。だが、その合間に安積の内なる感情——部下に対する思いや心配事、逆に部下たちが安積に寄せる信頼感など、一般社会とは異なった警察組織の中でのやり取りや人間関係、私生活での悩みや喜びが丁寧に描かれていくのである。これだけでもう単なる警察小説ではないなと思ってしまうのだ。

またそうした一方で、事件の背景、犯罪を生み出す要因となったかもしれない〈時代の風俗〉についても言及していく。本書の場合は「パソコン通信」という、それまでにはなかった新時代の通信手段である。この何とも奇妙な電子空間の中での〝遊び〟や〝集い〟などの仮想現実は、たちまちのうちに多くの人々の興味を惹《ひ》き、魅了し、興奮させたものだ。それも決して若者だけではなく、結構いい大人たちもハマっていたように思う。わたし自身も二十五年ほど前に情報収集の目的でパソコン通信を始めたのだが（使っていた機器はワープロだったが）、実際のところは電子会議やフォーラムに入り浸り、夜になるとチャットで長い時間を費やしていたのを覚えている。

犯罪というのはその時々における社会の肖像を照らし出し、時代を鮮烈に反映するものでもある。何かしらの事象の流行や繁華が、新しい形の犯罪を生むことが少なからずあるからだ。新しい技術や流行が犯罪を誘発するということでは決してないのだけれども、それを利用して悪さをする人間は、いつの時代でも必ず出てくる。現代で言うとＩＴ犯罪だ。パソコン通信からさらなる進化を遂げたインターネットの利便さとＳＮＳの普及が、種々のネット犯罪という以前では考えられなかった事件の出現を生む土壌となったのは間違いない。ＩＴ犯罪は、まさに現代社会を象徴するものと言ってよいだろう。犯罪と〈時代の風俗〉の関係は、こんな形で現れていくものなのかもしれない。

本書に登場するアイドル有森恵美も、パソコン通信が生んだ偶像であった。がしかし、彼女の原型は一九八九年から九〇年にかけて、ラジオの深夜放送で話題となった芳賀《はが》ゆいにあったと思われる。全国のリスナーから、歌手でグラビア・アイドルでもある芳賀ゆいの近況や目撃情報、某所でこんなことをしていた、そのときの服装はこうだった……などの詳細な報告が続々と寄せられ、異常な盛り上がりを見せたのだった。ところが、この芳賀ゆいというアイドルは架空の存在であった。つまるところ彼女の目撃情報は、一種の〝遊び〟であったのだ。実体のない人間をアイドルに仕立て上げ、あたかも実在しているように肉付けしていく遊びである。有森恵美は、その芳賀ゆいの発展形とも言えるアイドルだった。発展形というのは、ラジオの深夜放送で目撃情報が寄せられるのは同じだが、同時にパソコン通信のフォーラムにも活動の場を広げたことによる。細かいことを言えば、ラジオの場合はまずリスナーからの投稿があって（もしかして構成作家が書いたものもあるかもしれないが）、それをパーソナリティがどれを読むかを選んだのちに電波に乗せるという時間の推移があるのに対し、パソコン通信の場合はほぼ同時進行で、しかも誰が書き込みしようが、その文章は会議室の全員が読めるという決定的な違いがある。何よりも最大の差異は、有森恵美本人がメッセージやコメントを書き込んだり、投稿者に直接メールを送ってくる可能性もあることだった。そういう意味では本書の『イコン』というタイトルは、実に比喩《ひゆ》に富んだ象徴的なものであるかもしれない。聖画、聖画像であるイコンは、ある種の人々にとっては信仰の対象になりうる偶像だ。イコンの前で人々は喜びを分かち合い、悲しみを共有し、明日への希望を願って生きていく。これとほぼ同じように、アイドルは現代のイコンとなったのではないか。そしてまた、現代のイコンはPCのアイコンへと転じ、そこをクリックすると新たな窓(ｗｉｎｄｏｗ)が開けてくるのだった。

風俗というのは、時間が経つと廃《すた》れてしまうものが数多くある。それゆえ風俗、流行りものを描いた小説も、同じようにすぐに古臭くなって、誰からも忘れ去られ、見向きもされなくなるとの印象が強い。確かにそういうことがあるのは事実なのかもしれない。加えて日本の近代小説観は倫理的見方を良しとする傾向が強いので、風俗的見方から描いた小説は低級なものと決めつける人も多い。だが、小説を高級低級と分けるほうが本来おかしいのであって、良質な風俗小説は、時を超えてそこに暮らす人たちの生活情景が浮かび上がってくる文学作品と考えるべきだろう。

本書にしても、新しい通信の手段、道具となりそうなパソコン通信を間に置いて、さまざまな年代の人間が感じている思いや苦悩、感情の揺れ動きを含めた日々の生活がじわりと滲《にじ》み出ており、味わい深い印象を残す一作となっている。ことに胸に迫ってくるのは、宇津木真の生活と心情だ。

彼はキャリア組ではないが、これまで特に問題を起こすこともなく、出世レースを楽しみながら真面目に職務に励んできた。出世することが家族のためになると信じていたのだ。おかげでそこそこ出世もし、あとはもうこのまま定年までおとなしく勤めて、退職後はのんびり暮らしたいと思っている。自分としてはベストな選択で、十分満足できる生き方だった。が逆に言えば、要は自分のことしか考えない典型的な身勝手サラリーマン警察官でしかなかったのである。たとえば部下と接触する場合でも、相手の気持ちを忖度《そんたく》するどころか、面倒を見ることさえしない。若いやつらの気持ちは理解できないと嘆くばかりで、彼らと話し合うチャンスをつぶしているのは宇津木のほうであることに気づいていないのだった。そういう彼だけに、家庭においてもいつの間にか浮いた存在になっていた。というより無視されていた。妻とふたりの子供とはとっくに没交渉で会話もなく、最近では離婚もやむなしと考えるまでになっている。どうしてこんな家庭になってしまったのか、今はもう理由を探ろうとも思わない。

そんな宇津木がたまたま事件に遭遇し、自分も少しは捜査に関わっていこうと前向きの努力をすることで、少しずつゆっくりと変わっていくのである。それは淡々と捜査を続ける自信に満ちた安積の姿や、彼と部下たちとの信頼関係を目の当たりにしてから芽生えた変化であった。さらには、パソコン通信とアイドルというおよそ縁のなかった世界のことを知る上で、少しでも情報を得ようと自分から息子に歩み寄っていくと、そこで予想だにしなかった展開が開けてくる。このあたりの宇津木の心の変化や態度の変化、真剣さが子供たちにも次第に伝わっていく過程も本書の読みどころのひとつだ。言ってみれば、警察小説の中に家族小説が組み込まれているのだった。それもオジサン世代には胸が切なくなって、思わず泣けてしまうほどの素敵な家族小説だ。

その一方で、事件の背景となる若者たちの生活、興味、心の歪《ゆが》みなどについても鋭く迫っていく。近年、頻発する少年犯罪が大きな話題となっているが、現実問題として目を覆《おお》いたくなるような残酷かつ残忍な事件が少年少女たちによって引き起こされているのは事実だ。彼らの裡《うち》で一体何が起こっているのか、それを探ろうと今野敏はいじめの問題なども視野に入れながら、若者たちの日常と心の内面を暴いていこうとするのだった。

今野敏は早くから少年犯罪に注目し、作品の中でその実態を描いてきた作家である。無軌道で無思慮で傍若無人で無謀な犯罪模様を描写するのはいうまでもないが、なぜそこまでやる必要があったのか、こいつらは芯《しん》から腐ったワルなのか、それともほかに何か事情があったのか、あらゆる面から考察を加えていくのだ。彼が特に心を痛め、少年犯罪に注目するようになったのは、一九八八年、東京荒川《あらかわ》区で起きた女子高生のコンクリート事件であった。数名の若者に拉致監禁された女子高生が連日連夜の輪姦、さらには凄まじいほどの暴行を受けたのち、ドラム缶にコンクリート詰めされた事件である。この事件に関して当時の今野敏の反応、怒りは尋常なものではなかったとの記憶がある。そうした感情の一端は本書にも窺《うかが》えると思うが、彼はそこからもう一歩踏み込んで、少年たちの心の闇と現代社会の闇に潜む悪意の固まりの正体を感じとろうとするのだった。

――とまあ長々と書いてきたが、言いたいことはただひとつ。本書は、今野敏の溢《あふ》れんばかりの思い、信念、主張がぎっしりと詰まった文学作品であると同時に、日本を代表する警察小説であるということだ。

泣けて、笑って、怒って、悲しんで……こんな小説はちょっとほかにない。


（二〇一六年八月）

●本書は一九九五年十月、小社より刊行され、一九九八年八月、文庫化されたものの新装版です。

|著者|今野 敏　1955年北海道三笠市生まれ。上智大学在学中の1978年「怪物が街にやってくる」（現在、同名の朝日文庫に収録）で問題小説新人賞受賞。卒業後、レコード会社勤務を経て作家となる。2006年『隠蔽捜査』（新潮社）で吉川英治文学新人賞受賞。2008年『果断　隠蔽捜査２』（新潮社）で山本周五郎賞、日本推理作家協会賞受賞。「空手道今野塾」を主宰し、空手、棒術を指導。主な近刊に『継続捜査ゼミ』『プロフェッション』（ノベルス版『STプロフェッション』）（講談社）、『寮生　一九七一年、函館。』（集英社）、『豹変』（KADOKAWA）、『精鋭』（朝日新聞出版）、『去就　隠蔽捜査６』（新潮社）、『防諜捜査』（文藝春秋）、『潮流　東京湾臨海署安積班』（角川春樹事務所）、『臥龍　横浜みなとみらい署暴対係』（徳間書店）、『マインド』（中央公論新社）、『マル暴総監』（実業之日本社）などがある。

イコン　新装版《しんそうばん》

今野《こんの》 敏《びん》

講談社文庫

定価はカバーに
表示してあります

2016年11月15日第１刷発行

発行者──鈴木　哲
発行所──株式会社　講談社
東京都文京区音羽2-12-21　〒112-8001
電話　出版（03）5395-3510
　　　販売（03）5395-5817
　　　業務（03）5395-3615

デザイン──菊地信義
本文データ制作──講談社デジタル製作
印刷──凸版印刷株式会社
製本──株式会社大進堂

Printed in Japan

ISBN978-4-06-293506-7

講談社文庫刊行の辞

二十一世紀の到来を目睫に望みながら、われわれはいま、人類史上かつて例を見ない巨大な転換期をむかえようとしている。

世界も、日本も、激動の予兆に対する期待とおののきを内に蔵して、未知の時代に歩み入ろうとしている。このときにあたり、創業の人野間清治の「ナショナル・エデュケイター」への志を現代に甦らせようと意図して、われわれはここに古今の文芸作品はいうまでもなく、ひろく人文・社会・自然の諸科学から東西の名著を網羅する、新しい綜合文庫の発刊を決意した。

激動の転換期はまた断絶の時代である。われわれは戦後二十五年間の出版文化のありかたへの深い反省をこめて、この断絶の時代にあえて人間的な持続を求めようとする。いたずらに浮薄な商業主義のあだ花を追い求めることなく、長期にわたって良書に生命をあたえようとつとめるところにしか、今後の出版文化の真の繁栄はあり得ないと信じるからである。

同時にわれわれはこの綜合文庫の刊行を通じて、人文・社会・自然の諸科学が、結局人間の学にほかならないことを立証しようと願っている。かつて知識とは、「汝自身を知る」ことにつきていた。現代社会の瑣末な情報の氾濫のなかから、力強い知識の源泉を掘り起し、技術文明のただなかに、生きた人間の姿を復活させること。それこそわれわれの切なる希求である。

われわれは権威に盲従せず、俗流に媚びることなく、渾然一体となって日本の「草の根」をかたちづくる若く新しい世代の人々に、心をこめてこの新しい綜合文庫をおくり届けたい。それは知識の泉であるとともに感受性のふるさとであり、もっとも有機的に組織され、社会に開かれた万人のための大学をめざしている。大方の支援と協力を衷心より切望してやまない。

一九七一年七月

野間省一

講談社文庫　目録

2016年9月15日現在